THE
MASS
OF 악의의 질량
MALICE

악의의 질량

초판 1쇄 인쇄일 2019년 6월 27일
초판 1쇄 발행일 2019년 7월 05일

지은이 홍성호
펴낸이 양옥매
디자인 송다희 임흥순

펴낸곳 도서출판 책과나무
출판등록 제2012-000376
주소 서울특별시 마포구 방울내로 79 이노빌딩 302호
대표전화 02.372.1537 **팩스** 02.372.1538
이메일 booknamu2007@naver.com
홈페이지 www.booknamu.com
ISBN 979-11-5776-753-3 (03800)

이 도서의 국립중앙도서관 출판예정도서목록(CIP)은
서지정보유통지원시스템 홈페이지(http://seoji.nl.go.kr)와
국가자료종합목록시스템(http://www.nl.go.kr/kolisnet)에서
이용하실 수 있습니다. (CIP제어번호: CIP2019025040)

한국추리문학선 6 | 홍성호 장편소설

THE MASS OF MALICE

악의의 질량

책과나무

이 작품을 김내성 작가에게 바칩니다.

마인의 블로그

'마인'

나는 얼음처럼 차가운 비석을 어루만지며 마인이란 두 글자를 뚫어지게 바라봤다. 이내 얼굴에 미소가 피어올랐다. 고개를 돌려 주위를 확인해 보았다. 아무도 없었다. 비석 옆면에 음각된 글귀를 천천히 낭독했다.

비석 옆에 풀썩 주저앉았다. 누런 잔디 떼를 덮고 있는 무덤들이 눈에 들어왔다. 산을 타고 내려온 찬바람이 목덜미를 핥고 지나갔다. 풀어 두었던 목도리를 다시 둘렀다. 한겨울에 이게 웬 청승인가 하는 생각도 잠시 했지만, 마인을 떠올리니 그런 생각이 금세 사라졌다. 마인의 출정식 장소로 이만한 곳도 없었다. 오늘은 정말 뜻깊은 날이다.

노트북을 꺼냈다. 스마트폰으로 노트북을 인터넷에 연결하고, 즐겨찾기에 등록해 둔 블로그를 열었다.

'마인'

볼 때마다 느끼지만 정말 강렬하고 흡입력 있는 단어이다. 이 세상에 이만한 블로그 제목도 없으리라. 개설한 지 어느덧 6개월이 지난 블로그에는 알토란 같은 게시글이 차곡차곡 쌓여 가고 있다. 다른 작가가 쓴 추리소설에 대한 비평과 나의 신작 추리소설을 꾸준히 올리다 보니 게시글이 벌써 백여 개나 된다. 이 소중한 창작물들은 조만간 마인의 존재감을 끌어올리는 중요한 역할을 할 것이다.

흡족한 마음으로 게시판을 닫고 메일함을 열었다. 새 메시지가 많이 쌓여 있었다. 대부분 발신인은 낯선 이름이었는데, 개중 눈에 띄는 이름이 있었다. 팬클럽 부회장인 김미정. 많은 추리소설을 읽어 봤지만, 여태 한 번도 범인을 맞힌 적이 없다며 너스레를 떠는 멍청한 장사꾼이었다.

그 여자가 보낸 메일을 클릭했다.

안녕하세요.
오상진 작가 팬클럽 부회장 김미정이에요.
오늘 저녁 오상진 작가의
'악의의 질량' 출간기념회 잊지 않으셨죠?
작가, 편집자, 작가지망생, 독자가 한자리에서 어울리는
멋진 모임 기대할게요.
그럼, 오늘 저희 가게에서 봬어요.

하하하!

메일을 확인한 나는 기쁨에 웃음을 참을 수 없었다. 미세한 전기가 온몸을 타고 흐르는 느낌과 함께 도를 깨달은 구도자처럼 갑자기 머리가 맑아졌다.

그야말로 폭풍전야. 아무도 눈치채지 못한 사이 계획의 일부는 이미 육 개월 전부터 실행 중이다. 24시간 안에 모든 계획을 성공적으로 완수할 것이다.

희생양이 뿌린 피는 속죄의 피가 아닌 속박의 피가 되리라. 남겨진 자는 자신의 모든 것을 잃고, 비좁은 감옥에서 자신의 머리카락을 쥐어뜯으며 서서히 말라비틀어질 것이다.

오늘 밤 일어날 살인사건은 '마인'의 등장을 위한 전주곡이다. 잘 짜인 시나리오에 따라 한 걸음씩 우리 곁으로 다가오는 '마인'을 지금 느낄 수 있는가.

오늘 만찬은 오상진을 위한 만찬이 아니다. 나를, 아니 '마인'을 위한 만찬이다!

드디어 책 속에 웅크리고 있던 '마인'이 화려하게 부활한다!

1

"형! 난 이 카페 이름이 정말 마음에 들어."

오렌지빛 조명을 받으며 건물 외벽에 걸려 있는 간판을 바라보던 남자가 만족스러운 표정으로 말했다.

"모리스 르블랑!"

회색 케이프 코트에 청바지를 입은 남자는 다시 한 번 간판을 바라보며 소리 내어 읽었다.

"뭐가 그리 마음에 드는데?"

감색 코트를 입은 큰 키의 남자가 코트 깃을 바짝 올리면서 물었다.

"이국적 정취가 느껴지지 않아? 더군다나 카페 안에 들어가면 잔잔한 커피 향과 새 책 냄새가 어우러져 문학적 감수성도 자극하고 말이야."

"문학적 감수성을 자극한다는 것에는 동의하지만, 이국적 정취까지는 동의할 수 없어. 여기는 엄연히 대한민국 서울의 대학로이니까."

"아휴, 고지식한 대답하고는. 형은 가끔 보면 소설가 같지 않고, 우리 지도교수님 같아. 원칙 준수, 메마른 감성. 그런 감성으로 도대체 소설은 어떻게 쓰는 거지?"

"난 모리스 르블랑이란 이름을 들으면 뤼팽보다 유불란이 먼저 생각나. 그래서 이국적 정취를 느끼지 못하는 거 같아."

"아이고, 그만합시다. 누가 김내성 아니랄까 봐 21세기 서울에서 유불란을 찾고 있어."

"그렇게 치자면 19세기에 태어난 모리스 르블랑을 떠올리며 단지 그가 프랑스 사람이라는 이유만으로 서울에서 이국적 정취를 느끼는 네 감수성에 더 문제가 있는 거 아닌가?"

"형님, 아니 김내성 작가님, 제가 졌습니다. 서울에서 이국적 정취를 느낀 제가 잘못했습니다. 제발 어서 들어가시죠."

케이프 코트를 입은 하얀 얼굴의 남자는 김내성을 향해

연신 굽실거리는 시늉을 하며 손바닥을 펼쳐 출입문을 가리켰다.

'Closed'. 강화 유리 출입문에는 영업 종료를 알리는 안내판이 붙어 있었다. 김내성은 개의치 않고 문을 열었다.

"민수야, 어서 올라가자. 상진이 형이 늦었다고 화내겠다."

김내성이 백민수에게 눈을 찡긋하며 계단을 성큼성큼 올라갔다.

「인기 추리소설가 오상진의 '악의의 질량' 출간기념회」

2층에 올라가자마자 벽에 붙은 커다란 현수막이 눈에 들어왔다.

김내성과 백민수가 나란히 서서 잠시 현수막을 보고 있는 동안 사람들의 시선이 두 남자를 향해 쏠렸다. 이내 두세 명씩 여러 테이블에 앉아 있던 사람들이 동시에 환영의 손뼉을 쳤다.

"김 작가님, 백 작가님. 와 주셔서 감사해요. 두 분 많이 기다렸어요. 안 오시면 어쩌나 해서요."

초록색 모피 하프코트에 하얀색 스키니진을 입은 정진영이 다가와 반겨 주었다.

"죄송합니다. 백 작가와 만나서 오는 길인데, 이 녀석이 약속 시간보다 늦는 바람에."

김내성이 미안한 표정으로 말했다.

"괜찮아요. 김 작가님. 별로 늦지 않았어요. 어서 편한
자리에 앉으세요."

"감사합니다."

"김 작가님은 언제나 멋있어요. 오늘도 코트가 아주 잘
어울리네요."

정진영이 부드러운 미소를 지으며 말했다.

"그런가요."

"아! 김 작가님. 보내 주신 책은 잘 받았어요. 직접 수
소문해서 택배로 부쳐 주시기까지 하고 정말 고마워요.
제가 진짜 가지고 싶었던 책이었거든요. 나중에 따로 맛
있는 저녁 사 드릴게요."

"별말씀을요. 책은 생각보다 쉽게 구했어요. 어쨌든 진
영 씨가 만족하는 모습을 보니 제 기분도 좋아지는군요."

"책? 무슨 좋은 책이라도 있나 보지?"

백민수가 두 남녀의 대화에 끼어들었다.

"별거 아니니까 넌 신경 쓰지 마."

김내성이 손을 들어 백민수를 제지할 때, 굵은 남자 목
소리가 그들의 귀를 파고들었다.

"왜 이렇게 늦었어!"

스터드 장식이 가득한 가죽 코트와 찢어진 청바지를 입은 오상진이 두 남자를 향해 주먹을 쥐었다. 다리를 꼬고 의자에 앉아 주먹을 흔드는 오상진의 민머리가 천장에서 쏟아지는 조명에 반사되어 번쩍였다.

두 남자가 빈자리를 찾아서 앉자, 맞은편 테이블에서 김내성을 유심히 바라보는 사람이 있었다.

"저 남자가 왜 형을 계속 쳐다볼까? 아는 사람이야?"

백민수도 남자의 시선을 느꼈는지 김내성에게 물었다.

"글쎄. 처음 보는 사람인데."

김내성이 백민수에게 말하는 순간, 맞은편에서 남자가 김내성이 앉아 있는 자리를 향해 조심스럽게 걸어왔다.

보통 체격에 사십 대 초반으로 보이는 남자는 김내성 앞에 서더니 고개를 살짝 숙이며 인사했다.

"혹시, 김내성 작가님?"

"네, 그렇습니다."

"안녕하세요. 북컬렉션 출판사 편집장 김상태라고 합니다."

김내성과 출판 문제 때문에 몇 번 통화했던 사람이었다.

"아, 여태까지 이메일과 전화로만 연락했는데, 이렇게

직접 만나 뵈니 반갑습니다. 김내성입니다."

김내성이 김상태에게 손을 내밀었다.

"정말 성함이 김내성인 건가요?"

악수하며 김상태가 물었다.

"네, 김내성 맞습니다."

"본명이라는 거죠?"

"네."

"혹시, 창작 활동을 위해 개명하신 건가요?"

김상태가 눈을 깜박이며 확인하듯 다시 물었다. 김내성
이 이번에는 대답하지 않고 고개만 가로저었다. 김상태는
잠시 김내성의 눈치를 살피더니 살며시 입을 열었다.

"죄송합니다. 김내성 씨 작품을 검토해 봤는데요. 음,
뭐랄까. 김내성 씨의 작품을 우리 출판사에서 소화할 능
력이 안 될 거 같아서요. 잘 아시겠지만, 장르문학 쪽이
취향을 많이 타는 편이잖아요. 김내성 씨가 이번에 보내
주신 글을 수용할 만한 독자가 우리나라에는 몇 안 될 거
같아요. 취향 중에서도 좀 독특한 취향의 글이라."

완곡한 거절이다. 소설을 책으로 내줄 수 없다는 통보
였다. 예상은 했지만 바로 앞에서 출판 거절을 당하니 김
내성은 온몸의 기운이 빠져나가는 느낌이었다.

"어쩔 수 없죠. 어쨌든 제 졸필을 읽어 주셔서 감사합니다. 다음에 다른 글을 투고해 보겠습니다."

김내성이 억지로 미소 지으며 힘없이 말했다.

"그러시죠. 그런데……."

짧은 순간, 침묵이 찾아왔다.

"그런데, 라니요?"

"아니에요."

"괜찮습니다. 말씀해 보시죠."

"이런 말씀을 굳이 드릴 필요는 없는데, 제 개인적으로 안타까운 부분이 있어서요."

"어떤 부분이?"

"이름 있잖아요. 본명이라면서요? 전 사실 필명인 줄 알았거든요. 그걸 좀 바꾸셔야 할 거 같아요."

"왜죠?"

"잘 아시다시피 김내성 작가는 우리나라 추리소설의 시조잖아요? 순수문학 쪽에서 그리 비중 있게 다루지는 않고 있지만, 김내성 작가야말로 과거 우리 대중문학 선봉에 서 있던 분이었죠. 그분이 썼던 '마인', '태풍' 같은 책은 찍기가 무섭게 팔려 나갔고요. 한창 신문 연재소설을 쓸 때는 그의 글을 자기 신문에 실어 보려고 하는 신문사

들끼리의 경쟁도 대단했지요. '청춘극장'이라는 대하소설 아시죠? 몇 번이나 영화와 드라마로 만들었던 소설 말이에요. 아! 이걸 빼먹을 뻔했네요. 김내성 작가의 소설 중에 '인생화보'도 여러 번 영화와 드라마로 만들었죠. 2002년에도 KBS에서 드라마로 방영되기도 했어요. 삼둥이 아빠 배우 송일국 씨도 출연하고요."

"……."

"김내성 작가는 탐정소설 작가로 출발해서 우리나라 대중문학에 큰 발자취를 남긴 분이죠. 그의 '마인'은 지금도 꾸준히 복간되고 있고요. 정말 대단한 생명력이라고 생각해요. 그의 소설은 생명력뿐만 아니라 재미도 있어요. 발표한 지 80년이 지난 글인데도 말이죠. 저도 왜 김내성이 한국 추리소설의 시조라고 불리는지 '마인'을 읽어 보고 알 수 있었지요. 그 소설을 읽고 김내성과 '마인'에게 푹 빠지게 되었죠."

김내성은 편집장의 입에서 나올 결론을 대충 예상할 수 있었다.

"아인 김내성을 뛰어넘을 수 있겠어요? 더군다나 김내성 씨는 아인 김내성과 똑같이 추리소설을 쓰잖아요. 같은 장르에 같은 이름이라니……. 맙소사. 이건 플러스 요인이 아니라 명백히 마이너스 요인이지요. 같은 이름을 쓰면서 그의 소설을 뛰어넘는 글을 쓸 수 있겠어요?"

"저도 그런 생각을 해 보지 않은 건 아닙니다만⋯⋯."

"아인 김내성이라는 나무가 지금 김내성 씨한테는 너무 짙은 그림자를 드리우고 있는 것 같아요. 어떻게 보면 지금 김내성 씨가 김내성이란 본명으로 책을 출간해도 추리소설 장르를 잘 아는 독자들은 일종의 오마주, 아니면 패러디나 패스티시로 인식할 거예요. 능력도 되지 않는데 추리소설 시조의 이름만 빌렸다는 식의 평가를 받을 가능성이 아주 크죠. 죄송해요⋯⋯. 뭐, 김내성 씨를 비하하는 건 아니고요. 제가 드리고 싶은 말씀은 지금 김내성 씨가 본명을 그대로 써 봤자 독자들은 '김내성'이란 필명으로 받아들일 거라는 말이에요. 그러면 그 책 자체가 무척 우스워지는 거죠. 김내성이 환생해서 다시 추리소설을 쓴다고요? 그리고 책까지 출간했다? 좀 장난스러워 보이죠? 그래서! 김내성이란 이름을 쓰지 않는 게 오히려 김내성 씨가 앞으로 작가 생활을 하는 데 도움될 거 같다는 말씀을 드리는 거예요. 데뷔작만 김내성이라는 본명으로 발표하시고, 이후 단편은 줄곧 필명으로 발표하셨죠? 계속 그렇게 필명을 쓰시거나, 아예 개명하시고 작가 생활을 하시는 것도 좋을 거 같네요."

예상했던 결론이었다.

"좋은 말씀 감사합니다. 하지만 제가 김내성이란 이름을 가지게 된 게 내력이 있어서요."

"내력이라니요?"

김상태가 관심 어린 표정으로 물었다.

"말씀드리자면 좀 길어서요. 어쨌든, 편집장님 말씀대로 영원히 필명을 쓰든, 개명하든 김내성이라는 이름을 쓰지 않는 건 심각하게 고민해 보겠습니다."

"네. 제 충고를 고깝지 않게 들어주셔서 감사해요. 김내성 씨. 이번 작품 반려 건 때문에 너무 의기소침하지 마시고, 심기일전하시고요. 우리 북컬렉션 출판사는 언제든지 열려 있으니 좋은 작품 있으면 꼭 투고해 주세요."

김내성과 편집장이 이야기하는 동안 오상진은 술과 안주가 준비된 넓은 테이블 상석에 앉아 참석한 사람들을 한번 둘러보았다. 뒤에 걸린 현수막은 오늘 주인공이 누구인지 알려 주고 있었다. 몸을 돌려 현수막을 바라본 오상진은 이내 만족스러운 표정을 짓더니 신호하듯 백민수를 향해 손가락을 튕겼다. 백민수가 자리에서 일어났다.

"자, 자! 개별적 이야기는 많이 하셨을 테니까 이제 중앙 테이블로 모여 주시죠!"

백민수의 안내에 따라 테이블마다 흩어져 있던 손님들이 하나둘씩 중앙 테이블로 모이기 시작했다. 김내성과 편집장은 테이블에 나란히 앉았다. 다른 사람들도 모두 자리에 앉자 백민수가 입을 열었다.

"안녕하십니까. 지금부터 작지만 알찬 오상진 작가의 출간 기념회를 시작하겠습니다."

테이블에 둘러앉은 사람들이 동의한다는 듯 모두 웃는 얼굴로 손뼉을 쳤다.

"먼저, 오늘 진행을 맡은 제 소개부터 하겠습니다. 저는 추리소설가 백민수라고 합니다. 본업은 현재 S대 법학전문대학원에 다니고 있는 학생이지만, 추리소설가라는 명칭을 더 자랑스럽게 생각하는 사람이죠. 머지않은 미래에 베스트셀러 작가로 거듭날 사람이니 제 얼굴을 잘 기억해 두시기 바랍니다!"

백민수가 말을 마치고 고개를 깊이 숙여 참석자들에게 인사했다.

"미래의 베스트셀러 작가 백민수 파이팅!"

백민수의 맞은편에 중절모를 쓴 중년 남자가 백민수를 향해 두 주먹을 불끈 쥐며 우렁찬 목소리로 화답했다.

"아이고, 선생님 덕분에 벌써 베스트셀러 작가가 된 느낌이네요. 감사합니다."

겸연쩍은 표정으로 백민수가 중년 남자를 향해 고개를 살짝 숙였다.

두 남자를 지그시 바라보던 오상진은 입꼬리를 한쪽으로 살짝 올리며 백민수를 향해 턱을 돌려 반원을 그렸다.

"아, 이 자리가 저를 위한 자리가 아닌데, 갑자기 제가 주인공이 된 거 같아서 죄송스럽군요. 그럼, 다시 진행하겠습니다. 이제부터는 참석하신 분들의 자기소개 시간입니다. 오늘 이 자리에서 처음 뵙는 분들도 있으니 간략하게나마 자기소개를 해 주시면 좋겠네요. 저를 기점으로 오른쪽으로 순서대로 한 바퀴 돌며 한 말씀씩 하시면 됩니다. 제 옆에 김내성 작가님부터 시작할까요."

김내성이 입고 있던 코트를 벗어 의자에 걸치고 자리에서 일어났다. 몸에 착 달라붙는 회색 슈트를 입은 그에게 사람들의 시선이 쏠렸다.

"추리소설가 김내성입니다."

"김내성?"

김내성과 같은 편 테이블 끝에 앉은 이십 대 중반의 깡마른 남자가 고개를 빼고 김내성을 신기한 듯 쳐다봤다.

"필명이 아니고 실명이에요."

깡마른 남자의 바로 옆에 앉은 편집장이 손으로 입을 가리고 나지막이 말했다.

"아하? 그래요? 재미있는 일이군요. 전 진짜 김내성 작가의 소설은 읽어 봤지만, 저분의 글은 한 번도 본 적이 없네요. 발표한 작품이 있어요?"

"네, 단편으로 몇 편 있지요. 아마 계간지에 실려 있을 거예요. 그런데 데뷔작만 김내성이란 이름으로 발표했고, 데뷔 후에는 작품을 모두 필명으로 발표했어요."

"한번 찾아서 읽어 봐야겠군요. 제가 김내성 작가의 '마인'을 아주 감명 깊게 읽었거든요. 그 이후로 김내성의 팬이 됐어요. 그런데 참 신기하네요. 김내성이란 이름이 흔한 이름이 아닌데 같은 이름이고, 똑같이 추리소설을 쓴다니 말이에요."

"저분이 우리 출판사에 투고한 미발표 장편도 검토해 봤는데, 아인 김내성 선생님과 비슷한 문체로 글을 썼더군요."

"아! 그래요? 곧 출간하나요?"

"아니에요. 김내성 선생님 소설 같은 분위기를 내려고 무던히 애쓴 흔적은 있는데, 아인 선생님의 글과는 비교

할 수 없는…… . 결국 원고는 반려했어요."

"후훗, 저분은 아직 필력이 모자라는가 보군요. 그래도
저분 글을 한번 보고 싶네요. 이름 자체가 호기심을 자극
하는 거 같아요."

"글쎄요. 시간 낭비일 거 같은데요."

두 사람이 속삭이듯 김내성에 관해 이야기하는 동안 김
내성의 자기소개가 끝났다. 이제 편집장 차례였다.

"북컬렉션의 김상태 편집장입니다. 추리소설 분야 편집
장을 맡은 지 벌써 15년이 넘었네요. 저는 15년 동안 수없
이 많은 국내외 추리소설을 읽어 본 이 분야의 전문가라고
할 수 있죠. 무명이었던 오상진 작가님이 인기작가로 발
돋움하는 데 일조하기도 했고요. 전문가의 입장에서 예상
했을 때 오상진 작가님의 이번 작품은 대박 날 확률이 높
다고 생각해요. 그만큼 재미있는 소설이기 때문이죠. 우
리 출판사에서 이번 작품 마케팅에 신경을 많이 쓸 예정이
니 여러분도 많은 성원 바랍니다."

편집장이 말을 마치자 깡마른 남자가 자리에서 휘청거
리며 굼뜨게 일어났다. 남자는 180센티미터가 넘는 큰 키
였지만, 생선 가시처럼 얇은 뼈대에 남성미라고는 눈 씻
고도 찾아볼 수 없이 병약해 보였다.

"제 이름은 이범수라고 합니다. 스물여섯 살이고요. 추리소설 읽는 거를 좋아하죠. 여태까지 읽은 추리소설이 대략 3천여 권 정도 되는 거 같네요. 아니, 추리소설 관련 평론이나 작법서, 잡지 같이 추리소설과 관련된 모든 책을 이것저것 포함하면 한 3천 5백여 권은 되는 거 같네요. 이렇게 추리소설을 많이 읽다 보니 어느 날 문득 직접 써 보고 싶다는 생각이 들어서 요즘은 집에 틀어박혀 추리소설 쓰는 데 몰두하고 있어요. 앞으론 단순 독자가 아닌 기괴하면서도 고전적 냄새가 풍기는 소설을 쓰는 본격 추리소설가로 거듭나고 싶어요.

 전 군대를 몸무게 미달로 공익으로 다녀왔는데, 공익이 끝나자마자 다니던 대학교에는 자퇴서를 냈어요. 제 입장에선 추리소설을 위해 배수의 진을 친 거죠. 포털사이트에 추리소설가 이범수로 제 프로필이 검색될 날을 기다리고 있어요. 뭐, 그러기 위해선 우선 등단을 하는 게 급선무겠네요. 이 팬카페 가입을 계기로 오상진 작가님을 직접 뵙고, 술 한잔도 할 수 있고 해서 정말 좋은 거 같아요. 얼마 전에는 작가님 댁에 직접 찾아가서 제 원고에 대해 이런저런 지도도 받았어요. 저 같은 작가지망생에게는 아주 꿈같은 일이었죠. 아, 제 말이 조금 길었죠? 길었다면 죄송해요. 여하튼 오상진 작가님 출간 진심으로 축하합니다. 꼭 대박 나세요! 헤헷."

이범수가 손가락으로 뒷머리를 긁적거리며 멋쩍은 표정으로 자리에 앉자마자 맞은편에 있던 북카페 주인인 김미정이 기다렸다는 듯이 일어났다. 아담한 체구의 그녀는 쇼트커트가 잘 어울리는 30대 후반의 여자였다.

"아시다시피 서울에서 우리 북카페가 가장 손님이 많은 편이잖아요. 오늘도 예약전화가 많이 왔었는데, 오상진 작가님과의 특별한 만남을 위해 아예 가게 문을 닫고 손님을 받지 않았어요. 작가님 공식 팬카페 부회장으로서 역할을 충실히 하고 있죠? 어때요, 저 괜찮은 사람이죠?"

김미정이 대답을 원하는 눈빛으로 사람들을 바라보자, 편집장이 "그래요. 평소 손님이 많은 북카페에서 저녁 시간에 영업하지 않으면 손실이 클 텐데, 오 작가님을 위해 자리를 마련해 주신 부회장님께 우리 출판사를 대신해서 감사 말씀드려요."라고 말하며 사람들의 박수를 유도했다.

"여러분들을 위해 여러 종류의 국산 맥주와 수입 맥주를 준비해 두었으니 마음껏 드시고, 좋은 말씀 많이 나누는 자리가 되었으면 해요. 혹시 맥주로 취하지 않는 분들이 있을까 봐 좋은 양주도 마련했으니 취향대로 드세요. 추리문학을 사랑하는 작가와 편집자, 그리고 독자들이 한자리에 모일 수 있어서 저는 오늘 밤 정말 행복합니다. 사랑해요. 여러분!"

손 키스를 날리며 자리에 앉는 김미정을 바라보며 정진영이 웃는 얼굴로 자리에서 일어났다.

"오상진 작가님 공식 팬카페 회장 정진영이에요. 이 자리를 빌려 고백하는 거지만, 저도 사실 많이 놀랐어요. 짧은 기간에 팬카페가 이렇게 성장할 줄은 예상하지 못했거든요. 오상진 작가님의 네임파워에 새삼 놀랐죠. 여기 초대된 분들은 우리 카페 회원 중 핵심이라고 자부하셔도 될거 같아요. 앞으로도 우리 함께 오상진 작가와 추리문학발전을 위해 힘을 모았으면 해요. 그럼, 오늘 즐거운 시간되시길 바랄게요."

정진영이 자리에 앉았다.

"어라? 벌써 끝난 건가? 회장님의 말씀치고 너무 짧은거 아니야?"

오상진이 정진영에게 말했다.

"에이, 작가님도. 오늘 밤 술 마시면서 천천히 이야기할시간 많아요."

"그렇긴 하지. 그럼, 마지막으로 이경태 팀장님 차례군요. 여러분, 여기 계신 이경태 팀장님은 추리소설 열혈독자이기도 하고, 제 자문 역할을 해 주시는 분이기도 합니다. 제가 소설을 쓸 때 경찰 직제나 수사 기법 같은 디테일한 부분을 소상히 알려 주시는, 제겐 아주 중요한 분이죠. 팀장님! 멋진 소개 부탁합니다."

오상진의 소개를 받은 남자가 자리에서 힘차게 일어났다. 일어난 남자는 쓰고 있던 중절모를 벗고 정중하게 고개를 숙였다.

"오 작가가 이미 다 말해 버려서 정작 내가 소개할 게 없잖아."

남자가 오상진을 바라보며 장난스럽게 말했다.

"안녕하십니까. 여기 구면도 있고, 초면도 있으시군요. 제 이름은 이경태. 직업은 현직 경찰. 오 작가 집과 가까운 성북경찰서에서 근무하고 있습니다. 이 카페 덕분에 오 작가랑 소중한 인연을 맺을 수 있게 되어 감사하게 생각합니다. 오 작가와는 가까이 있다 보니 술자리도 자주하고, 이야기도 많이 해서 오 작가가 어떻게 사는지 속속들이 알고 있죠. 제가 오 작가가 가지고 있는 희귀한 책들의 목록도 거의 꿰고 있을 정도입니다. 사실, 제 전공은 독서보다는 오래된 추리소설을 수집하는 겁니다.

지금 우리 집 서재에 십여 년 전부터 수집해 온 오래된 추리소설이 천여 권 정도 꽂혀 있습니다. 여러분 집 책장에 오래된 추리소설을 처분할 생각이 있으면 반드시 제게 연락 바랍니다. 언제든 출동해서 그 아이들을 체포한 후 우리 집에 가둬 놓을 테니까요. 하하하. 그럼, 제 소개는 여기서 끝!"

이경태를 마지막으로 참석자의 자기소개가 끝나자 편집장이 자신의 백팩에서 책을 꺼내 오상진에게 건넸다.

"오늘 나온 따끈따끈한 책이에요. 어서 사인해서 한 권씩 나눠 드리죠."

편집장으로부터 책을 받은 오상진은 능숙하게 서명을 해서 한 명씩 차례대로 건넸다. 이윽고 정진영 차례였다. 오상진은 그녀에게 책을 건네려다가 멈칫했다. 책 표지를 다시 펼쳤다. 그는 자신의 서명 위에 '그 미모 영원히 잃지 않으시길.'이라고 더 적은 후 그녀 쪽으로 책을 쓱 밀어 놓았다. 책을 조심스럽게 펼쳐 본 정진영은 감격스러운 표정으로 책을 가슴에 품으며 "정말 고마워요."라고 말했다.

"이제부터는 편하게 술 마시는 시간입니다! 모두 원하는 맥주를 한 병씩 잡습니다!"

책을 모두 나눠 준 오상진이 명령하듯이 말했다.

오상진의 옆에 있던 백민수가 테이블 가운데 있는 얼음
바구니에서 아사히 맥주를 한 병 꺼내 오상진에게 건넸다.

"난 뼛속 깊숙이까지 조선 사람이라고. 일본 맥주 말고,
우리나라 맥주로 줘. 카스!"

오상진이 맥주를 백민수에게 돌려주며 말했다.

"사람 참 특이하시네. 무슨 맥주까지 국뽕 타령이야. 난
맥주는 아사히가 좋던데."

백민수가 얼음 바구니를 쑤석거리며 말했다.

"백 작가님, 새삼스럽게 왜 그러세요. 우리 오 작가님이
애국자인 거 아직 모르셨어요? 어서 오 작가님 취향에 맞
는 맥주를 찾아 주시죠. 호호."

정진영이 백민수에게 말했다.

"그렇게 국산을 좋아하시는 애국자께서 왜 아우디를 타
고 다니시면서 아이폰으로 통화를 하실까."

백민수가 고개를 갸웃하며 혼잣말처럼 뇌까리자 옆에
있던 김내성이 백민수의 옆구리를 팔꿈치로 푹 찔렀다.

"팬카페를 개설하고 오백여 명이나 되는 많은 팬을 모아
준 정진영 회장 덕분에 내가 우리나라에서 가장 두터운 팬

덤을 확보한 추리소설가가 되었어. 정말 고마워."

오상진은 정진영을 바라보며 슬며시 입꼬리를 올렸다.

"그리고 오늘 이 자리에 참석해 주신 부회장님과 회원님들께도 감사해요. 앞으로도 회원님들의 많은 활동 부탁합니다. 자! 한국추리문학의 영원한 발전을 위하여! 건배!"

사람들이 오상진의 건배 제의에 맞춰 병을 높이 든 후 맥주를 마시기 시작했다.

"이제 책이 많이 팔릴 일만 남았네요. 한국 최고의 추리소설가 오상진!"

정진영이 말했다.

"너무 앞서 나가는 거 아니야? 하하하."

"앞서 나가다니요. 이미 출간 전 인터넷 선연재로 인기와 작품성이 검증된 소설이잖아요. 선인세를 많이 받았다는 소문도 이미 독자들 사이에선 공지의 사실이 되어 버렸는데 너무 겸손하신 거 아닌가요."

"선인세 이야기까지? 소문 한번 빠르군. 소문이 사실이기는 하지. 으하하하핫."

오상진이 호탕하게 웃었다.

"사실, 여기서 여러분께 처음 밝히는 거지만 이번 작품은 실재 인물과 사건에서 영감을 받아 쓴 겁니다."

"실재 인물과 사건이라고?"

백민수가 묻자 오상진이 백민수를 향해 손바닥을 세워 보이고는 사람들을 둘러보며 말을 이었다.

"이 소설을 쓰게 된 계기는 작년에 찾아온 예상치 못한 20년 만의 해후 때문이었죠. 작년 5월 연휴 때 부산에 있는 추리문학관에 방문할 일이 있었습니다. KTX를 타기 위해 서울역에 가서 계단을 오르는데 수상한 사람이 다가와 불쑥 잡지를 내밀더군요.

난 예전부터 이 잡지의 좋은 취지를 알고 있었기에 주저 없이 만 원을 내고 잡지를 샀습니다. 물론 거스름돈은 받지 않았죠. 판매원은 거스름돈 오천 원을 몇 번이나 저에게 건넸지만 저는 계속 사양했습니다. 실랑이 아닌 실랑이가 계속되자 결국 판매원은 못 이기는 척 고맙다고 꾸벅 인사하며 거스름돈을 챙기더군요. 그런데 잔돈을 챙긴 판매원이 한동안 내 얼굴을 뚫어지게 쳐다봤습니다. 그러고는 판매원의 입에서 익숙한 이름이 튀어나오더군요. 오상진! 바로 내 이름이었습니다. 그 노숙자는 내 친구였죠!"

오상진은 들고 있던 맥주를 단숨에 비우더니 갑자기 비통한 표정을 지었다.

"예상치 못했습니다. 중학교 이후로 소식이 끊겼던 친

구였죠. 그 녀석은 아버지의 뜻하지 않은 사고로 우리 동네를 떠난 친구였죠."

"교통사고?"

정진영이 눈을 동그랗게 뜨며 오상진에게 물었다.

"아니."

"그러면?"

"사람을 죽였지."

오상진이 눈썹을 찡그리며 대답했다.

"살인?"

"우리 동네에서는 그 녀석 아버지를 살인자라고 불렀어. 그 녀석에게는 살인자의 아들이라는 꼬리표가 붙었고."

살인자라는 말과 함께 오상진의 입 주위가 경련이 인 듯 파르르 떨렸다.

"동네 사람들은 살인자와 살인자의 아들이라는 말을 대놓고 하지 않았어. 하지만 눈빛만 봐도 알 수 있었지. 그들이 그렇게 말하고 있다는 걸 말이야. 그 녀석 어머니가 시장에 가면 시장 사람들은 물건 팔 생각을 하지 않았어. 눈길을 피하면서 그 녀석 어머니가 빨리 지나가길 기다릴 뿐이었지. 자신의 돈을 내고 물건을 사는 시장에서도 환영받지 못하는데 동네 아줌마들이나 그 녀석이 다니던 학교 학부모들과의 관계는 오죽했겠어? 그 녀석 아버지가 교도소에 들어가자마자 친구 녀석 집은 대부분 사람과 교류가 끊기고 말았지.

그 녀석의 상황은 더 나빴어. 전교에 소문이 쫙 퍼졌지. 살인자의 아들이 우리 학교에 다닌다고 말이야. 핸드폰이나 카톡도 없던 시절인데 희한하게도 소문은 정말 빨리 퍼졌어. 근처 여학교에서도 그 사실을 알고 있더라고. 그 녀석은 순식간에 나쁜 놈이 되어 버린 거야. 아버지처럼 사람에게 해코지할지도 모른다는 이유만으로 말이지.

우리 학교에서 그 녀석은 금세 유령 같은 존재가 되었어. 전교생이 모여서 약속한 것도 아닌데 어느 순간부터 학교에서 그 녀석에게 먼저 말을 거는 사람은 찾아볼 수 없었지. 간혹 학교에서 싸움으로 잘나가던 선배들이 그 녀석이 지나갈 때 살인자 아들 지나간다고 비아냥거리는 게 그 녀석이 학교에서 들을 수 있는 유일한 말이었어."

"아……. 그런 스토리가 있었군요. 그 친구는 정말 힘들었겠어요. 생각만 해도 끔찍해요. 중학생이면 한창 예민할 때인데."

정진영이 안타까운 표정으로 말했다.

"그렇지. 그 녀석의 마음에 아주 큰 상처가 생겼어."

오상진이 고개를 끄덕이며 말했다.

"그래도 오 작가님처럼 의리 있는 분이 곁에 있어서 그 친구에게 많은 힘이 되어 줬을 거 같아요. 그렇죠?"

"흐음……. 맞아. 그나마 내가 곁에 있어 그 녀석이 버틸 수 있었어. 하지만 그 녀석 덕분에 나도 이상한 놈 취급을 받았지. 항상 같이 다녔으니까 말이야. 그래서 다른 친구들이 나에게 충고와 더불어 경고도 했어. 그 녀석을 조심하라고!"

오상진이 볼을 실룩거렸다.

"결국, 그 녀석은 오래 버티지 못했어. 보다 못한 담임 선생님이 어머니께 전학을 권유했지. 그 녀석 어머니도 이미 눈치챘어. 자신도 지역 사회에서 전과자 가족이라는 멸시를 충분히 받고 있었으니까 말이야. 그뿐만이 아니었지. 경제적 궁핍도 한몫했어. 가장의 부재로 인한 수입 감소와 피해자……."

오상진은 말을 멈추고 잠시 생각을 하는 듯 눈을 지그시 감았다가 다시 떴다.

"그래, 피해자라고 해야겠지. 그 녀석의 집은 피해자 가족과의 합의 과정에서 무리하게 돈을 끌어 쓰는 바람에 집도 경매로 넘어가기 일보 직전이었어. 선택의 여지가 없었지. 좀 더 싼 집을 구할 수 있는 곳, 자신들의 과거가 알려지지 않은 곳으로 떠나야만 했어.

어느 날 그 친구로부터 전화가 왔어. 지방 어디론가 떠난다는 말만 짧게 하고 끊더군. 이후 연락이 두절 되어 직접 친구 집에 찾아갔는데, 그 집에는 이미 다른 사람들이 들어와 있었어. 그 친구와는 제대로 된 인사도 없이 헤어지게 된 거야. 그런데 그렇게 헤어졌던 친구가 20년 만에 불쑥 내 앞에 나타난 거지. 노숙자가 되어서 말이야."

오상진이 붉어진 눈으로 긴 한숨을 쉬었다.

"안타깝네요. 20년 만에 만난 친구라서 무척 반가웠을 텐데. 노숙자라니."

정진영이 말했다.

"혹시, 이런 거 물어봐도 되나요?"

김미정이 말했다.

"뭐지요?"

"그 친구 아버지는 왜 살인을?"

"친구 아버지는 살인죄를 범한 게 아닙니다."

오상진이 한숨을 쉬고 좌중을 바라보며 말했다.

"여태 친구 아버지가 사람을 죽였다고 말씀하신 거 같은데, 지금 와서는 사람을 죽인 게 아니라는 건 또 뭐지요?"

김미정이 의아한 표정을 지었다.

"법률적으로 정확한 죄명은 상해치사였습니다. 동기 측
면에서 억울한 점이 많은 사건이었죠. 사건은 이렇습니
다. 한 남자가 우연히 아파트 우편함 앞에서 어슬렁거리
는 아이를 발견했습니다. 그 남자는 자신이 정기 구독하
던 잡지가 종종 우편함에서 사라지는 바람에 신경이 예민
해 있었죠. 남자는 기둥 뒤에 몸을 숨기고 의심이 가득한
눈으로 그 아이의 행동을 지켜보았습니다.

아이는 주위에 사람이 없다고 생각했는지 그 남자의 우
편함에 꽂힌 두꺼운 우편물을 꺼냈습니다. 그 장면을 목
격한 남자는 재빨리 아이의 뒷덜미를 낚아챘습니다. 그러
고는 아이를 심하게 채근했죠. 여태까지 없어진 잡지가
모두 그 아이의 나쁜 손버릇 탓이라고 생각한 모양이었습
니다. 그때 내 친구 아버지가 나타났죠. 친구의 아버지는
손찌검까지 수반한 성인 남자의 꾸지람, 아니 폭행을 말
렸습니다. 아이를 혼내던 남자는 난데없이 나타나 정의의
사도처럼 행동하는 친구 아버지가 못마땅했죠.

둘 사이에 점차 언성이 높아지고 욕설이 튀어나오기 시
작했습니다. 이윽고 서로 밀치는 몸싸움이 시작됐고, 친
구 아버지가 주먹을 날렸습니다. 막상 본격적인 싸움이

시작되자 힘의 우열은 금방 판가름 났죠. 아이를 나무라던 남자는 친구 아버지 주먹에 턱과 복부를 정확히 맞고 쓰러졌습니다. 순식간의 일이었죠. 쓰러진 남자는 친구 아버지가 주먹을 날릴 거라고는 생각지도 못한 것 같았습니다. 더군다나 그 녀석 아버지의 주먹이 아주 매섭다는 것도 모르고 있었죠. 그분은 젊었을 때부터 복싱으로 몸을 꾸준히 단련한 분이었죠. 군 생활도 특수부대에서 했습니다. 몸뿐만 아니었죠. 성격도 아주 불같은 사람이었습니다."

오상진은 마치 지금 눈앞에 펼쳐지는 일을 목격하는 것처럼 흥분한 목소리로 말했다.

"거기에서 멈췄으면 좋았을 텐데…… 멈추질 못했습니다. 남자들은 이해할 수 있을 겁니다. 소리 지르며 주먹을 휘두르다 보면 급속도로 온몸에 퍼지는 아드레날린을 말이죠. 극도로 흥분된 몸을 이성이 제어할 수 없었습니다. 쓰러져 있는 남자의 온몸을 마구 짓밟았습니다. 말릴 수도 없을 만큼 정말 눈 깜짝할 순간이었습니다.

보다 못한 경비 아저씨가 친구 아버지를 말렸습니다. 하지만 바닥은 이미 남자의 머리에서 흘러나온 피로 붉게 물들어 있었습니다. 구급차가 출동하고 경찰이 현장에 도착했을 때가 되어서야 친구 아버지는 제정신을 찾았죠. 자신이 돌이킬 수 없는 일을 저질렀다는 것을 곧 깨달았습니다."

"정말 안타까운 일의 연속이네요."

이야기 내내 눈 한번 깜박이지 않고 듣고 있던 정진영이 비로소 눈을 깜박이고는 미간을 찌푸렸다.

"맞아. 일어나지 말았어야 할 안타까운 일이었어. 물론, 어떤 이유에서든 결과의 책임은 친구 아버지가 지는 게 맞지. 자신이 한 일이니까. 하지만 징역 5년은 너무 무거운 형벌이 아닌가? 피해자와 합의도 봤는데 말이야.

그 녀석의 아버지는 그 남자에 대한 어떤 살의도 없었어. 단지 실수를 했을 뿐이었어. 아니, 재수가 없었던 거지. 그런 뜻하지 않은 상황을 맞닥뜨리고 싸움이 붙었는데 주먹 한두 방에 상대방이 고꾸라지고, 생명을 잃을 거라 예상하는 사람이 몇이나 있을까.

아내의 외도를 의심해서 구타하고 결국 죽음에 이르게 만드는 남편. 어머니를 상습적으로 구타하여 사망에 이르게 하는 아들. 지나가면서 기분 나쁘게 쳐다봤다고 길거리에서 일면식도 없는 사람을 마구 구타하여 죽이는 철없는 10대들. 어디선가 들어본 듯한 사건들이지 않아? 이런 사건의 가해자도 상해치사로 처벌을 받지. 형량도 비슷하고. 어때? 내 친구 아버지가 가지고 있는 악의의 질량이 방금 말한 예의 사람들과 같다고 볼 수 있어? 아무리 법에 대해 문외한이고 법을 다루는 기술자가 아니더라도 금세 알 수 있지 않을까? 악의의 질량이 전혀 다르다는 것을 말이야!

그런데 왜 정작 법을 다루는 기술자인 검사와 판사는 악의의 질량을 제대로 측정하지 못하는 걸까? 천편일률적인 기소와 판결은 어디서 연유한 거지? 그건 바로 모두 사무실에 편히 앉아 컴퓨터 모니터와 철끈으로 묶은 기록으로 세상을 바라보기 때문이야!"

오상진의 눈이 희번덕거렸다.

"악의의 질량! 작가의 입으로 악의의 질량에 주목하게 된 이유를 들으니 이해가 쏙쏙 되네요. 참 좋은 제목이에요. 글만큼 제목도 잘 만드시는 우리 작가님. 최고!"

그가 말하는 모습을 연신 스마트폰으로 찍던 김미정이 말했다. 무거운 이야기로 가라앉은 분위기를 바꿔 보려는 생각에서인지 목소리 톤이 올라갔다.

"친구의 실화를 바탕으로 이런 소설을 쓰다니 정말 대단하군요. 전과자의 가족이라는 이유만으로 사회로부터 냉

대받고 주류에서 멀어진 주인공이 사회에 대해 복수를 펼치는 스토리! 정말 흥미진진한 이야기예요. 복수!"

줄곧 수첩에 메모해 가며 그의 이야기를 듣던 작가 지망생 이범수가 마치 자기 일인 양 흥분한 목소리로 말했다.

"그 친구를 만난 날, 원래 계획했던 추리문학관 방문을 취소했습니다. 추리문학관은 첫 방문이고 추리문학관의 주인이자 '여명의 눈동자'의 원작자인 김성종 선생님과 만나기로 약속이 되어 있어 기대가 컸지만 어쩔 수 없는 선택이었죠. 대신 모텔에서 그 녀석과 밤을 새워 가며 살아온 이야기를 했습니다. 그 녀석은 운영하던 조그마한 야식집이 망하자 빚만 지고 노숙자로 전락했습니다. 이후 이곳저곳 떠돌다가 재기를 위해 잡지를 팔게 되었죠. 삶에 대한 의지는 버리지 않았다는 증거였습니다. 하지만 마음 한구석에는 여전히 사회에 대한 적개심과 소외감이 응어리져 있더군요.

그 친구와 밤새워 이야기하다 언뜻 잠이 들려고 하는 찰나였습니다. '악의의 질량'이라는 제목이 강하게 뇌리를 때리며 저를 깨우더군요. 뮤즈의 강림이라고 할까요. 한순간에 제가 써야 할 이야기가 머릿속에 정리됐습니다. 바로 옆에서 잠든 친구를 깨웠습니다. 너를 주인공으로 한 소설을 쓰겠다! 너를 괴롭혔던 사람들에 대해 복수를 해 주겠다! 글로 그들을 난도질하고 잘린 머리를 효수하듯 인터넷에 올리겠다! 그러면 너도 마음이 편해질 것이다!

친구는 고개를 끄덕였습니다. 나는 친구에게 다짐을 받았습니다. 복수는 내가 글로 할 테니 본인은 재기에 전념할 것을 말입니다."

모든 이야기를 마친 오상진은 새 맥주를 따서 벌컥벌컥 들이켰다.

"역시 오 작가는 의리가 있어. 그 멋진 우정 영원하길 바라!"

현직 경찰인 이경태가 우렁찬 목소리로 외쳤다.

"오 작가는 글도 잘 쓰지만, 저렇게 말도 맛깔나게 잘한다니까요. 정치를 했으면 최소한 구청장 정도는 쉽게 해 먹었을 거예요."

김상태가 칭찬인지 비아냥거림인지 알 수 없는 야릇한 어조로 옆에 앉아 있는 김내성에게 나지막이 말했다.

고개를 갸웃하며 오상진의 이야기를 듣고 있던 백민수가 자리에서 일어났다.

"저는 작년에 상진이 형이 추리문학관에 가서 김성종 선생님을 뵌 줄로만 알고 있었는데, 이런 숨겨진 사연이 있는 줄은 몰랐네요. 이런 비하인드 스토리 때문에 상진이 형이 작년 연말 추리작가협회 총회 때 종이책이 출간되면 인세 수입 전부를 노숙자에게 기부한다고 했군요. 모두 박수로 오 작가님에게 존경을 표해 주시기 바랍니다."

백민수가 박수를 유도했다. 사람들이 손뼉을 치자 오상진이 답례로 자리에서 일어나 고개를 숙였다.

"방금 백민수 작가님께서 말한 것 중에 정정할 게 하나 있습니다. 노숙자들에 대한 기부는 맞습니다만, 노숙자 지원 단체에 대한 기부는 아닙니다. 제가 지정한 한 사람을 도울 예정이죠. 그 수혜자는 바로 내 친구입니다. 전 그 녀석의 재기를 돕고 싶으니까요."

오상진이 자랑스러운 표정으로 눈에 힘을 주었다.

"자! 우리 더 취하게 전에 기념사진 한 장 찍어야죠. 여기 상진이 형을 중심으로 다 모이세요."

백민수가 말했다.

"맞아요. 출판사 홈페이지에도 올려야 할 사진이니 얼굴이 더 빨개지기 전에 찍어야겠네요."

편집장이 스마트폰을 꺼내며 말했다.

사람들이 오상진의 양옆으로 서서 편집장을 바라보며

미소를 지었다. 뒤에 걸린 현수막이 오늘 그들이 모인 이유를 설명해 주는 배경이 되었다.

"찍습니다. 더 활짝 웃으세요!"

편집장은 스마트폰 화면 속 사람들의 표정을 확인하며 촬영 버튼을 눌렀다.

"잘 나온 것 같네요. 사진은 지금 핸드폰으로 모두 보내 드릴 테니 확인해 보세요."

출간 기념회를 마친 사람들이 우르르 가게에서 쏟아져 나왔다. 하나같이 붉은 얼굴이었다. 가죽 코트를 삐딱하게 걸친 오상진이 휘청거리며 마지막으로 가게를 나왔다.

백민수와 나란히 서 있는 김내성을 발견한 오상진이 느릿하게 다가와 어깨동무를 했다.

"올해는 책상머리에 앉아 열심히 글을 쓰는 게 어때? 너 작품 발표한 지 꽤 됐잖아. 작가는 글로 승부하는 거야. 단편이라도 꾸준히 써야 감이 죽지 않아. 한번 감이 떨어지면 영원히 글을 못 쓴다고 하잖아. 글 쓸 소재가 부족해? 나처럼 네 주변 이야기를 쓰란 말이야. 너무 어렵게 생각하지 말고. 김내성이란 이름값을 해야지! 오케이?"

김내성이 어깨에 올린 팔을 슬며시 치우며 말했다.

"나도 알고 있어. 하지만 쓰고 싶은데 그만큼 능력이 따라와 주질 않으니 어쩔 수 없지. 몇 해 더 해 보다가 안 되면 때려치우든지 할 거니까 괜한 걱정은 안 해 줘도 돼."

"하하하. 미안, 미안. 우리 추리소설계의 유망주 김내성 씨가 내 말에 마음 상한 모양인데. 기분 나쁘게 생각하지 마라. 다 네 걱정하는 형 마음 때문이야. 난 네 데뷔작이 정말 좋다. 마치 김내성이 다시 환생해서 쓴 것 같은 분위기의 글. 그건 너만 쓸 수 있는 거야. 축복받은 네 능력이라고. 데뷔작 이후 후속 작품에선 전혀 맥을 못 추고 있지만, 다시 데뷔작처럼 흡입력 있는 글을 쓸 거라고 믿어 의심치 않는다. 알지? 내가 항상 응원하고 있는 건? 파이팅!"

김내성에게 잔소리를 늘어놓은 오상진이 몸을 돌려 사람들에게 손을 휘휘 저었다.

"여러분! 내일부터 설 연휴가 시작인데 연휴 전날 저를 위해 이렇게 나와 주셔서 감사합니다. 다음에 또 뵈어요. 그때는 제가 소 한 마리를 잡아 푸짐하게 쏘겠습니다."

이때 오늘 장소를 제공한 북카페 사장 김미정이 그에게 다가갔다. 그녀는 손에 쇼핑백을 들고 있었다.

"아이고, 부회장님! 이게 뭡니까?"

"연휴 때 작가님도 아버님을 찾아뵐 거 아니에요. 아버님께 드리라고 홍삼 선물세트를 준비했어요. 받으세요."

"으하하하핫, 감동! 감동, 그 자체입니다! 부회장님 고마워요."

선물을 받은 오상진이 갑자기 그녀를 꽉 끌어안았다.

"몸 관리가 철저한 우리 아버지가 이런 건강식품을 좋아하는 걸 어떻게 아시고. 섬세한 마음씨의 그대에게 축복이!"

"추우시죠? 오늘은 여기까지 하겠습니다. 내일부터 연휴인데 어서 들어가셔야지요. 여러분 모두 오늘 만나서 반가웠습니다."

술에 취한 오상진의 말이 길어질 것 같자 백민수가 서둘러 자리를 마무리하려고 했다.

"그럼, 저는 먼저 들어갈게요."

김미정이 말했다.

그녀는 자리를 떠나기 정진영에게 다가가 사뭇 진지한 얼굴로 귓속말을 했다. 정진영은 웃으며 가볍게 고개를 끄덕였다.

백민수는 도로로 나가 택시를 잡아 사람들을 하나씩 태워서 보냈다. 몇 분 지나자 자리에 남은 건 오상진과 김내성, 백민수, 정진영 넷이었다.

"이봐 내성! 민수! 오늘 수고했다. 먼저 들어가. 연휴 끝나고 한번 뭉치자."

"형은?"

백민수가 오상진에게 물었다.

"난 차 때문에 대리운전을 불러야 해. 너희 먼저 가라. 바람이 차다. 감기 걸릴라."

"진영 씨는 안 들어가세요?"

김내성이 물었다.

"오 작가님 들어가시는 거 보고 가려고요."

"먼저 들어가. 우리 걱정은 하지 말고."

오상진이 두 남자에게 윙크하며 턱을 두세 번 앞으로 내밀었다. 어서 가라는 뜻이었다. 둘은 대리운전에 전화하는 오상진과 정진영을 뒤로하고 지하철역으로 향했다. 몇 걸음 걷다가 김내성이 뒤를 돌아봤다. 초록색 모피 하프 코트를 입은 정진영이 눈에 들어왔다. 오상진 곁에 서 있는 그녀가 김내성에게는 왠지 위태롭게 보였다.

2

　김내성은 갈증에 눈을 떴다. 자리에서 일어나 보니 옷을 대충 벗어 놓고 널브러져 있는 백민수가 눈에 들어왔다. 어제 일행과 헤어진 후 포장마차에서 소주 한잔을 더 마시고 오피스텔로 들어온 기억이 났다.

　냉장고에서 물을 꺼내 마신 김내성은 식탁 위에 놓인 스마트폰을 들었다. 오후 1시. 무려 10시간이나 곯아떨어져 있었다. 스마트폰을 다시 내려놓으려는데 진동이 느껴졌다. 발신자는 오상진. 통화 버튼을 눌렀다.

　스마트폰 저편에서부터 불길한 숨소리가 전해졌다.

　"나야…… 상진이."

　"형? 목소리가 왜 그래?"

　"살해됐어."

　"누가?"

　"아버지……."

　"뭐! 아버지가? 형, 지금 어디야?"

　"아버지 댁. 경찰에 신고했어. 왜 이런 일이……."

　약속한 커피숍에 김내성과 백민수가 도착했다. 그들은 일그러진 얼굴로 테이블에 앉아 있는 오상진을 금방 찾을 수 있었다. 마침 오상진 앞에 앉아 있던 검은색 하프코트를 입은 짙은 턱수염의 남자가 자리에서 일어났다. 오상진에게 묵례한 남자는 김내성과 백민수를 지나쳤다. 짧은 순간, 남자의 매서운 눈이 두 사람을 훑고 지나갔다.

"경찰인가?"

김내성이 오상진에게 물었다.

"응, 내가 시신의 최초 발견자이자 신고자이니까 조사할 게 있다고 해서 같이 있었어."

"사건 현장은?"

"조사 중이야. 아버지의 시신은 수습 후 부검할 예정이래."

"짚이는 사람 없어?"

오상진이 머리를 부여잡았다.

"전혀 없어. 내게 이런 일이 생길 줄을 몰랐다. 소설 속에서만 생기는 일인 줄 알았는데……."

그가 아버지를 발견한 건 오후 1시경. 명절을 맞아 어제받은 홍삼 선물 세트를 들고 오랜만에 아버지 댁을 찾았다. 집에 도착해 초인종을 눌렀으나 아무 반응이 없었다. 디지털도어록의 비밀번호를 누르고 집 안으로 들어갔다.

현관에 들어서자 신발장 근처에 망치가 떨어져 있는 게

눈에 들어왔다. 망치를 집었다. 피가 흠뻑 묻어 있었다. 피를 보고 놀라 망치를 떨어뜨리고 현관 주변을 둘러보니 벽지에도 피가 튀어 있었다. 뭔가 잘못되었다는 걸 느꼈다. 신발을 신은 채 아버지를 부르며 집 안으로 뛰어 들어갔다.

아버지를 찾는 데 오래 걸리지 않았다. 안방에서 시체가 된 아버지를 마주했다. 시체는 머리와 얼굴 부분이 형체를 알아볼 수 없을 정도로 뭉그러져 있었다. 살해 도구는 현관에 떨어져 있던 망치가 분명했다.

"왜! 왜!"

오상진이 주먹으로 테이블을 내리쳤다. 쩍, 하고 테이블이 갈라지는 듯한 소리가 나자 커피숍 안 모든 사람이 그들을 쳐다봤다.

"형, 흥분 가라앉히고."

백민수가 그의 곁으로 다가가 어깨를 감싸 안았다. 이 상황에서는 어떤 말도 그를 위로할 수 없을 것 같았다.

"일단, 형 집으로 가자."

오상진의 오피스텔은 어수선했다. 책상 위에는 액자와 공유기에 연결된 노트북만 있었다. 켜진 노트북에서 팬쿨러가 돌아가는 소리가 들렸다. 액자 안에는 추리문학관에서 오상진이 김성종 선생님과 나란히 서서 찍은 사진이 끼어 있었다. 사진에 새겨진 날짜를 보니 작년 오월이었다.

싱크대 위에는 카스와 하이트 맥주 페트병 두 개가 먹다 남은 육포와 함께 나뒹굴었다. 쓰러져 있는 페트병에는 맥주가 조금씩 남아 있었고, 싱크대 상판 위에는 페트병에서 흐른 맥주가 고여 있었다. 반면 설거지하지 않은 식기와 컵들이 빼곡한 개수대는 물기 하나 없이 바짝 말라 있었다.

침대 위 이불은 사람이 자다 나온 모양 그대로였다. 바닥에는 쓰고 있는 원고를 출력한 종이들이 어지럽게 흩어져 있었다. 방에서 정리된 곳은 단 한 군데뿐이었다. 한쪽 벽면을 다 차지한 책장의 책들이었다. 고서, 잡지, 단행본을 종류별로 구획을 정해 책장에 가지런히 꽂아 놓았다. 오상진이 애지중지하는 희귀본들은 맨 위에 칸을 차지하고 있었다.

"이럴 때일수록 정신을 차려야 해."

김내성이 정수기에서 물을 받아 오상진에게 건넸다. 그는 아무 말 없이 물을 벌컥벌컥 들이켰다. 물을 다 마시자 백민수가 컵을 받아 개수대로 가지고 갔다.

"형, 개수대가 꽉 찼어. 설거지 좀 할까?"

"됐어. 내가 나중에 치울게."

"형은 어제 몇 시에 들어온 거야?"

김내성이 물었다.

"너희랑 헤어지고 얼마 지나지 않아 대리기사가 도착해서 금방 왔어. 혜화동이랑 우리 집이 지척이니까. 10시쯤 도착했던 거 같아."

"혼자는 아니었지?"

오상진이 잠시 머뭇거리더니 이내 고개를 끄덕였다.

"그래, 진영 씨랑 같이 왔어. 저걸 좀 구경하겠다고 해서."

오상진이 책장을 가리켰다. 그의 손가락이 희귀본을 꽂아 둔 칸에 멈췄다.

"꼭 보고 싶은 책이 있다더군. 맥주를 마시고, 책을 구경했어. 아우. 머리야."

오상진이 양쪽 관자놀이를 손가락으로 지그시 눌렀다.

"어제 술을 너무 많이 마셨나 봐. 진영 씨가 어떻게 갔는지도 가물가물하네."

"많이 마시기는 했지. 좋은 날이었으니까."

"지금도 내가 꿈을 꾸고 있는 것 같아. 이게 현실이 아니었으면 좋겠다. 전혀 현실감이 없어. 붕 뜨는 듯한 느낌도 있고."

"그래, 믿어지지 않을 거야. 우리도 믿을 수 없으니까."

백민수가 침대를 정리했다.

"이리 와서 누워 있어. 우리가 여기 계속 있어 줄 테니 형은 눈 좀 붙여. 수사는 경찰이 잘할 테니 걱정하지 말고."

"그래, 잠깐만 쉴게. 머리가 너무 아프다."

정리된 침대로 올라간 오상진은 몸을 웅크렸다.

김내성은 이틀간 오상진의 집에 있었다. 아버지가 살해된 충격으로 심리적으로 불안해 보였기 때문이다. 삼 일째 되는 날, 찾아온 형사로부터 수사 상황을 설명 들은 후부터 그의 상태가 많이 좋아졌다. 자신이 처한 현실을 빨리 인정할 수밖에 없다는 걸 깨달은 듯했다.

경찰은 사건 현장에서 금품이 없어진 점과 살해 도구가 집에서 사용했던 것으로 추정되는 망치인 점을 바탕으로 우발적인 살인으로 가닥을 잡았다. 연휴 기간 빈집을 노린 절도범이 주택에 침입했는데 뜻하지 않게 피해자를 맞닥뜨리고 강도로 돌변한 후 집에 있는 망치로 살인까지 했다는 추정이었다. 절도범이 강도로 돌변하고 살인에까지 이르는 일은 흔한 일이었기 때문이다.

정말 끔찍한 설 연휴가 지나갔다. 김내성은 고개를 절레절레 흔들었다. 사건이 일어나고 이틀 동안 오상진 곁에 있었던 김내성은 마포에 있는 자신의 오피스텔로 돌아왔다. 옷을 갈아입고 오상진의 집에서 며칠 더 머물 동안쓸 개인 물품을 챙기기 위해서였다.

자신의 오피스텔에서 하룻밤을 보낸 김내성은 보스턴백을 들고 약속 장소로 가기 위해 버스를 탔다. 약속 장소인 교보문고에는 퇴근 시간이어서 그런지 생각보다 사람이 많았다. 한국소설 신간 코너 평대 앞에서 손을 흔드는 백민수가 눈에 들어왔다. 이미 책을 잔뜩 골라 놓고 있었다. 다가가 고른 책들을 봤다. 대부분 신간 추리소설이었다. 그중 단연 눈에 띄는 책이 있었다.

마인!

아인 김내성의 '마인'이 다시 출간됐다. 몇 년 전에도 출간된 적이 있다. 이번엔 다른 출판사다. 눈에 잘 띄는 곳에 진열된 걸 보니 제법 팔리는 모양이었다. 재미있는 소설이니 어찌 보면 당연한 일이었다.

김내성은 자신도 모르게 '마인' 책 표지를 쓰다듬었다.

"몇 년 전에 다른 출판사에서 출간한 '마인'이 한 권 있긴 한데, 새로 출간되었으니 사두려고. 책장에 고이 모셔

뒤야지. 추리소설을 좋아하는 사람들에게는 필수 아이템이 아닐까?"

백민수가 씩 웃으며 말했다.

"'마인'은 그럴 만한 가치가 있는 소설이지."

김내성은 마치 자기가 쓴 소설인 양 뿌듯한 표정으로 백민수의 말에 대꾸했다.

"형, 그거 알아?"

백민수가 김내성에게 물었다.

"뭘?"

"상진이 형이 최근 1940년대에 출간된 '마인'을 입수했다는 거 말이야."

"응. 나도 얼마 전 상진이 형 오피스텔에 가서 본 적 있어. 그걸 소장하고 있다는 것에 대해 매우 자랑스럽게 생각하더라고. 그런데 형이 가지고 있는 책은 1948년 해왕사판 '마인'이야."

"해왕사? 그게 뭐야?"

"책을 출간한 출판사."

"별걸 다 아는구먼. 형도 어쩔 수 없는 덕후일세. 그런데 상진이 형은 그 책을 어디서 구했대?"

"운 좋게 청계천 헌책방에서 발견했대. 상진이 형은 책

수집가처럼 정기적으로 헌책방을 돌아다니잖아."

"나도 '마인'을 찾아 헌책방을 돌아다녀야겠어. '마인',
그거 아주 탐나는 책이야. 형도 탐나지?"

"아니, 별로. 난 상진이 형이 가지고 있는 책보다 더 좋
은 물건을 가지고 있어. 수집가들 누구나 침 흘릴 만한 물
건이야."

"뭔데?"

백민수가 눈을 동그랗게 뜨며 물었다.

"비밀! 나중에 알려 줄게."

"정말 싱거운 양반 다 보겠네. 말하는 걸 들어 보니 좋
은 물건 있다는 건 다 거짓말인 것 같구먼."

"네 편한 대로 생각해라. 하지만 나중에 실물을 확인하
고 놀라지나 마시길."

김내성이 자신만만한 얼굴로 대답했다.

"알았어. 믿기지는 않지만, 기대는 해 볼게."

김내성의 말에 백민수가 눈을 찡긋하며 고른 책들을 계
산대로 가져가기 위해 정리했다. 이때 스마트폰의 진동이
느껴졌다. 호주머니에서 스마트폰을 꺼냈다. 스마트폰에
등록되지 않은 유선전화 번호가 떠 있었다.

"여보세요."

"백민수 씨인가요?"

"네."

"여기는 노원경찰서 형사과입니다."

"경찰서에서 무슨 일로?"

"아! 오상진 씨 아시죠?"

"네, 친한 형입니다."

"오상진 씨와 관련해서 알려 드릴 게 있어 전화했습니다."

"뭘 알려 준다는 거죠?"

"오상진 씨가 긴급체포 되었습니다. 가족이 없다고 체포 통지를 백민수 씨에게 해 달라고 해서 전화 드린 겁니다."

"네! 긴급체포요? 뭐 때문이죠?"

"살인입니다."

김내성과 백민수는 백민수의 차로 급히 달려 30분 만에 노원경찰서에 도착했다. 바로 면회 신청을 한 두 남자는 잠시 후 경찰관의 안내를 받아 강화 플라스틱 창을 사이에 두고 오상진을 마주했다.

오상진은 김내성이 자신의 집으로 돌아간 날 담당 형사로부터 갑자기 경찰서로 출두해 달라는 요청을 받았다. 경찰서에 출석한 오상진은 아버지 시체를 목격한 당시 상황을 몇 번이나 되풀이해 대답해야 했다. 담당 형사는 망치에서 발견된 오상진의 지문과 집 안 곳곳에 남겨진 그의 족적에 대해 집중적으로 질문했다.

오상진은 집에 들어가 망치를 만지게 된 이유와 신발을 신고 집 안에 뛰어들어야 했던 이유를 설명했다. 사실 설명할 필요도 없는 행동이었다. 아버지 집 현관에서 피 묻은 망치를 발견한 사람이라면 누구나 똑같이 행동하지 않았을까. 그런 상황에서 현장 보존이라는 단어가 머릿속에 떠오르는 사람은 없을 것이다. 하지만 경찰은 고개를 끄덕이지 않았다. 같은 질문은 반복됐고, 형사들의 눈은 점차 갈고리 모양으로 바뀌었다.

피해자 유족에 대한 부당한 대우라고 생각한 오상진이 자리를 박차고 일어났을 때, 그의 어깨를 지그시 누르며 자리에 앉으라고 소리치는 사람이 있었다. 임명준 경사. 사건 신고 후 진술을 청취했던 형사였다. 임명준은 모니터를 오상진 쪽으로 돌렸다. 바탕화면에 깔린 동영상 파일을 클릭하자 CCTV 화면이 떠올랐다.

출간 기념회를 마친 그는 오후 10시경 대리기사를 불러 자신의 아우디를 타고 돈암동에 있는 오피스텔로 들어갔다. 그로부터 약 5분 후 편의점 비닐봉지를 들고 오피스텔로 들어가는 여자가 있었다. 초록색 모피 하프코트에 하얀색 스키니진을 입은 여자. 이번 행사를 추진한 팬카페 회장 정진영이었다.

동행했던 정진영은 1시간 후인 11시경 오상진이 사는 오피스텔 건물을 나섰다. 그녀가 나온 지 15분 후, 유명 쇼핑몰 로고가 찍힌 상자를 든 남자가 파란색 후드패딩 점퍼를 입고 오피스텔 건물에서 나왔다. 잠시 후 주차장에서 아우디가 급히 출발했다. 오상진의 차였다. 이 모든 장면은 오피스텔 엘리베이터, 출입구, 주차장에 있는 CCTV에 고스란히 기록되었다.

남자가 탄 차는 11시 45분경 전혀 다른 장소에서 CCTV에 찍혔다. 그곳은 다름 아닌 오상진의 아버지가 사는 상계동 주택가 골목이었다. 골목 맞은편에는 편의점이 있었고, 편의점 내부에서 밖을 찍는 CCTV에 그 모습이 찍힌 것이다. 차에서 내린 남자는 예의 파란색 후드패딩점퍼에 모자를 쓰고 있었다. 그는 트렁크에서 빌라를 나설 때 들고 있던 상자를 꺼내서 바로 오상진의 아버지 집이 있는 골목으로 사라졌다.

그가 다시 편의점 CCTV에 나타난 것은 12시였다. 상자를 그대로 든 채 골목을 나와 차를 탄 그는 바로 돈암동 오피스텔로 돌아갔다. 남자가 다시 오피스텔에 모습을 드러낸 시간은 12시 30분. CCTV에 찍힌 시간이었다.

오상진은 CCTV에 찍힌 남자가 자신이라는 것을 부인했다. 하지만 돌아오는 건 손목을 죄는 차가운 금속의 감촉뿐이었다.

"난 그 남자가 아니라고! 멍청한 경찰놈들."

오늘 경찰서에서 있었던 일을 신들린 사람의 방언처럼 빠르게 쏟아 내던 오상진이 소리쳤다.

"아니, 좀 차분히 말해 봐."

백민수가 말했다.

"난 정말 죽이지 않았다고!"

오상진의 갈라진 입술이 떨리고 있었다. 갑작스러운 고함에 경찰관이 오상진을 쳐다보았다. 경찰관의 차가운 눈빛에 오상진은 초췌해진 얼굴을 숙였다.

"난 아니야. 정말 아니야. 아니란 말이야. 도와줘……."

조금 전 고함을 친 기세는 사라지고 오상진은 힘없는 목소리로 같은 말만 되뇌었다.

"그날 진영 씨와 함께 집으로 간 이유가 뭐라고 했지? 책 때문이었나?"

김내성이 측은한 눈으로 그를 바라보며 물었다.

"맞아. 책을 보고 싶다고 했어. 1948년도판 '마인'! 내 레어 아이템 말이야."

"단지 그것뿐이야?"

"그럼, 다른 게 뭐가 있겠어."

"진영 씨랑 사귄다거나 하는 사이는 아니지?"

"물론 우리 집에 몇 번 오기는 했지만, 다른 팬카페 회원도 항상 같이 있었어. 팬카페 회장인 데다가 붙임성이 있고 얼굴도 반반해서 내가 좀 잘해 준 거뿐이지 아무 사이도 아니야."

"정말 그날 밤 기억은 하나도 없어?"

"응. 맥주 몇 잔 마시고 소설에 관해 이야기하다가 그 여자가 갑자기 책을 한 권 달라고 하더라고. 월간 '한국추리문학'. 레어 아이템 중에 하나 말이야. 어떻게 구한 책인데, 내가 줄 리가 있겠어. 적당히 달래서 보낸 기억까지는 가물가물 나는데. 정말 그 이후 기억은 없어. 난 단지 잠을 자고 일어났다가 아버지 집에 들른 것뿐이라고…….
아니야! 지금 생각해 보니 술에 취해 곯아떨어진 게 아니라 정신을 잃었던 거 같아. 그 여자가 나에게 약을 먹인 게 확실해. 그것밖에 없잖아. 이 기묘한 상황을 설명할 수

있는 게. 몇 번을 이야기해도 경찰은 믿지 않아. CCTV에
찍힌 사람이 나라고 우기기만 해!"

"형은 진영 씨가 술에 약을 탔다고 생각하는 거야?"

"그래, 난 누군가의 음모에 빠진 거야. 그 음모를 꾸민
사람이 아버지를 죽인 거고."

오상진이 눈을 부릅뜨며 두 주먹을 꽉 쥐었다.

"그럼, 진영 씨가 음모를 꾸민 사람이란 말이네?"

김내성이 확인하듯이 물었다.

"아! 그러고 보니 정진영 그년이 이상한 이야기를 했
어."

"무슨 이야기?"

"맥주 페트병 두 개를 내밀며 어떤 걸 마실지 선택하라
고 했어."

오상진의 목소리가 커졌다.

"하나는 천국으로 가는 샘물이고, 하나는 지옥으로 가
는 독약이라고!"

"그래서? 한 병을 고른 거야? 스스로? 진영 씨가 술병
을 고르는 데 어떤 권유나 암시를 준 건 없고?"

"그래, 내가 마시고 싶은 술을 스스로 골라 마셨어. 그
년은 나머지 술을 마신 거고."

"페트병을 각각 달리해서 마셨다?"

"그렇지. 각자 한 병씩 마신 거야."

"술을 마시면서 자리를 뜬 적은 없고?"

"없어, 없어."

김내성이 어깨에 힘을 주며 고개를 갸웃했다.

"그러면 이야기는 더욱 꼬이잖아. 진영 씨가 애초 어떤 의도를 가지고 형에게 먹일 술을 따로 준비했다면 미리 준비한 술병을 형에게 들이미는 게 더 자연스럽지, 형에게 골라서 마시라고 하는 건 도무지 이해되지 않는걸. 더군다나 술을 마시면서 형이 자리를 뜬 적이 없다면 형이 없을 때 잔에 몰래 약을 탄 것도 아니고."

"모르겠어! 몰라! 왜 내 술에서 수면제가 발견되지 않는 거야! 왜 그 여자의 꼬리를 잡지 못했느냐고!"

"혹시, 진영 씨에게 원한을 살 만한 일을 한 적 있어?"

"내가? 아까 말한 대로야. 그냥 독자와 작가 사이야. 난 지금까지 살아오면서 그 여자뿐만 아니라 어느 사람에게도 원한을 살 만한 일을 한 적이 없어. 그건 맹세할 수 있다고!"

"형의 말을 믿고 싶어. 하지만 누가, 왜, 형에게 살인자의 누명을 씌우려고 하는 건지 전혀 이해되지 않아."

오상진이 머리를 부여잡고 고개를 푹 숙였다.

"맞아! 나를 시기해서야. 그래! 내 소설을 탐내서야! 그러고 보니 예전에도 발표하지 않은 내 소설이 없어진 적이 있어. 분명히 작성해서 저장한 소설이 한순간에 노트북에서 통째로 사라졌단 말이야. 그래! 그래! 날 교도소에 처넣고 내 소설을 다 가져가려고 이런 음모를 꾸민 거야!"

갑자기 오상진이 머리를 마구 흔들며 자리에서 일어났다.

"날 도와줘. 난 거대한 음모에 빠졌어. 난 살인자가 아니라고. 내 소설을 탐내고 내 명성을 갉아먹으려는 놈들의 음모에 빠진 거야. 제발 날 도와줘라. 너희밖에 없다. 도와줄 거지? 우선 그 여자를 족쳐. 그 여자! 그 여자가 약을 탄 거야. 분명히 편의점에서 술을 사 가지고 오면서 약을 탔을 거야. 난 오피스텔에 먼저 들어와 기다리고 있었거든. 그 여자가 하수인인 게 분명해. 난 억울하다! 억울해!"

경찰관이 다가와 오상진의 팔짱을 꼈다. 경찰관은 김내성과 백민수를 바라보며 말없이 고개를 좌우로 저었다. 김내성은 경찰관을 보고 고개를 숙이고는 자리에서 일어났다.

3

거리에 어스름이 깔렸다. 모리스 르블랑. 조명을 받은 간판이 도드라져 보였다. 추리소설 마니아에게 자신이 운영하는 업소의 이름으로서 이만한 것도 없으리라.

김내성은 간판을 한 번 올려다보고, 출입문을 열었다. 달콤한 커피 향이 가장 먼저 그를 반겨 주었다. 북카페 안에는 손님이 제법 있었다. 저녁이라 그런지 커피를 마시는 손님보다 맥주를 마시고 있는 손님이 더 많았다.

바 안쪽에서 유리잔을 닦고 있던 김미정이 김내성을 보고 손을 들었다. 그녀 바로 앞 스툴에 앉아 있던 여자가 몸을 돌렸다. 긴 웨이브 머리가 찰랑거렸다. 그녀가 입고 있는 베이지색 니트와 검은 스커트는 모두 타이트해서 몸매가 그대로 드러났다. 언제나 그랬듯이 그녀는 매혹적이었다. 하지만 평소와 다른 것도 있었다. 항상 생글거리던 그녀였지만, 오늘은 아무런 표정이 없었다.

"진영 씨, 뵌 지 얼마 안 됐는데 이렇게 또 만나네요."

"그러게요."

정진영이 시큰둥하게 말했다. 김내성이 옆 스툴에 앉았다. 김미정 앞에 정진영과 김내성이 나란히 앉은 꼴이 되었다.

"김내성 작가님, 반가워요."

정진영의 시큰둥한 반응이 괜히 미안했는지 김미정은
비음 섞인 소리를 내며 그에게 인사했다.

"무슨 일인데 갑자기 저를 부르신 거예요?"

"아……, 네."

고개를 정진영 쪽으로 어중간하게 돌리고 바에 올린 그
녀의 손끝을 바라보고 있던 김내성은 말을 쉽게 꺼내지 못
했다. 그가 우물쭈물하는 사이 김미정이 기네스 맥주와
글라스를 김내성 앞에 내려놓았다.

"상진이 형에 대해서 좀 여쭤보고 싶은 게 있어서 뵙자
고 했습니다."

정진영이 얼굴을 김내성 쪽으로 천천히 돌렸다. 김내성
의 고개도 그녀의 움직임에 따라 반대편으로 돌아가 자신
의 손끝에 있는 기네스 맥주병을 바라보게 되었다.

"그날 일 때문에 그러시죠?"

그녀가 김내성의 글라스에 맥주를 따라 주며 물었다.
김내성이 감사의 표시로 고개를 숙였다.

"네, 그렇습니다."

"이미 경찰이 두 번이나 저를 찾아왔어요. 오상진 작가

님 출간 기념회가 있던 날 전후의 제 행적을 집요하게 묻더군요. 도대체 무슨 일이 벌어지고 있는 거죠?"

"아시다시피 살인사건 때문에."

"오상진 작가님의 아버님 사건은 애석한 일이지만, 그것 때문에 왜 경찰에게 제 개인적인 일을 말해야 하는지 이해할 수 없네요. 보아하니 김내성 작가님도 그 일 때문에 저를 찾은 것 같고요."

"네……. 그날 일 때문에 두 분을 뵙자고 한 겁니다."

"그날 일이 궁금하시면 오상진 작가님께서 직접 물으면 되지, 왜 김내성 작가님이 나서는 거죠?"

"형은 어제 경찰에 체포되었습니다."

"네!?"

정진영과 김미정이 동시에 목소리를 높였다.

"아마도 지금쯤은 구속영장이 청구되었을 겁니다."

정진영은 몸을 아예 김내성 쪽으로 완전히 돌려 앉았다. 김미정도 동그랗게 뜬 눈으로 그를 주시했다.

"아버지를 살해했다는 혐의입니다."

"앗!"

정진영의 미간이 심하게 일그러졌다.

"도무지 일이 어떻게 진행되는 건지 전혀 이해할 수 없군요."

"경찰 주장은 진영 씨가 상진이 형 오피스텔을 나선 후 얼마 되지 않아 상진이 형이 차를 몰고 아버지 집을 찾아가 아버지를 살해하고 자신의 오피스텔로 돌아왔다는 겁니다. 다음 날 아침 상진이 형이 아버지 시신을 발견했다는 건 상진이 형의 트릭이라는 거죠."

"그래서 경찰이 그토록 집요하게 제 행적을 캐물은 거군요."

"그렇겠죠."

김내성 쪽으로 몸을 완전히 틀었던 정진영이 몸을 돌려 원래 자세로 돌아갔다.

"그럼, 김내성 작가님도 제가 그날 바로 집으로 들어가지 않고 오상진 작가의 오피스텔에 들렀다는 걸 알고 계신 거네요."

"네, 면회 가서 상진이 형에게 들었습니다."

"그런데……. 아무 일도 없었어요."

"네?"

"그날 남자들이 흔히 생각하는 그런 일은 없었어요. 오해하지 않았으면 해요."

"그런 지극히 사적인 이야기를 물으러 온 건 아니니 걱정하지 않아도 됩니다."

예상치 못한 그녀의 말에 김내성은 당황했다. 맥주를
한 모금 마신 김내성이 말을 이었다.

"그날 우리와 헤어지기 전에 미정 씨가 진영 씨에게 다
가가 귓속말을 하는 모습을 봤습니다. 혹시 무슨 말을 했
는지 알 수 있을까요?"

"풋."

정진영이 짧은 웃음을 내뱉었다.

"웃어서 죄송합니다만, 저희를 찾아와 묻는다는 게 고
작 그날 밤 귓속말 내용인가요? 오상진 작가님이 존속살
인으로 구속될지도 모르는 엄중한 시점에 묻는 말치고는
참 귀여운 질문이네요."

"몇 가지 확인할 게 있어서 그렇습니다."

"그래요. 확인해 드리지요."

정진영의 얼굴에 아직도 옅은 웃음기가 배어 있었다.

"사실 그날 저희에게는 작은 목표가 하나 있었어요."

"목표?"

"네. 오상진 작가님으로부터 레어 아이템을 하나 얻어
오는 게 목표였지요. 저번에 김 작가님께 부탁했던 그 잡
지 말이에요."

"아, 제가 보내 드린 월간 '한국추리문학'이요? 그런데 그걸 왜 또?"

"이번에는 창간호가 필요했어요. 김 작가님도 잘 아시다시피 그 잡지는 1999년 1월, 창간호가 나오고 그해 5월까지 딱 5회만 발행되고는 폐간된 비운의 잡지잖아요. 발행 기간도 짧았고, 발행 부수도 적어 레어 아이템이 되었죠. 시간이 20년이나 흐른 탓인지 마니아들 사이에 지금까지 이 잡지를 소장하고 있는 사람은 별로 없어요. 그런데 오 작가님은 창간호부터 5월호까지 모두 가지고 있었죠."

"잘 알고 계시는군요. 역시 마니아답습니다. 그런데 창간호까지 얻으려고 그 시간에 상진이 형 집까지 가신 걸 보니 진영 씨는 제가 보내 드린 5월호 한 권만으로는 만족하지 못했나 보군요."

"저 때문에 간 건 아니에요. 저는 김 작가님이 보내 주신 5월호에 충분히 만족하고 있었어요. 창간호는 제게 필요한 책이 아니에요."

"그럼?"

"미정 언니 때문이에요."

"아, 김미정 부회장님도 책을 수집하는가 보군요."

"네, 맞아요. 그날 저희는 출간 기념회를 하면 오상진 작가님의 기분이 매우 좋아질 거로 생각했어요. 평소 술을 좋아하시니 그날도 술을 많이 마실 거라고 예상했죠. 그래서 저랑 미정 언니랑 약속했어요. 미정 언니가 하루 장사를 포기하고 출간 기념회 장소를 제공하는 대신 저는 오상진 작가님께 레어 아이템을 받아서 미정 언니한테 건네는 거로 말이죠. 미정 언니가 예전부터 가지고 싶어 하던 책이었거든요."

"그랬군요."

"처음에는 오상진 작가님이 가지고 있는 1948년도판 '마인'을 보고 싶다고 말하고 오피스텔에 같이 갔다가 이야기 중에 슬쩍 '한국추리문학' 창간호를 줄 수 있느냐고 물었죠."

"형이 주던가요?"

"아뇨. 이런저런 핑계를 대며 주지 않더군요."

정진영의 대답은 어제 오상진이 이야기했던 내용과 일치했다.

"진영이 말은 다 사실이에요. 저랑 약속 때문에 오상진 작가님 오피스텔에 간 거지, 다른 의도가 있었던 건 아니에요."

김미정이 말했다.

"진영이가 그날 밤 오피스텔에 간 게 그렇게 중요한가요? 경찰도 그렇고, 김내성 작가님도 그렇고, 진영이가 오피스텔에 가게 된 경위에 대해 왜 그렇게 궁금해하는 거죠?"

김미정이 김내성에게 물었다. 묻는 내용을 보니 경찰에서는 그날 밤 정진영의 행적을 자세히 조사하는 이유에 대해서는 말해 주지 않은 모양이었다.

"살인 사건 전날 상진이 형과 같이 있었으니깐 그렇지, 뭐 대단한 이유가 있어서 그런 건 아니라고 봅니다. 사건이 발생하면 의례적으로 용의자로 지목된 사람의 주변 인물들을 조사하죠. 너무 큰 의미는 두지 마시길 바랍니다."

김내성은 오상진이 누명을 썼다고 주장하고 있으며 정진영을 의심하고 있다는 사실은 말하지 않고 두리뭉실하게 대답했다.

"진영 씨, 오피스텔에서 맥주를 마시기 전 형에게 마음에 드는 병을 고르라고 했다지요? 천국으로 가는 샘물과 지옥으로 가는 독약 중 하나를 고르라고 말입니다. 그게 무슨 의미였나요?"

김내성은 어제 오상진에게 들었던 이야기 중 쉽게 납득 가지 않는 부분을 정진영에게 물었다.

"작가님도 참. 그게 무슨 의미가 있었겠어요. 그냥 술 마시기 전에 재미로 한 거죠. 남녀가 폐쇄된 공간에서 술을 마시면 좀 어색하지 않았겠어요? 그래서 재미 삼아 한 거예요."

정진영은 황당하다는 표정과 함께 어깨를 으쓱거렸다.

"형의 오피스텔에 간 게 그날이 처음이 아니던데…….혹시 사귀는 사이였습니까?"

사건과는 상관없는 순전히 개인적인 질문이었다. 김내성도 이런 질문을 자신이 왜 하는지 알지 못했다.

"좀 전에도 말씀드렸지만, 절대 그런 사이 아니에요."

정진영이 단호하게 대답했다.

"순수하게 독자와 작가 관계죠. 그 이상도, 그 이하도 아니에요."

"기분 나쁘셨다면 사과드립니다. 면회 가서 상진이 형에게 들어 보니 진영 씨가 오피스텔에 몇 번 찾아오신 적이 있다고 해서 제가 넘겨짚었습니다."

김내성은 그녀에게 사과했지만, 오상진과 관계에 대한 한 치 망설임도 없는 그녀의 대답에 내심 안도했다.

"이제 다 물으신 거죠? 이렇게 옆에 앉아서 저에게 이것 저것 물으시니 꼭 탐정 같아요. 아주 잘 어울리네요. 탐정 역할이 다 끝나셨으면 이제 편하게 한잔하시죠."

정진영이 맥주가 담긴 글라스를 손으로 들며 말했다.

"저도 그러고 싶지만, 상진이 형 때문에 마음이 편치 않아서."

같이 마시고 싶은 생각도 없지는 않았지만, 김내성은 정중히 사양했다. 경찰서 유치장에서 얼굴을 일그러뜨리고 있는 오상진이 떠올랐기 때문이다.

"아! 맞아. 지금 오상진 작가님이 존속살인 혐의를 받고 있다고 했죠. 작가님하고 이야기하다 보니 잠시 잊고 있었어요. 그래요, 작가님께서 어서 가서 곁에 있어 주셔야겠네요. 저도 도울 게 있으면 적극적으로 도울게요. 우리 팬카페 회원들이 가만있지 않을 거예요. 경찰이 지금 뭔가 큰 착각을 하는 거예요."

"저도 경찰의 착각이었으면 좋겠습니다. 그럼, 오늘은 이만."

"김 작가님, 연락 주세요. 또 뵙고 싶군요."

정진영이 가게를 떠나는 김내성을 출입문까지 따라왔다.

"김 작가님! 작가님은 오늘도 제 눈을 똑바로 바라보고 말하지 않았어요. 언제쯤 저랑 눈을 맞출 건가요?"

"아, 제가 그랬습니까?"

"네, 항상."

"이렇게 하는 게 눈을 맞추는 거죠?"

김내성이 눈에 힘을 주며 그녀를 바라봤다. 하지만 잠깐 그녀 눈에 꽂힌 시선은 금세 그녀의 코끝으로 떨어졌다. 그녀의 눈이 버거웠다. 김내성은 세상을 속이고 있는 자신의 정체를 정진영이 알게 되면 얼마나 조롱할까 두려웠다. 상상만 해도 끔찍한 일이었다.

김내성은 도망치듯 등을 돌려 자리를 떠났다. 그녀를 등지고 걷는 김내성에게 잔잔한 웃음소리와 함께 안녕, 이라고 인사하는 목소리가 들려왔다.

김내성은 북카페를 나와 혜화역을 향해 천천히 걸으며 정진영의 이야기를 복기했다.

잡지 한 권을 얻으려고 밤에 여자가 남자 혼자 사는 오피스텔을 방문한다는 것은 조금 이해하기 어려웠지만, 그녀의 말이나 행동에서 의심스러운 냄새는 풍기지 않았다. 추리소설을 읽는 것보다 책 자체를 수집하는 걸 즐기는 사람들이 꽤 있는 건 사실이니 그녀의 말이 꾸며낸 이야기는 아닐 것이다. 그래도 완전히 개운한 느낌은 아니었다. 근원지를 알 수 없는 께름칙함이 계속 주변을 맴돌았다.

방금 헤어진 그녀의 모습을 떠올리던 김내성은 배에서 시작되는 본능의 신호를 느꼈다. 소매를 걷어 손목시계를 확인했다. 벌써 7시. 주변을 둘러보았다. 분식집이 눈에 띄었다. 분식집을 향해 발을 옮기던 김내성은 멈칫했다. 근처 학교 도서관에서 열심히 공부하고 있을 백민수를 떠올리며 스마트폰을 꺼내다가 도로 호주머니에 집어넣었다. 저녁 한 끼 때문에 바쁜 동생을 억지로 부르는 것 같다는 생각이 들어서였다.

늘 그랬듯 오늘도 혼자 저녁을 먹기로 작정한 김내성은 혜화역 플랫폼에서 당고개역 방향 전철을 탔다. 두 정거장을 지나 도착한 곳은 성신여대입구역이었다. 역을 빠져나온 김내성은 오피스텔을 향해 걸었다. 목적지는 오상진의 오피스텔. 오늘은 주인 없는 오피스텔에서 라면으로 저녁을 때울 예정이다. 더불어 그녀가 말했던 잡지도 살펴보면서 이번 사건에 관해 깊이 생각해 보기로 했다. 살인 혐의를 받고 있는 사람이 최근까지 먹고 자고 했던 공간에서 오래 머물다 보면 어떤 영감이 떠오르거나, 실마리를 찾을 수 있을 것 같다는 일말의 기대감도 있었다.

오피스텔을 향해 걷던 김내성은 세븐일레븐 앞에서 멈췄다. 오상진이 즐겨 다니던 편의점이었다. 아마 정진영도 오상진의 오피스텔에 가면서 이 편의점에 들러 맥주를 샀을 것이다. 문득 여기까지 생각이 미치자 김내성은 편의점에서 그날 그녀의 행적을 직접 확인해 보고 싶었다.

편의점 문을 열고 들어가자 단발머리의 종업원이 기계적인 인사로 김내성을 맞이했다. 편의점에는 종업원과 구석 작은 테이블에서 컵라면을 먹고 있는 남자 둘뿐이었다. 컵라면을 먹던 창백한 얼굴의 남자가 고개를 돌려 김서린 안경 너머로 김내성을 잠시 바라보더니 이내 고개를 돌려 국물을 후루룩 들이켰다.

"혹시, 여기 몇 시부터 몇 시까지 근무하시죠?"

김내성이 앳된 얼굴의 종업원에게 물었다.

"그건 왜요?"

종업원이 의구심 가득한 얼굴로 되물었다.

"아, 사건 때문에 그렇습니다."

"아저씨도 경찰?"

"네에…… 확인할 게……."

김내성이 종업원의 눈치를 살피며 말을 얼버무렸다.

"6시부터 12시까지 일해요."

대답하는 종업원의 얼굴에 이제는 의구심 대신 짜증이 묻어 있었다.

"혹시 이 여자분 보신 적 있습니까?"

김내성은 스마트폰에서 출간 기념회 때 찍은 단체 사진

속 정진영을 종업원에게 보여줬다.

"아휴, 저번에 다른 경찰 아저씨들이 와서 벌써 편의점 CCTV를 확인했어요. 모르셨어요? 그리고 전 이 여자 기억 안 나요. 왜 똑같은 내용을 두 번씩이나 묻는 거예요?"

"중요한 사건이라서 그렇습니다."

"변태 추리소설을 쓰면서 자기 아버지를 죽인 이 빡빡머리 아저씨 때문인 거죠? 인터넷 기사로 봤어요. 이 아저씨 우리 가게 단골이었는데, 자기가 인기 추리소설가라고 무척 자랑했거든요. 정말 소름이 끼치네요."

여자 종업원이 사진 속 오상진을 손가락으로 가리키며 말했다.

"아직은 죄가 확정된 건 아니라서."

"뭐가 아니에요. 기사를 보니 범인 맞는 거 같던데. 어? 이 사람은, 어제 우리 편의점에 온 사람인데요."

종업원이 스마트폰 속 사진을 뚫어지게 쳐다보며 말했다.

"누구 말이죠?"

"이 아저씨요. 말린 멸치처럼 바짝 마른 사람이요."

"어제 몇 시쯤 왔습니까?"

"밤 12시쯤이요. 교대 시간 무렵이었을 거예요. 워낙 마른 사람이라 기억에 남아요. 이 아저씨도 이번 사건과 관련 있는 건가요? 공범 같은 거요."

"그런 건 아닙니다."

종업원과 대화를 나누고 있는 사이 컵라면을 먹고 있던 남자가 부스럭거리는 소리를 냈다. 김내성은 고개를 돌려 남자를 흘끔 쳐다봤다. 남자는 컵라면을 다 먹었는지 자신이 앉았던 자리를 정리하고 있었다.

남자의 얼굴이 익숙했다. 어디선가 분명히 마주친 적이 있는 얼굴이었다.

김내성은 남자의 얼굴을 자세히 보려고 몸을 완전히 돌렸다. 김내성의 의도적 시선을 느낀 남자는 황급히 자리에서 일어나 편의점 밖으로 나갔다. 김내성은 그 남자를 따라나섰다. 그 남자와 몇 마디 말을 나누다 보면 그 익숙함의 정체를 파악할 수 있을 것 같아서였다.

김내성이 몇 걸음 앞에서 어깨를 잔뜩 움츠리고 빠르게 걷고 있는 그를 부르려고 하는 순간, 그 남자가 향하는 방향에서 얼굴을 잔뜩 찌푸리고 걸어오고 있는 낯익은 얼굴의 남자를 발견했다.

"어? 이경태 팀장님, 이 시간에 여기 웬일이시죠?"

"김 작가!"

김내성의 얼굴을 확인한 이경태가 반가운 얼굴로 코트 호주머니에 손을 빼며 악수를 청했다.

"난 지금 여기 한 바퀴 순찰 중이야."

"네? 이 차림으로요?"

김내성이 이경태를 아래위로 훑어보며 말했다.

"공식 업무로 순찰하는 게 아니고. 오 작가 집 주변을 순찰하면서 탐문도 하고 있었어. 오 작가가 억울하다고 주장하고 있으니 혹시 주변에서 건질 만한 게 있나 해서 말이야. 그러는 김 작가는 무슨 일로 이 시간에 돈암동까지 온 거지?"

"저는 오늘 밤 상진이 형 오피스텔에서 자고 가려고요."

"엉? 왜?"

"저도 팀장님과 비슷한 이유로 왔습니다. 오늘 오피스텔에서 묵으면서 상진이 형 사건에 관해 깊이 생각해 보려고 합니다. 그러다 보면 어떤 단서라도 발견할 수 있을까 하는 바람에서 말이죠."

"김 작가도 생각보다 상당히 의리파구먼. 오 작가를 위해 이렇게 힘쓰는 걸 보니 말이야."

"별말씀을요."

"마음 같아선 나도 오피스텔에서 같이 밤을 지새우고 싶지만, 오늘 집에 일이 있어서."

"연락드리겠습니다. 이 상황에선 현직 경찰인 이 팀장님의 도움이 절실합니다."

"그래, 내가 도울 수 있는 건 최대한 도와야지. 그럼, 우리 조만간 또 보자고."

이경태가 떠난 후 김내성은 주변을 둘러보았다. 하지만 편의점에서 마주쳤던 남자 모습은 찾을 수 없었다.

오피스텔 현관의 비밀번호를 누르고 문을 열었다. 차갑고 건조한 공기가 밀려 나왔다. 전등 스위치를 누르자 어둠 속에 가려져 있던 책장이 순식간에 모습을 드러냈다. 지금은 없는 집 주인의 보물창고였다. 책장의 최상단에 꽂혀 있는 책들이야말로 집주인이 가장 아끼는 베스트 컬렉션이었다.

김내성은 책장 맨 위에 꽂혀 있는 책들을 바라봤다. 단연 눈에 띄는 것은 '마인'. 복간본으로서 현재 오상진이 가장 애지중지하는 책이다. 다음은 월간 '한국추리문학'이었다. 창간호부터 5월호까지 총 다섯 권의 잡지가 나란히 꽂혀 있었다.

김내성은 월간 '한국추리문학' 창간호를 책장에서 꺼내 펼쳐 보았다. 창간을 축하하는 인기 작가들의 축하 글과

특집 단편 소설들이 실려 있었다. 그 시절 인기 작가들의 글을 한 권에 모아 놓은 것 자체만으로도 희소가치가 충분했다. 추리소설 마니아라면 누구든 탐낼 만한 책이었다.

두 번째로 책장에서 꺼낸 책은 마지막 발행호였던 5월호였다. 책장을 넘기며 목차와 내용을 빠르게 훑었다. 특별히 눈에 띄는 내용은 없었다. 잡지 대부분은 창간호 때 독자를 대상으로 한 아마추어 추리소설 공모전의 당선 발표와 수상작으로 채워 있었다. 5월호는 김내성이 정진영에게 보내 준 책이었다. 정진영의 부탁을 받고 추리작가협회 회장을 통해 책을 구하긴 했으나, 그때는 책 내용을 자세히 보지 않았다. 지금 와서 그 내용을 보니 굳이 소장할 만한 가치는 없어 보였다. 그녀가 왜 5월호를 가지길 원했는지 의아할 뿐이었다.

책장에 책을 다시 꽂아 두고, 뒤로 한 걸음 물러나 책장 전체를 다시 바라봤다. 정말 책을 사 모으느라 돈 꽤 썼겠다는 생각이 들었다.

그런데 책장을 가만히 들여다보고 있으니 뭔가 익숙하지 않은 장면이 눈에 띄었다. 꽂힌 책 위에 눕혀서 올려 둔 책 두 권이 보였다. 오상진은 저런 식으로 책을 꽂지 않았다. 반드시 세워서 꽂아 두었다. 의심의 눈으로 책장을 자세히 살피자 더 큰 위화감이 김내성에게 다가왔다. 확신할 수는 없었지만, 책장의 칸마다 더 꽂을 공간도 없이 빼곡히 꽂혀 있던 책이 몇 권 사라진 것 같은 느낌이었다.

마인의 블로그

'mine'

볼 때마다 느끼지만 정말 강렬하고 흡입력 있는 단어이다. 이 세상에 이만한 단어도 없으리라. 마인은 뮤즈의 강림 덕으로 한순간에 지은 카페 이름이다.

mine은 내 것이란 뜻이다. 그리고 광산과 보물창고라는 뜻도 함께 품고 있다. 절묘하게 '마인'과 음도 똑같다. 정말 나를 위해 존재하는 단어가 아닐 수 없다. 게다가 mine에는 지뢰라는 뜻도 있다.

'마인'은 땅 밑에서 도사리며 목숨을 노리는 지뢰처럼 공포의 대상이다. 이미 오상진은 아직 나타나지도 않은 '마인'에 의해 능욕을 당하고 있다. 다음 차례는 '모리스 르블랑'의 주인 김미정이다. '마인'이 세상 사람들에게 알려지면 그녀는 머지않아 시름시름 앓다가 그 못난 가게 문을 닫고, 실업자로 전락하게 될 것이다. 추리소설을 이용한 어설픈 콘셉트로 추리소설 마니아들의 호주머니를 털고 있는 사이비 북카페는 사라지는 게 마땅하다.

모든 일은 나의 계획대로 잘 마무리되고 있다. 이제 남은 건 시간과 지루한 싸움뿐. 하루하루 시간이 너무 더디 가고 있다.

나의 가장 큰 단점은 역시 인내심 부족이다. 조금 더 기다리는 게 안전하다고 머릿속 이성이 나에게 충고했지만, 가슴속에서 들끓는 본능이 어느새 나를 돈암동 골목으로 이끌었다.

나는 전철에서 내리자마자 대로변에서 벗어나 좁은 도로로 들어섰다. 도로 양옆으로는 낡고 낮은 건물들이 어깨를 맞대고 줄이어 있었다. 차 두 대가 겨우 교차할 수 있는 좁은 도로와 나란히 나 있는 인도를 따라 걸었다. 빨간색 보도블록이 깔린 인도를 오렌지빛 가로등이 드문드문 비추고 있어 제법 분위기 있어 보였다.

그 길을 따라 늘어선 세탁소, 미용실, 편의점과 같은 동네 가게들을 눈으로 즐기며 천천히 목적지를 향해 걸었다. 정감 가는 동네였다. 마인이 있기엔 너무 소박한 동네가 아닌가 하는 생각도 잠시 했지만, 조만간 마인이 이 거리를 번화가로 바꿀 것이라는 생각을 하니 웃음이 절로 나왔다. 웃음소리가 너무 크게 입 밖으로 새어 나왔는지 옆을 지나치던 흰머리 노인이 나를 슬쩍 쳐다봤다. 그 노인과 눈이 마주친 나는 이를 드러내며 활짝 웃었다. 그러자 노인이 화들짝 놀라 빠른 걸음으로 사라졌다.

목적지에 도착했다. 행운부동산. 문을 열고 들어가자 30대 후반의 화장이 짙은 여자가 싸구려 화장품 냄새를 풍기며 자리에서 일어나 나를 반겼다. 여자는 나를 소파에 앉으라고 해 놓고 자신이 이 근방 부동산 사장 중에 나이도 가장 젊고, 의욕적이며 성실하게 일한다고 떠벌리기 시작했다. 나는 한동안 그 여자의 자랑을 들어주는 척하다가 바쁜 일이 있으니 전화로 예약한 집을 빨리 보고 싶다고 말했다.

여자가 나를 안내한 곳은 부동산에서 그리 멀리 떨어져 있지 않았다. 가로등 불빛을 등지고 서 있는 빨간 벽돌로 지은 이 층 주택 앞에 선 나는 심장이 멎을 뻔했다.

내가 찾던, 바로 마인을 위한 건물이었다!

건물을 바라보며 나도 모르게 입을 벌리고 감격에 젖어 있자 눈치 빠른 여자가 신이 나서 주택에 관한 이야기를 마구 쏟아냈다.

"이 주택은 40년 된 건물이긴 하지만, 벽돌로 지어서 아직 튼튼해요. 더군다나 집주인이 5년 전 대수선을 해서 집 안도 아주 깔끔하죠. 1층과 2층 중앙에 넓은 거실이 있고, 방은 무려 8개나 된답니다. 넓은 마당에선 바비큐 파티를 마음껏 즐길 수도 있고요. 건물을 그물처럼 덮고 있는 저 담쟁이덩굴 가지 보이시죠? 지금은 별로 볼품없어 보여도 물이 오르고 녹음이 짙어지면 집 전체를 덮는 저 담쟁이덩굴이 이 집의 포인트가 됩니다. 아주 고풍스럽다고 할까요. 게다가 주차장도 무척 넓어서 차를 재주껏 잘 대면 네 대까지 주차할 수 있을 정도예요. 주인은 부모님께 이 집을 물려받았는데, 갑작스럽게 해외 지사 발령이 나는 바람에 허둥지둥 가족과 함께 외국으로 나가게 돼서 빈집이 된 거죠. 이번 기회를 살려 애들이 대학을 졸업할 때까지 해외에서 계속 근무한다고 하니 넉넉잡아 7~8년 정도는 이 집을 임차할 수 있을 거예요."

여자의 볼품없는 입에서 나온 말치고는 꽤 핵심을 잘 짚은 브리핑이었다.

마음에 쏙 드는 집이었다. 이제 중요한 것은 가격.

"아주 좋은 조건이에요. 보증금 1억에 월세 400만 원입니다. 실내는 원상복구 조건으로 인테리어를 다시 하는 것도 가능하고요. 혹시 매매를 원한다면 그것도 가능해요. 매매가는 18억입니다. 참 싸죠? 강남 아파트 한 채 가격도 안 돼요."

순간, 머리가 복잡해졌다. 현재 호주머니 상황으로는 어림도 없는 금액이었다. 더 공격적으로 계획을 수정하지 않으면 일을 그르칠 수 있다.

돈이 부족하다는 말은 차마 할 수 없었다. 심사숙고 후 다시 찾아오겠다고 말하고는 발길을 돌리는 나를 여자가 따라왔다.

"사장님! 제가 사장님 전화번호만 알고 성함은 몰라서요. 성함을 알 수 있을까요? 핸드폰에 저장해 놓을게요."

"김내성이라고 합니다."

"아, 좀 특이한 이름이네요. 잘 알겠습니다. 전화번호는 잘 저장해 놓을 테니 결정하시는 대로 꼭 연락 주세요."

나는 여자를 뒤로하고 성신여대입구역으로 향했다. 여자의 수다 덕분에 예상보다 시간이 많이 흘렀다. 스마트폰을 꺼내 시간을 확인했다. 벌써 7시 30분이었다. 걷는 내내 머릿속에는 돈, 돈, 돈이 굴러다녔다. 필요한 돈을 빨리 마련해야 한다. 그러려면 다소간 위험을 무릅쓰고라도 어서 액션을 취해야 한다.

결심이 선 나는 역을 지나쳐 횡단보도를 건넜다. 향하는 곳은 오상진의 오피스텔.

가는 도중 혹시 아는 사람이라도 마주치면 아주 곤란해진다. 통행이 적은 골목길로 들어섰다. 오피스텔에 가는 지름길이기도 했다. 나는 이번 일을 준비하면서 이 길을 수없이 오갔기 때문에 매우 익숙했다.

골목길과 도로가 만나는 길에 다다르니 길 건너에 오피스텔이 보였다. 주위를 살피며 길을 건너 오피스텔로 다가갔다.

그때, 예상하지 못한 장면이 눈앞에 펼쳐졌다. 이경태. 분명 이경태가 오피스텔 현관문을 열며 나오고 있었다. 주차된 차 사이로 몸을 숨겼다. 몇 초 후 이경태가 내 곁을 스쳐 지나갔다.

나는 한동안 차 사이에 숨어 가만히 있었다.

이경태는 왜 지금 여기에 있는 걸까. 곰곰이 생각해 봤지만, 결론은 하나. 나와 같은 목적으로 이곳을 찾았을 것이다.

생각지도 못한 경쟁자가 생긴 꼴이다. 지금 당장 오상진의 오피스텔로 들어가고 싶었지만, 오늘은 불길한 날이다. 다음을 기약해야 할 것 같다.

나는 쪼그리고 앉아 차 사이로 고개를 내밀어 주변을 확인했다. 편의점 쪽으로 내려가고 있는 이경태의 뒷모습이 보였다. 나는 재빨리 왔던 골목으로 뛰어 들어갔다.

4

오상진은 경찰에서 세 차례 피의자 조사를 마친 후 검찰로 송치되었다. 검찰에 송치된 후 김내성이 사람들을 '모리스 르블랑'으로 불러 모았다. 긴급회의였다. 김내성을 필두로 백민수, 편집장 김상태, 경찰관 이경태, 작가지망생 이범수가 한자리에 모였다. 오상진의 구명운동 때문이었다.

로스쿨에 다니는 백민수가 오상진의 변호인 선임에 발 벗고 나섰었다. 자신이 다니는 학교 교수의 소개로 명망 있는 변호인을 오상진에게 붙여 주었다. 하지만 변호인의 역할은 미미했다. 경찰의 질문에 철저히 모른다는 대답밖에 하지 않는 오상진에게 변호인은 있으나마나 한 존재였다. 진술거부권 행사가 아니었다. 자신은 술 또는 약물에 취해 정신을 잃고 오피스텔에 쓰러져 있었으므로 사건과는 아무 관련이 없다는 주장이었다. 요약하자면 자신이 정신을 잃고 있을 때 타인이 저지른 일이라는 이야기였다. 경찰이 제시한 증거는 모두 부인했다. CCTV, 혈흔이 발견된 패딩점퍼도 모두 자신은 알 수 없는 일이라고 손사래를 쳤다.

변호인은 맥이 빠졌다. CCTV에 얼굴이 정확히 찍히지 않은 것 외에 다른 증거는 누가 봐도 명백했기 때문이었다. 하지만 변호인이 피의자를 유죄라고 단정하고 손을 놓고 있을 수는 없었다. 투철한 직업 정신으로 얼굴이 식별되지 않는 CCTV 영상을 물고 늘어지며 무혐의를 주장했다. 하지만 결과는 기소의견 검찰 송치였다.

오상진의 죄명은 존속살인뿐만이 아니었다. 아동·청소년의 성 보호에 관한 법률 위반이라는 난데없는 죄명이 하나 더 붙었다. 그의 노트북에서 다량의 아동 포르노와 가학적 포르노가 발견되었기 때문이다. 경찰이 그냥 지나칠 수도 있었겠지만, 모르쇠로 일관하며 나자빠지는 얄미운 피의자에게 추가한 괘씸죄나 마찬가지였다.

그야말로 한 치 앞도 예측할 수 없는 세상이었다. 언론에 공개된 오상진의 사건은 예상치 못한 부분에서 큰 반향을 일으켰다. 매스컴의 보도 방향은 유명 추리소설가가 존속살인을 저질렀다는 일반적인 사실 전달이 아니었다. 무게추가 아동·청소년의 성 보호에 관한 법률 위반에 더 쏠렸다.

노트북에 저장된 엄청난 양의 아동 포르노와 가학적 포르노를 방에 틀어박혀 탐닉하며 매일 살인하고 증거를 조작하는 이야기를 지어내던 추리소설가가 어느 날 스스로 괴물로 변해 자신의 아버지를 참살한 이야기로 탈바꿈되었다. 존속살인에 아동·청소년의 성 보호에 관한 법률 위반으로 양념을 친 꼴이다. 그가 정말 오피스텔에 틀어박혀 포르노를 탐닉했는지 확인한 기자는 없었지만, 노트북에 엄청난 양의 포르노가 저장되어 있었으니 딱히 틀린 말도 아니었다.

언론의 자극적 보도에 대중은 댓글로 분노했다. 대중의 분노 가득한 관심 덕분에 오상진의 이름은 포털 사이트 검색어 상위에 오르게 되었다. 더불어 서점에 배포 준비 중인 그의 책 제목도 같이 검색되고 있었다. '악의의 질량'이라는 심상치 않은 제목의 책을 검색한 사람들은 그의 살인과 책 제목을 연관 지어 확인되지 않은 여러 이야기를 확대 재생산해 냈다. 그의 이름은 대중들에게 강렬하게 각인되고 있었다.

"이 시점에서 과연 우리가 할 일이 있을까요?"

김상태가 착잡한 표정으로 입을 열었다.

"변호인의 말에 의하면 검찰에서도 상진이 형은 똑같은 말만 계속하고 있답니다. 변호인이 말을 할 때마다 한숨을 푹푹 내쉬더군요. 답답해서 미칠 지경이랍니다."

백민수가 오상진의 근황을 전했다.

"변호인 생각은 어떻죠?"

김상태가 백민수에게 물었다.

"뭐…… 일단은 변호인도 열심히 변호하려고 준비하고 있지만, 내심으론 상진이 형이 저지른 일로 생각하는 것 같더라고요."

"피의자 변호인도 그렇게 생각한다면 법원에서의 판단은 들어 볼 것도 없네요. 유죄가 분명하네요. 다 망했네. 휴."

김상태가 실망한 표정으로 한숨을 내쉬었다.

"편집장님은 왜 그렇게 깊은 한숨을?"

이경태가 물었다.

"지금 찍어 놓은 책을 다 버려야 하잖아요. 살인자의 책을 어떻게 팔아요. 게다가 아동 포르노와 가학적 포르노를 탐닉하던 변태적인 사람이잖아요. 더는 할 말이 없지요."

김상태가 혀를 차며 말했다.

"지금 너무 속단하는 거 아닌가. 누구든 유죄의 확정판결을 받기 전까지는 무죄로 추정받는다는 건 다 아는 사실일 텐데. 아직 오상진 작가가 유죄가 된 건 아니지. 단지 혐의를 받고 있는 것뿐이야."

이경태가 긍정적인 방향으로 이야기했다.

"맞아요. 아직 법원에서 판결도 받지 않았는데 오상진 작가님을 범죄자 취급하면서 책 폐기에 관해서 이야기하는 건 아직 시기상조인 것 같네요. 법원의 판단을 기다려 봐야 할 거 같아요. 저는 오 작가님이 이번 일을 저지르지 않았다고 믿고 있어요. 또한, 그게 사실일 거고요."

병약하게만 보였던 이범수가 오늘은 눈에 힘을 주며 제법 남자답게 이경태의 말에 맞장구를 쳤다.

"그래도 이미 게임은 끝난 거나 마찬가지이지 않나요. 제가 보기엔 오상진 작가가 범인이 맞는 거 같은데요. 무죄추정 원칙을 누가 모른답니까. 하지만 그건 이상일 뿐이고 현실은 달라요. 독자들은 이미 오상진 작가가 범인이라고 생각하고 있어요. 책도 많이 찍어 놓았는데 우리 출판사에 돌아올 피해를 생각하니 눈앞이 컴컴해지는군요."

김상태의 볼멘 목소리가 이어졌다.

"흠."

김내성은 턱을 만지작거렸다. 오상진의 구명이라는 명목으로 사람들을 모았지만, 딱히 뾰족한 수는 보이지 않았다.

"저도 현시점에서 상진이 형을 도울 방법이 떠오르지 않는 건 사실입니다. 그래도 어떤 의견이라도 좋으니 말씀해 주세요."

김내성이 말했다.

먼저 김상태가 "이건 어떨까요?" 하고 조금 밝아진 표정으로 자신의 의견을 말했다.

"막강한 팬카페를 이용하는 거예요. 팬카페에 오상진 작가가 무죄를 주장하고 있음을 공지하고 탄원서를 제출하게끔 유도하는 거지요. 무혐의이니 석방하라는 취지로 말이에요. 물론 저야 개인적으로는 오상진 작가가 한 일이 맞는다고 생각하지만……. 팬클럽 회원들의 입장은 다를 수가 있으니까요. 그걸 십분 활용해 보면 좋을 거 같아요. 진실 여부를 떠나 우리 출판사도 일단은 오상진 작가가 무혐의이면 좋은 거니까요."

"좋은 생각이네요. 저도 탄원서 작성에 적극적으로 참여하겠습니다!"

이범수가 말했다.

"저는 무의미하다고 생각해요. 검찰에서 탄원서 가지고 사람을 무혐의로 내보낸다면 아마 우리나라 교도소는 텅텅 비어 있지 않을까요."

백민수가 반론을 제기했다.

"백 작가 말이 맞아. 탄원서는 효과가 전혀 없을 것 같군."

이경태가 백민수의 말에 맞장구를 쳤다.

"그럼 이 팀장님은 어떤 의견이 있으신가요?"

김내성이 이경태에게 물었다.

"글쎄. 나도 노원경찰서에 아는 후배가 있어서 개략적으로 사건에 대해 알아봤는데 오상진 작가에게 유리한 증거는 하나도 없더군. 나야말로 오 작가와 굉장히 친하게 지낸 사람으로서 감정적으로는 오 작가가 한 일이 아니라고 생각하고 있지만, 증거를 봤을 땐……."

이경태가 말끝을 흐렸다.

"이 팀장님! 노원경찰서에 아는 후배가 있다고요?"

백민수가 물었다.

"그렇지. 이번 사건 수사에 직접 참여한 형사야."

백민수가 무엇인가 생각난 듯 "아!" 하고 소리 내며 이경태를 바라봤다.

"팀장님, 어려운 부탁 하나 할 수 있을까요?"

"뭐지? 내가 도울 수 있다면 뭐든지 도와야겠지."

"그 후배 형사란 분을 우리가 만나 볼 수 있을까요. 검찰 수사나 앞으로 있을 법원에서의 재판에 도움이 될 것 같아서 부탁하는 겁니다. 아무래도 사건을 직접 수사한 형사를 만나 이야기하다 보면 공식적인 수사기록에 기록되지 않은 수사상 뒷이야기도 들어 볼 수 있고요. 그러다가 새로운 사실을 발견할 수도 있지 않을까요."

"글쎄. 자신이 맡았던 사건 피의자의 친구들을 만난다는 걸 그 친구가 어떻게 받아들일지 모르겠네."

난감한 표정을 지으며 이경태가 대답했다.

"맹세하지요. 후배 형사분에게 해가 되는 일은 절대 하지 않겠습니다. 만약 형사님을 만나게 된다면 나눈 이야기는 모두 아웃 오브 레코드로 할 테니 힘 좀 써 주시죠."

"흠……."

이경태의 이마에 굵은 주름이 잡혔다.

"지금 사건은 검찰에 있잖아요. 이미 경찰 손을 떠난 사건입니다. 지금 우리가 상진이 형을 위해 할 수 있는 일은 이것밖에 없을 것 같네요."

백민수가 결정을 촉구했다.

잠시 고민하던 이경태가 스마트폰을 들고 어디론가 전화했다.

"나 이경태다. 부탁할 게 있어서 전화했어. 우리 한번 만나서 이야기하자."

담당 형사였다. 백민수는 속으로 쾌재를 불렀다.

경찰서 앞 전통 찻집 안은 진한 대추차와 생강차 향이 가득했다. 점심을 훨씬 지난 시간이라 찻집에는 손님이 거의 없었다. 찻집 구석 사람 눈에 잘 띄지 않는 테이블에 남자 넷이 둘러앉아 있었다.

"이번 사건에 대해서 몇 가지 여쭤볼 게 있어 평소 알고 지내는 이 팀장님께 어렵게 부탁해서 이 자리를 마련했습니다."

백민수가 운을 띄었다.

"내가 노원경찰서에 근무할 때 1년 정도 한 팀에 있던 후배이지. 특별히 아끼는 후배이기도 하고. 명준아, 말해 드릴 수 있는 건 다 말해 드려. 어차피 경찰 손을 떠난 사건이잖아. 여기 김내성 씨는 오상진 작가와 친한 추리소설가야. 옆에 있는 백민수 씨는 로스쿨에 다니고 있는 학생이자 추리소설가이고. 우리한테 해가 될 일은 절대 하지 않을 사람들이니 걱정하지 않아도 돼."

이경태는 옆에 앉은 남자의 어깨를 살짝 두드리며 말했다. 밀리터리룩 스타일의 아웃도어 패딩점퍼를 입은 남자는 날카로운 눈으로 김내성과 백민수를 훑듯이 쳐다봤다.

이경태가 맞은편에 앉은 김내성과 백민수를 바라보며 눈짓을 했다. 그러자 두 남자가 동시에 임명준 형사에게 고개를 숙였다.

"저번에 커피숍에서 잠깐 스쳐 지났던 분이시군요."

김내성이 말했다.

"저도 기억나는 것 같군요. 오상진 씨의 친구분들."

임명준이 사무적인 말투로 인사를 하더니 "그럼, 빨리 본론으로 들어가시죠."라고 말했다. 얼굴에 귀찮다는 기색이 역력했다.

"사건 수사 전반에 대해 듣고 싶습니다."

김내성이 말했다.

"최근 들어 제가 다룬 사건 중 가장 악질적인 사건이었죠."

"계획적인 살인이라 죄질이 더 나쁘다는 이야기죠?"

"그렇습니다."

"몇 가지 묻겠습니다. 의아한 게 있어서요."

"네, 그러시죠. 그런데 제가 직업상 이것저것 캐묻는 데만 익숙하다는 걸 고려하셔야 할 겁니다. 남이 묻는 것에 정리된 대답을 하는 스타일은 아니죠."

"걱정하지 않아도 됩니다. 아무렇게나 대답하셔도 제가 정리하면 되는 거니까요. 말과 생각을 정리해서 글로 바꾸는 게 제 직업입니다."

잠시, 김내성과 임명준의 눈빛이 마주쳤다.

"오상진의 직업이 추리소설가라는 건 아시죠?"

"네. 책을 읽어 본 적은 없지만, 수사하면서 알게 됐죠."

"수사할 때 추리소설가라는 걸 고려해서 한 건가요?"

"그게 무슨 말입니까?"

"말 그대로입니다. 일반인하고 추리소설가는 전혀 별개의 사람이거든요."

"편견을 가지고 수사했느냐는 말입니까? 우리는 용의자의 직업이 뭐든 편견 따위를 가지고 수사하지는 않습니다. 오로지 증거를 가지고 수사를 하지요."

대답하는 임명준의 미간이 구겨졌다.

"저도 어제 종일 살인에 대해 검색했습니다. 독극물, 흉기, 둔기, 알리바이, 과학수사, 사망 추정 시간, 완전범죄 등등. 상상 속에서지만 추리소설가는 하루에도 몇 명씩 사람을 죽이고 완전범죄를 꿈꿉니다. 좋은 소설을 쓰려면 많이 연구해야 하죠. 그러려면 지금 말씀드린 것처럼 범죄 냄새가 물씬 풍기는 단어들을 포털에서 검색할 수밖에 없습니다. 우리는 그런 지식이 풍부한 형사나 법의학자가 아니니까요."

"요즘은 살인 사건이 일어나면 용의자의 컴퓨터 하드디스크와 인터넷 접속 기록을 분석합니다. 이번 사건도 예외가 아니었고요. 우린 오상진 씨의 노트북을 분석했습니다. 노트북에 많은 양의 포르노가 저장되어 있더군요. 또한, 방금 말씀하신 것처럼 범죄 냄새가 물씬 풍기는 단어들을 상당히 많이 검색한 걸 밝혀냈습니다. 특히 사망 추정 시간에 대해 공들여 조사했더군요. 그것과 관련해서 100여 건의 페이지 뷰를 한 기록이 남아 있었습니다. 어차피 포털 검색 기록은 직접증거가 아니라 정황증거 정도 밖에 되지 않으니 지금 제 앞에 계신 작가님께서 생각하는 것처럼 단순히 인터넷 검색 기록만으로 오상진 씨를 범인으로 확정한 건 아닙니다. 잘 아실 텐데요?"

임명준이 말을 마치자 김내성이 기다렸다는 듯이 의자를 당겨 앉으며 형사를 똑바로 바라보고 말했다.

"이런 과정을 거쳤을 겁니다. 살인사건이 발생했습니다. 살인사건 현장의 여러 정황을 보고 우발적 강도살인으로 추정했습니다. 주변 탐문을 시작했습니다. 운 좋게 편의점 CCTV에 찍힌 수상한 사람을 발견하게 됩니다. 편의점 CCTV 녹화화면은 원경에서 찍은 화면이라 수상한 사람의 복장만 구분할 수 있을 뿐 얼굴은 확인할 수 없었습니다. 다행히 차량 번호판은 차가 왔던 길로 되돌아가기 위해 유턴을 하는 동안 정확히 찍혔습니다. 차적 조회를 했습니다. 회심의 미소를 짓지 않을 수 없었습니다. 차의 소유자가 피해자의 아들이었으니까요.

살인 동기는 묻지 않아도 뻔해 보입니다. 부자지간이니 가정불화나 재산 문제일 것입니다. 대부분의 계획적인 살인사건에는 목격자가 없습니다. 은밀하게 이루어지기 때문입니다. 그렇다면 범인의 범행을 논리적으로 추단할 수 있는 물적 증거를 수집해야 합니다. 이 부분에서도 수사팀은 미소 지을 수밖에 없었을 것입니다.

가장 객관적인 증거인 CCTV가 더 있었기 때문입니다. 오상진이 사는 오피스텔의 주차장, 엘리베이터, 출입구에 설치된 CCTV를 발견했습니다. 물적 증거이지만 인적 증거인 목격자보다도 더 신뢰감이 가는 증거입니다. CCTV는 사람처럼 자신의 감정이나 기억의 오류를 섞어 증언하지 않습니다. 객관적으로 본 것만 정확히 재생해 냅니다. 거기에도 똑같은 복장의 오상진이 들락날락한 장면이 찍혀 있었습니다.

그의 노트북을 분석합니다. 범죄 냄새 물씬 풍기는 단어들을 줄곧 검색했습니다. 범행을 오랫동안 치밀하게 준비한 것 같습니다. 정황증거도 훌륭합니다. 게다가 노트북에 차곡차곡 쌓인 변태적 포르노는 그의 비뚤어진 인격을 말없이 증명해 주는 것 같습니다. 수사 결과는 검찰에 기소의견 송치. 당연한 결과였죠."

"음⋯⋯."

임명준은 깍지를 끼고 턱을 괴었다.

"듣고 보니 그런 흐름으로 수사가 진행된 것 같긴 하군요. 자신의 오피스텔과 살인현장 근처에서 찍힌 CCTV를 깰 만한 알리바이나 반증은 없었으니까요. 어떤 수사팀이라도 그런 식으로 수사했을 겁니다. 그게 수사의 정석이니까요."

김내성이 수긍한다는 듯 고개를 끄덕였다.

"그런데 CCTV에서 오상진의 얼굴을 정확히 확인했다는 말은 없던데요? 그냥 복장만 같으면 범인으로 특정할 수 있는 건가요?"

임명준이 정색하며 등을 곧추세웠다.

"현실은 선생님이 쓰는 추리소설과는 달라요. 현실은 추리소설처럼 작가가 의도한 대로 아귀가 맞아 돌아가는 세상이 아닙니다. 우연도 있고, 범인의 실수도 있습니다. 오히려 실제 사건에서는 이런 우연과 실수가 범죄 해결에 큰 역할을 하는 경우가 많죠. 이런 것들을 찾아내려고 형사들이 발이 부르트도록 탐문을 하는 겁니다. 편하게 노트북 자판을 두드려 만드는 허구의 사건과는 큰 차이가 있어요. 그걸 혼동하지 않았으면 합니다."

턱을 손으로 문지르면서 임명준이 말을 이었다.

"사실 수사팀에서 그 점을 고민하지 않은 건 아닙니다. 아무리 녹화된 화면을 확대, 복원하는 기술이 발전했다고 해도 얼굴이 찍히지 않으면 소용없는 일이죠. 오상진은 엘리베이터와 건물에서 나올 때 유명 쇼핑몰 로고가 찍힌 상자를 들고 후드 패딩점퍼의 모자를 푹 눌러쓰고 있었습니다. 얼굴이 전혀 나오지 않았죠. 주차장 CCTV는 화면을 확대해 보았지만, 조명이 너무 어두워 얼굴을 인식할 만한 장면은 하나도 건지지 못했습니다.

아까 선생님이 말씀하신 것처럼 편의점 CCTV에서는 차량 번호판이라는 결정적인 단서를 얻었지만 역시 오상진의 얼굴을 획득하는 데 실패했습니다. 원경인 데다가 모자를 쓰고 있었기 때문입니다. 오상진이 범행을 끝내고 다시 자신의 오피스텔로 돌아왔을 때도 마찬가지였습니다. 어두운 주차장을 통해 상자를 들고 출입구를 통과하는 오상진은 여전히 후드 패딩점퍼의 모자를 쓴 상태였습니다. 전혀 얼굴이 노출되지 않았죠. 몇 번을 세밀히 분석했지만, 결과는 마찬가지였습니다. 얼굴 인식 불가."

"수사 과정에서 상자의 용도와 그 안의 내용물을 밝히지 못했죠? 상진이 형 집에서 상자 자체를 찾지 못했으니까요."

김내성이 다시 임명준에게 물었다.

"맞습니다. 찾지 못했죠. 상자에 큰 의미를 두고 있는 것 같은데 전 이번 사건에서 상자가 무슨 역할을 했는지는 중요하지 않다고 봅니다. 그냥 명절 전에 선물을 들고 가는 사람처럼 보이게 하려는 의도일 수도 있고요. 드라마에서 쓰는 소품 같은 거 말입니다.

오상진 씨는 얼굴만 CCTV에 안 나왔을 뿐이지 그 외 모든 건 CCTV에 찍힌 것이나 마찬가지입니다. 그가 입고 있던 파란색 후드패딩점퍼 아시죠? 그 점퍼는 자신의 집 행거에서 발견되었습니다. 당연히 아버지의 혈흔도 발견됐고요. CCTV에 찍힌 그가 입고 있던 바지나 신발도 모두 집 안에 있더군요. 아버지 집에서 없어졌던 지갑도 점퍼 호주머니에서 발견했죠. 더군다나 아버지의 집에서는 오상진이 신고 있던 신발과 동일한 족적이 발견되었습니다. 그뿐만이 아니었죠. 자신이 시체를 발견했다고 신고한 날에도 같은 신발을 신고 있더군요. 치밀한 계산인지 단순한 실수인지는 모르겠습니다만, 악수를 둔 거죠.

그렇다면 경찰은 CCTV에 얼굴이 나오지 않았다는 이유 하나만으로 오상진 씨를 무혐의로 석방하는 게 맞겠습니까? 지금 말씀드린 다른 증거들을 바탕으로 그를 범인으로 지목하는 게 맞겠습니까?"

임명준의 얼굴이 불그스름하게 달아올라 있었다. 김내성은 임명준의 흥분한 모습에 이 자리를 마련해 준 이경태의 처지를 생각해서 이만 이야기를 마칠까 생각했다. 하지만 한 가지 더 확인하고 싶은 게 있었다.

"상진이 형은 처음부터 같이 있던 정진영 씨를 의심했습니다. 그녀가 약을 타고 모종의 음모를 꾸몄다는 주장이지요. 그렇다면 정진영 씨의 사건 전후 행적과 페트병에 약이 들어 있었다고 한 부분에 대해서는 충분히 조사된 거겠죠?"

"후후후. 추리소설가들은 대한민국 경찰을 아주 우습게 보는 것 같군요. 당연히 정진영 씨의 사건 전후 통화 내역이나 행적은 샅샅이 조사했습니다. 특이 사항은 전혀 발견되지 않았죠. 남아 있던 페트병과 개수대에 있던 컵도 모두 조사했습니다. 결과는 깨끗했죠. 페트병이나 컵에 어떤 약물도 들어 있지 않았습니다. 됐습니까?"

임명준이 다 식은 차를 한 모금 마시더니 자리에서 일어났다.

"오늘은 제가 형님처럼 모시는 이 팀장님 때문에 이 자리에 나왔지만, 솔직히 기분이 좋지 않습니다. 우리가 진술을 강요하거나 짜 맞추기 수사를 한 것도 아닌데 항상 공상에 젖어 사는 추리소설가들의 음모론 같은 의혹 제기와 채근을 계속 듣고 있자니 참을 수가 없네요. 형님, 오늘 죄송합니다. 좀 참으려고 했는데…… 먼저 일어서겠습니다."

당황하는 표정의 이경태을 뒤로하고 임명준이 출입문 쪽으로 몸을 돌렸다.

"자리가 썰렁해졌네. 허허허."

무안함을 모면하려는 듯 이경태가 헛웃음 소리를 냈다.

"괜찮습니다. 사건 담당 형사라면 저 같은 추리소설가 나부랭이가 와서 사건에 대해 이러쿵저러쿵 이야기하는 게 싫겠죠. 다음에는 사건 이야기 말고 추리소설과 세상 돌아가는 이야기를 하며 술 한잔하시죠. 제가 이 사건이 마무리되면 전화 드리겠습니다."

"뭐, 그러지."

김내성과 백민수와 이경태가 서로 인사할 때 임명준이 다시 찻집으로 들어왔다.

"충고해 드릴 게 있어서 다시 왔습니다. 제가 범인들은 간혹 실수한다고 했죠? 오상진 씨가 범인으로 밝혀진 건 단 한 가지 실수 때문이었어요. 편의점에 외부를 향한 CCTV가 설치되어 있다는 것을 몰랐다는 거죠. 그것만 아니었어도 자신은 이 사건 피해자 유가족으로만 남아 있었을 텐데 말이죠. 그런데 오상진 씨가 정말 유명한 추리소설가는 맞나요?"

"네, 맞는데요. 우리나라 추리소설가 중 최고의 판매량
을 자랑하는 작가예요."

백민수가 입을 비죽거리며 말했다.

"판매량이 최고라고요? 의외군요. 소설은 허술하지 않
은가 봅니다. 역시 소설과 현실은 다를 수밖에 없군요. 현
실은 소설처럼 퇴고할 수 없으니까요. 오상진 씨는 자신
의 아버지를 살해하고 사망 추정 시간을 조작하려 했어
요. 현장에 도착하니 시체는 안방 전기 매트 위에 있었습
니다. 전기 매트에는 전원이 들어와 있더군요. 집 안 공기
도 후덥지근했습니다. 보일러를 확인해 보니 온도를 상당
히 높게 올려놓았더군요.

현관에 남겨진 혈흔으로 보아 피해자는 현관에서 둔기
로 가격당한 게 확실했습니다. 그런데 정작 시체는 안방
에서 발견되었죠. 그게 무엇을 말하는 걸까요. 옮긴 거
죠! 따뜻한 곳으로. 시체의 체온이 떨어지는 걸 늦춰 경찰
이 사망 추정 시간을 실제 사망 시간보다 몇 시간 뒤로 파
악하게 하려는 의도였습니다.

이번 사건에서 몇 시간 차이는 상당한 의미가 있습니
다. 실제 살인을 저지른 시간은 밤 11시 50분에서 자정 사

이였죠. 이와 근접한 시간인 밤 11시까지 오상진 씨는 팬 카페 회장이라는 여자와 함께 있었습니다. 알리바이를 만들어 둔 거죠. 사망 추정 시간이 아주 정확하게 나오지 않는다는 걸 역이용한 겁니다. 아무리 정확해도 오차범위는 두세 시간 정도는 되니까요. 여기에 시체의 체온을 적절히 유지해 주면 경찰이 파악하는 사망 추정 시간은 실제 사망 시간보다 더 늦어지죠. 많이도 아니었습니다. 두세 시간만 늦춰져도 자신은 용의선상에서 점점 더 멀어지는 것이었습니다. 두세 시간 늦춰진 시간에 오차범위까지 더하면 최대 6시간까지도 사망 추정 시간이 늦어지니까요.

지금 구치소에서 후회하고 있을 겁니다. 경찰에 신고하기 전에 보일러 온도를 낮추지 않은 것과 전기 매트를 끄지 않은 것을 말이죠. 경찰이 도착하기 전에 집 안의 후텁지근한 공기를 환기시켜 줬으면 더 좋았을 테고요. 아마 과거로 돌아가고 싶을 겁니다. 퇴고하려고요.

두 분은 동료 작가라서 오상진 씨에게 도움을 주고 싶은 모양인데 제 직업상 경험으로 봤을 때 그럴 만한 가치가 있는 사람은 아닌 것 같습니다. 두 분께서도 시간 낭비하지 마시고 추리소설을 한 줄이라도 더 쓰시죠."

임명준이 싸늘한 웃음과 함께 등을 돌렸다.

"나도 인제 그만 가봐야겠는걸. 그간 자주 만났던 오상진 작가와의 의리 때문에 조금이나마 도움이 될까 해서 이 자리를 마련했는데 우리 의도와는 조금 빗나간 것 같군. 어쨌든 오늘 이 자리는 오상진 작가를 위한 내 마지막 호의라고 생각해 줬으면 좋겠네. 다음에 사건이 완전히 종결되면 만나도록 하지. 그럼, 좋은 작품 많이 쓰시길."

이경태가 인사와 함께 찻집을 나섰다.

"이야기를 들어 보니 이 팀장님도 상진이 형이 범인이라고 생각하고 있어. 마지막 호의라고 하는 것 보니깐 말이야. 이제 이 팀장님에게 도움을 받기는 어려울 것 같네."

백민수가 말했다. 김내성은 아무 말 없이 고개만 끄덕였다.

김내성의 오피스텔은 집필실과 숙소를 겸하고 있었다. 15평 정도의 오피스텔에 책장이 두 벽면을 차지하고 있었고, 커다란 원목 책상 옆에는 드라마 속 회장님댁 안방에서나 볼 수 있는 개인 금고가 어색하게 서 있었다. 숙소 역할도 하고 있다는 걸 알려 주는 건 귀퉁이에 있는 싱글 침대와 행거가 전부였다.

김내성은 팔짱을 끼고 의자를 뒤로 젖힌 채 천장만 바라봤다. 정진영의 얼굴이 그려졌다. 도무지 그녀의 얼굴과 살인을 연결 지을 수 없었다. 담당 형사로부터 사건 전후 그녀에게는 의심스러운 점이 발견되지 않았다는 대답을 듣고 마음이 한결 가벼워졌다. 만날 때마다 항상 친절하고 상냥한 모습을 보여 주던 그녀였다. 가식이 아니었다. 습관처럼 몸에 배어 있었다.

하지만 그녀는 범인으로 지목된 사람으로부터 의심받고 있다. 단순히 범인의 변명일 수도 있지만, 그렇지 않을 수도 있다. 왜냐하면, 그날 범인으로 지목된 사람은 많은 술을 마셨다. 정말 치밀한 범행을 계획한 사람이라면 그 정도로 술을 마시지 않았을 것이다. 스스로 운전하기도 어려웠으니까 말이다. 경찰은 이 점을 간과했다. 아니, 설혹 그렇게 주장했다 하더라도 받아들이지 않았을 것이다. 경찰은 이미 술을 마시고 기억이 나지 않는다는 주장 자체를 거짓으로 파악하고 있으니까 말이다.

그녀가 오피스텔을 찾은 이유는 이미 확인했고, 사건 전후 알리바이도 경찰에 의해 명백해졌다. 이제 하나만 통과하면 그녀에게는 조그만 의혹도 남지 않게 된다.

김내성은 치졸하지만 그녀의 결백을 마지막으로 확인하고 싶었다.

"뭐야. 오랜만에 손님이 찾아왔는데 집주인은 천장만 바라보며 도대체 무슨 생각하고 있는 거야."

마치 자기 집인 것처럼 침대에 편하게 누워 있던 백민수가 생각에 젖어 있는 김내성에게 퉁명스럽게 말했다.

"미안. 상진이 형을 생각하고 있었어."

김내성은 적당히 둘러댔다.

"형도 대단한 의리파군. 항상 상진이 형을 생각하는 걸 보니 말이야."

"남자로서의 기본적인 의리야. 내가 등단을 위해 원고를 투고했을 때 상진이 형이 심사위원을 맡고 있었어. 상진이 형 덕분에 등단했다고 해도 과언은 아니지. 그래서 예전부터 상진이 형에게 도움을 줄 일이 있으면 적극적으로 나서겠다고 스스로 다짐하고 있었거든."

김내성이 쑥스러운 표정으로 말했다.

"그런데 이 집에는 어울리지 않는 게 하나 있어."

백민수가 트집 잡듯이 말했다.

"그게 뭔데?"

"도대체 저 금고에는 뭐가 들어 있는 거야? 눈에 거슬리는 소품이야."

"소품은 무슨."

"그럼, 진짜 저 안에 돈이나 골드바 같은 게 들어 있다는 말이야?"

"아니."

"그럼, 뭐가 들어 있는데?"

"아버지의 유품."

"유품?"

"응, 아버지가 쓰신 원고들이 들어 있어. 물려주신 책하고."

"아버지가 소설가였어?"

"아니, 범수처럼 추리소설가 지망생 정도라고 해야 할까?"

"아, 지망생……. 정식으로 등단하신 건 아니겠네."

"그렇지. 습작 수준의 원고야. 솔직히 말해서 내가 봐도 좀 어설픈 소설을 쓰셨더라고. 수기인지 소설인지 모호한 그런 글을 쓰셨어. 아무래도 소설가의 자질은 없으셨던 것 같아. 이렇게 말하면 하늘에 계신 아버지께서 노하시려나."

"이런 거 물어봐도 되나?"라고 말하며 백민수가 김내성의 눈치를 살폈다. 김내성이 괜찮다는 듯 고개를 끄덕이자 백민수가 말을 이었다.

"정식으로 등단하신 것도 아니고, 형 말대로 습작 수준의 원고인데 군이 금고에 보관해 둘 이유가 있나? 솔직히 값어치가 나가는 물건은 아니잖아."

"아버지는 유언으로 우리 삼 형제에게 재산을 정확히 삼등분해서 나눠 주셨어. 그런데 자신이 쓴 원고와 즐겨 읽던 책은 전부 나에게 물려주셨지. 아버지는 유명한 추리소설가가 되는 게 꿈이었어. 자신은 소질이 없다는 걸 깨닫고 결국 그 꿈을 포기했지만, 나에게 그 꿈을 물려주셨지. 그래서 내 이름이 김내성이야. 역술가로부터 내 사주에 문필가 운이 들어 있다는 말을 듣고 지은 이름이지. 그만큼 아버지는 추리소설을 사랑하셨어. 지금으로 말하면 못 말리는 덕후였지. 그런 이유로 아버지가 생전에 소중하게 여긴 원고와 책을 허투루 둘 수가 없어서 저렇게 고이 모셔 두는 거야."

"아! 형 이름에 그런 사연이 있었구나. 난 형을 처음 만났을 때 이름이 김내성이라고 해서 '에도가와 란포'처럼 필명을 쓰는 줄 알았어. 추리소설가로 성공하기 위해 말이야."

모로 누워서 이야기하던 백민수가 자리에서 일어났다.

"금고 이야기를 하다가 아버지와 내 이야기까지 옮아

왔네."

김내성이 어깨를 펴며 말했다.

"우리 집안사는 그렇다고 치고. 어떻게 생각해? 이번 사건 말이야. 조만간 검찰에서 형을 법원에 기소할 텐데."

"뾰족한 방법이 있겠어? 형이 경찰에서부터 줄기차게 주장하는 건 정진영이 떠난 후로 아침 늦게 일어날 때까지 잠을 잤다는 건데. 아무 기억도 없이 말이야. 유력한 살인 용의자로 몰려 있는 사람이 기껏 한다는 소리가 기억이 없다는 소리니 미칠 노릇이야. 이제 법정에서 변호인도 계속 잠만 잤다, 기억이 없다고 변론하면서 CCTV에 얼굴이 찍히지 않은 걸 물고 늘어지는 수밖에 없으니까."

백민수가 고개를 저으며 말했다.

"이해할 수 없는 부분이긴 하지."

"며칠 전에 만났던 형사 말이 틀린 거 같지는 않아. CCTV에 얼굴이 정확히 노출되지 않은 거 말고는 모든 증거나 정황이 상진이 형이 범인이라고 가리키고 있잖아. 우리가 상진이 형에게 속고 있는 걸 수도 있어."

"그렇게 생각해?"

김내성이 심각한 얼굴로 백민수에게 물었다.

"사실 상진이 형이 약간 폭력적인 면이 있긴 하잖아. 예전에 술집에서 옆 테이블하고 주먹다짐한 적도 있었고, 작품에 관해 토론하다가 선배 작가랑 욕하면서 멱살잡이를 한 적도 있었잖아. 특히 남들에게 싫은 소리 듣는 걸 못 참았지. 인터넷에 자기 글에 대해 안 좋은 리뷰를 올렸던 독자하고 댓글로 엄청나게 싸웠던 거 기억나지?"

"그래, 싸움닭이었지. 전형적인 마초라고 해야 할까. 그런데 어제 구치소에 면회 가 보니 그 성격 다 죽었더라. 몸도 반쪽이 됐고. 말하는 것도 두서가 없었어. 정신 나간 사람처럼 했던 말만 반복하고 말이야."

김내성이 말했다.

"나도 김상태 편집장한테 들은 이야기인데 원래 상진이 형은 아버지랑 사이가 좋지 않았대. 직업도 없이 빈둥거리며 글만 쓴다고 아버지가 상진이 형을 싫어했나 봐. 상진이 형도 자신이 어렸을 때부터 집에는 관심도 없이 놀러만 다녔던 아버지를 싫어했어. 그래서 스무 살이 되자마자 집에서 나와 자취를 하면서 추리소설가로 이름이 알려지기 전에는 아버지랑 왕래도 안 했대. 추리소설가로 성공하고 매스컴에 알려진 후부터 다시 왕래했던 거 같아.

주머니가 돈으로 두둑해지면 마음의 여유도 생기는 법이잖아. 또 성공한 자들은 과거 안 좋았던 경제 사정이나 인간관계에 대한 기억도 지금의 성공한 나를 담금질해 준 좋은 경험으로 윤색하기도 하잖아. 남들의 이목도 있고, 그렇게 말하는 게 멋있어 보이니깐. 이런저런 이유로 최근에 아버지와의 표면적인 관계가 좋아지긴 했지만, 여전히 우리가 모르는 갈등이 내재해 있을 수 있어. 그런 게 충분히 살인 동기가 될 수 있는 거고."

백민수가 뒷목을 손가락으로 긁적거리며 말을 계속했다.

"게다가 노트북에서 발견된 포르노가 지금 인터넷에 이슈가 되었잖아. 발견된 게 보통 포르노도 아니더라고. SM성행위 같은 변태적 포르노와 아동 포르노가 대부분이라는데. 검찰에서는 존속살인 혐의랑 아동·청소년의 성보호에 관한 법률 위반으로도 같이 기소할 예정이라 하더라고. 인터넷에서는 상진이 형은 완전히 인간쓰레기가 된 상태지. 덕분에 우리 추리소설가들도 변태적인 포르노나 보면서 매일 범죄 연구를 하는 불량 인종으로 묶여서 도매금으로 넘어가고 있잖아."

"참 이해할 수 없는 일이야. 어제 상진이 형 면회 가서 이야기를 들어 봤더니 자신은 그런 포르노를 다운받은 적이 전혀 없다는 거야. 아버지를 살해한 것처럼 그것 또한 누군가의 음모라고 말하더라고."

"그래? 포르노도 자신이 다운받은 게 아니라고 해?"

"응. 아주 단호하게 이야기하더라고."

"법정에서도 그렇게 설득력 없는 주장을 한다면 판사들이 좋아할 리가 없을 텐데. 이제는 상진이 형도 생각을 바꿔야 할 때가 된 거 같아. 모든 걸 인정하고 선처를 읍소하는 편이 본인한테 더욱 유리할 거야. 왜 그걸 모르는지."

"만약 지금 상황에선 국민참여재판을 신청한다 하더라도 배심원들이 만장일치로 유죄 평결할 가능성이 높지."

"그래도 긍정적이라고 해야 할까. 좋은 소식은 하나 들리더라고."

백민수의 입가가 비틀어졌다.

"좋은 소식이 뭔데?"

"출판사 편집장이랑 통화해 봤는데. 이번 사건이 터지면서 형 책 '악의의 질량'을 출간 포기하고 폐기처분 하려고 했잖아. 그걸 보류 중이래."

의자에 깊숙이 몸을 맡기고 있던 김내성이 등을 곧게 폈다.

"왜?"

"출간 여부를 묻는 문의가 빗발친다네. 사건이 터지고 상진이 형에게 맹비난을 퍼붓던 대중이 정작 그 범죄자가 쓴 글은 궁금하나 봐. 꼭 읽어 봐야겠다고 개인적으로 예약하는 사람들도 있다더라고. 하긴 매스컴에서 연일 흥미 위주로 글을 써 대니 사람들의 이목이 집중되는 건 당연하지. 포르노에 심취한 추리소설가가 존속살인 혐의로 곧 기소될 위기에 처해 있는 상황이라니. 정말 최고의 노이즈 마케팅 아니겠어?

편집장 이야기로는 책이 풀리기만 하면 정말 대박 날 예감이라던데. 추후 재판 결과를 지켜보고 출간할지 말지 결정한대. 편집장 말에 의하면 출판사 사장은 은근히 무죄를 기대하고 있대. 무죄만 나면 최소 몇 십만 권은 기본일 거라고 장담하면서 말이야. 그런데 통화 말미에 편집장과 나는 혀만 찼어."

"왜?"

"무죄는 출판사 사장의 바람일 뿐이고, 상진이 형은 어차피 유죄판결을 예약해 놓은 거나 마찬가지잖아. 증거가 너무 촘촘하게 상진이 형을 옭아매고 있어. 출판사 창고에 쌓인 책은 사장의 바람과 달리 조만간 폐기해야 할 거야."

"너무 허술하다고 생각하지 않아?"

김내성이 아랫입술을 잘끈 깨물며 심중에 있는 말을 꺼냈다.

"뭐가 허술하다는 거야."

"상진이 형의 알리바이나 사건 현장 상황 말이야."

"어떤 점이 그렇다는 거지?"

백민수가 고개를 갸웃거렸다.

"형사는 상진이 형을 허술한 범죄자로 단정 지었지만, 오히려 허술한 점이 많았다는 게 상진이 형이 범인이 아니라는 걸 말해 주는 것 같지 않아?"

"글쎄, CCTV에 상진이 형 얼굴이 정확히 찍히지 않은 거 빼고는 형사의 말에 무리한 비약은 없던데."

"일단 상진이 형이 진범이라고 가정하자. 그다음 추리소설가 입장에서 생각해 봐. 상진이 형이나 우리나 똑같이 추리소설가니까 어차피 생각의 흐름은 비슷할 거야. 그런 상황에서 어떻게 범행을 저질러야 하겠어?

경찰은 일단 상진이 형이 팬카페 회장 진영 씨를 알리바이 때문에 계획적으로 자신의 집으로 끌어들였다고 생각했어. 하지만 우리도 목격한 거지만 두 사람이 같이 집에 가게 된 건 상진이 형이 주도한 게 아니었어. 기억 나? 그날 우리가 헤어질 때 팬클럽 부회장 미정 씨와 진영 씨가 귀엣말을 나누던 거 말이야."

"맞아, 둘이서 귓속말을 나누면서 고개까지 끄덕였지.

뭔가 비밀이 있는 것처럼 말이야."

"사건이 일어난 후 미정 씨와 진영 씨를 만났어. 그날 헤어지면서 무슨 이야기를 나누었느냐고 물으려고."

"그래? 무슨 이야기를 했대? 이 사건 해결의 실마리라도 잡은 거야?"

백민수의 눈이 커졌다.

"미정 씨와 진영 씨가 출간 기념회에 오기 전부터 계획한 게 있었대. 상진이 형이 술에 얼큰히 취하면 집에 따라가서 레어 아이템 하나 건져 오겠다는 계획이었다네. 그 이야기를 했대."

백민수가 어처구니없다는 표정을 지었다.

"그래서 진영 씨가 상진이 형 집에 따라간 거고."

"하긴, 내가 알기에는 그 두 명은 상진이 형 집에 몇 번 찾아간 것 같더라고. 분명히 거기에서 상진이 형의 컬렉션을 봤을 거야. 무섭다, 무서워. 남자가 술에 취해 알딸딸해진 걸 이용해서 레어 아이템을 공짜로 건지겠다는 계획이었구나. 어쩐지 둘이서 형 비위를 잘 맞추더라. 홍삼 선물 세트까지 준비하고."

"이유야 어쨌든 진영 씨가 상진이 형 집에 가게 된 건 상진이 형이 계획한 일이 아니었어. 오히려 미정 씨와 진영 씨가 계획한 일이었지."

"그래서 레어 아이템은 줬대?"

"아니, 형은 진영 씨랑 술을 마시면서 레어 아이템에 관해 이야기했지만, 레어 아이템을 주지는 않았대."

"맞아, 주지 않았을 거야. 제일 아끼는 게 자신의 아우디와 그 책들이니까."

"민수야, 만약 상진이 형이 이번 사건을 계획했다면 진영 씨를 어떻게 이용해야 정석일까?"

"가장 현실적인 방법은 하나 있지. 진영 씨랑 술을 마시고 자는 거야."

백민수가 손가락을 튕기며 대답했다.

"잔다?"

"그렇지. 진영 씨의 술에 약을 타서 정신을 잃게 하는 거야. 그러고는 진영 씨가 정신을 잃은 틈을 타 범행을 실행하고 오는 거고. 설치된 CCTV만 용케 피한다면 훌륭한 알리바이가 생기는 거지. 경찰에는 술을 마시고 같이 잤다고 하면 되는 거니까. 진영 씨도 그런 줄 알 거고. 이게 가장 고전적이고 현실적인 방법 아닐까?"

"그런 식의 구성이 자연스럽겠지. 하지만 이번 사건은 반대였어. 정작 범인으로 지목된 형의 기억이 없는 거야.

뭔가 어색하지 않아?"

"어색하기만 한가. 유치할 정도야. 기억이 없다는 변명은 초등학생이나 하는 변명이잖아. 법정에서는 전혀 먹히지 않을 방어 방법이지."

"어제 담당 형사를 만나 확인했잖아. 진영 씨의 사건 전후 통화 내역이나 행적에 의심할 만한 사항이 없었다고. 더군다나 페트병이나 컵에 어떤 약물도 들어 있지 않다고 하니 형은 더욱 궁지에 몰린 꼴이야."

김내성의 말에 백민수가 고개를 끄덕였다.

"하지만! 사건 현장에는 이해 가지 않는 부분이 많아. 사망 추정 시간까지 조작하려고 했던 주도면밀한 범인이 살해 도구에 지문을 남기고, 방 안 곳곳에 자신의 인감도장을 찍듯이 발자국을 남긴다? 정말 허술하지 않아? 살해 후 현장을 다시 찾아와 스스로 신고할 정도로 여유가 있는 범인이 과연 보일러 온도를 낮추고 전기 매트 전원을 끄는 걸 잊었을까?"

"당연히 범인이 실수한 거죠. 소설과 현실은 다르다고 제가 누차 말씀드리지 않았습니까. 현실에서 수사는 범인의 실수를 찾는 과정이라고 생각하시면 되겠습니다."

백민수가 눈에 힘을 주며 임명준 형사의 목소리와 말투

를 흉내 냈다.

"흠……."

김내성은 몸을 의자에 깊숙이 밀어 넣었다.

십여 분 넘게 눈을 감은 채 미동도 하지 않고 의자에 앉아 있는 김내성에게 백민수가 다가갔다.

"자?"

김내성이 눈을 뜨며 몸을 일으켰다.

"예전에 경찰서 면회 때 상진이 형이 한 말을 곰곰이 생각해 봤어."

"두서없는 말만 되풀이했잖아."

"그렇긴 한데. 형의 말과 행동에서 절박함을 느낄 수 있었어. 그 절박함 속에 거짓은 전혀 섞여 있지 않았어. 상진이 형의 주장이 맞는다면 그걸 입증할 방법은 단 한 가지야."

"그게 뭐지?"

"상진이 형 말대로 본인이 범인이 아니고 모든 게 음모라면 당연히 의심해야 할 사람이 있어. 마지막까지 형과 같이 있던 사람. 진영 씨에게서 어떤 실마리를 찾아야지."

"이미 진영 씨가 술에 약을 타지 않았다는 건 입증되었잖아."

"그래, 그 부분은 경찰이 조사했지. 그런데 아직 의문으로 남아 있는 게 하나 있잖아. CCTV에 찍힌 남자 말이야. 정말 그가 상진이 형이 아니라면 진짜 그는 누굴까?"

"그거야 모르지만, 한 가지 확실한 건 있어. 그 남자가 누구든 진영 씨는 아니라는 거."

"그래, 진영 씨는 아니야. 차를 운전하고 상진이 형 아버지를 살해한 사람은 남자가 맞아. 그 미지의 남자는 상진이 형의 차 키를 가지고 있었어. 누군가 도움이 없었더라면 손에 넣을 수 없지. 그 누군가가 진영 씨일 가능성이 있다는 거야."

"공범?"

"그래, 공범."

"그 공범은 어디 숨어 있다가 튀어나온 거야?"

"사실…… 그것까지는 아직 생각해 보지 못했지만, 한 가지 가설을 세워 놓은 게 있어. 그 가설이 입증되면 뭔가 정리될 것 같기도 하고."

"무슨 가설?"

"범인은 상진이 형 오피스텔 비밀번호를 알고 있어."

"무슨 근거로 그렇게 생각하는 거지?"

"얼마 전, 상진이 형 오피스텔에서 혼자 하룻밤 지내고 온 적이 있어. 그때 집 주변과 집 안에서 보고 느낀 건데 상진이 형 오피스텔 주변을 어슬렁거리는 사람들이 있는 거 같아."

"누가 주변을 배회한다는 거야? 뭘 노리고 말이야?"

김내성의 머릿속에는 오상진의 책장이 떠올랐지만, "글쎄, 그건 아직."이라고 대답했다.

"그럼, 앞으로 어떻게 하려고?"

백민수가 물었다.

"진영 씨를 다시 만나 봐야겠어. 내일 네가 진영 씨를 불러 줘."

"어디로?"

"상진이 형 오피스텔."

"왜 하필 거기야?"

"이 사건을 해결할 단서는 살해 현장에 있는 게 아니라 상진이 형 집에 있을 거야."

김내성은 어서 확인하고 싶었다. 그녀가 공범 역할도 하지 않았다는 점을 말이다. 이제 이 관문만 통과하면 그녀에게는 한 조각의 의혹도 남지 않게 된다. 내일 그녀를 대면하고 신문 아닌 신문을 해야 한다고 생각하니 김내성의 심장이 마구 뛰기 시작했다.

5

여의도역을 나서자 칼바람이 소매 사이로 거침없이 파고들었다. 김내성은 잰걸음으로 빌딩 숲 사이를 가로질러 추리작가협회 사무실로 향했다.

김내성이 사무실 문을 열자 노트북을 뚫어지게 바라보고 있던 백발의 회장이 자리에서 일어났다. 그가 앉아 있던 책상은 펼쳐진 책들로 빈틈 하나 없었다.

"회장님, 안녕하세요."

"그래, 김 작가. 오랜만이야."

회장이 온화한 표정으로 말했다.

"소설을 쓰고 계셨나 봐요?"

김내성이 책상을 바라보며 말했다.

"아니, 평전을 쓰고 있어."

"아! 누구의 평전인가요?"

"아인 선생의 평전이야. 출판사에서 의뢰받은 게 있어서. 내가 우리나라 최고의 아인 김내성 선생 전문가 아닌가. 우리나라 추리소설의 역사를 정리한다는 의미도 있어서 나름 심혈을 기울여 쓰고 있네. 김 작가는 요즘 작품 활동이 뜸한 거 같던데. 신작 발표는 안 하는 건가?"

"그게…… 좀…… ."

김내성이 대답은 제대로 하지 못하고 애꿎은 뒤통수만 긁어 댔다.

"자네 그 이름 본명이잖아. 좋은 이름 썩히지 말고 아인 선생처럼 좋은 글 열심히 쓰도록 해."

"네, 명심하겠습니다."

"그런데 오늘은 김 작가 단짝인 백 작가는 같이 안 왔나?"

"민수는 이따 따로 만나기로 했습니다."

"백 작가는 지금 변호사가 되려고 로스쿨에 다니는 거 맞지?"

"네."

"나중에 변호사가 되면 일단 먹고살 걱정은 안 하고 마음 편하게 글을 쓸 수 있겠구먼."

"네, 그런 셈이죠."

"추리소설 쓰는 것만으로는 생계유지가 안 되니깐 확실한 직업이 있는 게 꾸준한 창작 활동을 하는 데 도움이 되지. 김 작가도 글 쓰는 거 말고, 밥벌이는 따로 있는 거지?"

"등단하기 전까지 공무원을 했는데, 적성에 맞지 않는

거 같아 등단하자마자 사직서를 냈습니다. 현재 다른 직업은 없습니다."

"이런! 요즘 공무원이 최고의 직업인데 그걸 스스로 때려치웠어? 정말 김 작가도 생긴 거랑 다르게 대중없는 사람이구먼. 그런데 지금 따로 하는 일도 없고, 작품도 도통 발표하지 않는데 생계는 어떻게 유지하는 거지?"

"그게…… 아버지가 물려주신 조그만 건물이 있어서."

"하하하. 그럼, 그렇지. 김 작가가 믿는 구석이 있었구먼. 조물주 위에 건물주라 하지 않던가. 평생 걱정 없이 작품 활동을 할 수 있겠어. 부럽구먼, 부러워."

"하지만 그 건물은 제 단독소유가 아니고, 공유지분으로 소유하고 있는 거라서 형들과 건물에서 나오는 월세를 삼등분 하면 제게 돌아오는 금액은 얼마 되지 않습니다."

"어허, 어디 가서 그런 소리 하지 말게. 그런 조그만 건물 한 채 없는 사람들이 대부분이니깐 말이야. 항상 아버지께 감사하는 마음으로 살게나."

"네, 그래야지요……."

"아, 그건 그렇고. 오늘 급하게 찾아온 이유가 뭔가?"

"저번에 제게 주신 월간 '한국추리문학' 5월호에 관해서 여쭙고 싶어서요."

"그래, 내가 그때 편집과 유통에 관여해서 그 잡지에 관해서는 잘 알고 있지."

"5월호를 살펴보니 제 눈에는 별로 특이한 점이 눈에 띄지 않더라고요. 그런데 최근 그 책을 절실하게 찾는 사람이 있었습니다. 저번에 회장님께 책을 부탁했던 게 바로 그 사람 때문이었죠. 그 사람이 5월호를 소장하려고 한 이유가 무엇일까, 그게 궁금해서 회장님의 의견을 들어 보려고 직접 온 겁니다."

"김 작가, 오늘 사람 많이 놀라게 하네그려. 책을 부탁한 사람한테 직접 물으면 되지 그걸 왜 나한테 물어. 참 싱거운 사람이로군. 허허."

"오 작가와 관련된 사람이라 직접 묻기가 어렵습니다."

"그래? 살인사건 용의자라도 되는 건가?"

회장이 눈을 동그랗게 뜨며 말했다.

"그런 건 아닙니다만……."

"눈치를 보아하니 뭔가 관련이 있구먼. 말하기 곤란한가 보니 그건 내가 자세히 묻지 않겠네. 어쨌든, 살인사건과 관련이 있다고 생각하니 구미가 당기는걸. 지금 나의 추리가 필요해서 찾아온 거로구먼. 좋아."

회장이 흥미진진한 표정으로 손깍지를 끼고는 책상에

다소곳이 올려놓고 이야기를 계속했다.

"흠, 월간 '한국추리문학' 5월호는 마지막 발행호라서 내 기억에 아주 또렷하게 남아 있지. 99년에도 IMF의 여파가 남아 있어 경제 상황이 좋지 않았어. 우리 추리작가협회도 마찬가지였지. 십시일반 돈을 모아 잡지를 창간했던 건데, 작가들의 주머니 사정이 여의치 않았어. 우린 몇 개월을 버티다가 결국 폐간하기로 했지. 그런데 문제가 하나 생겼어."

"문제라니요?"

"창간호 때 독자를 대상으로 '창간기념 아마추어 추리소설 공모전'을 개최하면서 당선 발표와 수상작 게재를 9월호에 하기로 약속했었지. 그런데 5월호를 마지막으로 폐간을 결정함으로써 독자들과의 약속을 지킬 수 없게 되는 상황이 발생한 거야. 지금이야 블로그다, 웹소설이다 해서 마음만 먹으면 아무 데나 자신의 글을 올릴 수 있지만, 99년도만 해도 작품을 올리는 공간은 한정되어 있었어. 그런 시기였으니 독자들에겐 자신의 글이 추리전문 잡지에 실리는 거 자체가 매우 큰 영광이었을 거야. 우린 독자들의 그런 기대를 저버릴 수 없었어. 그런 이유로 5월호는 아마추어 추리소설 공모전 당선자 발표와 수상작으로 전부 채워 넣게 된 거야. 그런데 아이러니하게도 폐간을 결정하고 5월호를 마지막으로 발행하니 잡지가 예전보다 더 많이 팔렸지. 잡지를 더 살 수 없느냐는 문의 전화도 많이 받았어."

"아, 그런 사연이 있었군요."

"내가 추리를 해 보자면, 5월호의 내용으로 봤을 때 지금 시점에서 그 책이 필요한 사람은 그 잡지에 실린 아마추어 추리소설을 보고 싶은 사람일 거야. 여기서 한 걸음 더 나아가 보면, 아마추어 추리소설 공모전 당선자 중 한 명일 수도 있다는 결론에 도달하지. 왜냐하면, 아무리 추리소설을 좋아하는 독자라 하더라도 아마추어가 쓴 20년이나 지난 군내 나고 어설픈 추리소설을 챙겨 볼 이유가 전혀 없거든. 그래서 나는 자신의 글이 실린 잡지를 분실한 사람이 다시 그 잡지를 소장하기 위해 김 작가에게 부탁한 거로 생각하네. 어때? 나의 추리가?"

회장의 말에 김내성은 말없이 고개만 끄덕였다.

"거기 투고했던 사람들은 웬만하면 지금쯤 머리에 새치가 생겼을 거야. 나처럼 백발이 된 사람도 있을 터이고. 벌써 20년이 지났으니 말이야. 그러니 김 작가에게 그 책을 구해 달라고 한 사람도 분명히 중년의 나이일 거야.

맞지?"

김내성이 말이 없자 회장은 자신의 추리를 재차 확인하듯이 물었다. 김내성은 30대 초반의 여성입니다, 라고 대답하려고 하다가 "저도 누구를 통해서 부탁받은 거라 그 책을 원하는 사람의 나이는 정확히 모릅니다."라고 말했다.

"그럼, 나중에 확인해 봐. 아마 내 추리가 맞을 거네. 허허."

김내성은 시계를 확인하고 자리에서 일어났다.

추리작가협회 사무실을 나온 김내성은 여의도 환승센터에서 160번 버스를 탔다. 갈아타지 않고 한 번에 돈암동으로 가는 버스였다.

자리에 앉은 김내성은 창밖을 바라봤다. 버스는 출발하고 얼마 지나지 않아 마포대교를 건너고 있었다. 버스 안에서 한강을 바라보던 김내성은 문득 그녀를 떠올렸다.

"독서토론 모임에서 김 작가님 뵙는 게 벌써 세 번째네요. 오늘 김 작가님 발표 잘 들었어요."

"글을 읽고 발표하는 것도 힘든 일이더군요. 그래도 잘 들었다니 다행입니다."

"네, 아주 잘 들었지요. 김 작가님 목소리를 말이에요."

"그게 무슨 말씀이신지."

"사실, 발표 내용보다는 김 작가님 목소리에 집중했어요. 독서토론 모임에서 처음 뵈었을 때부터 김 작가님의 목소리에 반했거든요. 아주 친근한 목소리라고 할까, 옛날부터 들어 왔던 것처럼 저를 포근하게 감싸 주는 느낌의 목소리에 귀가 쫑긋했죠."

"그렇게 과찬을 해 주시니 제가 몸 둘 바를 모르겠습니다."

"맞아요! 지금 생각해 보니 어렸을 때 저를 무릎에 앉혀 놓고 책을 읽어 주시던 아빠 목소리와 지금 김 작가님 목소리가 아주 비슷해요. 그래서 제가 첫 만남부터 김 작가님께 친근함을 느꼈던 거 같아요."

"그렇다면 저로서는 영광입니다."

"아, 또 있네요."

"뭐 말이죠?"

"김 작가님의 매너와 자상함 말이에요. 그것도 우리 아빠랑 똑같아요. 저번 모임 때 김 작가님이 꼭 읽어 봐야 할 추리소설을 요모조모 설명하면서 추천해 주셨잖아요. 마치 어렸을 적 서점에서 어린이용 추리소설을 골라 주시던 우리 아빠처럼 자상한 모습이었어요. 그리고 항상 남을 먼저 배려하려 하는 모습도 아빠랑 똑같아요. 호호호. 지금까지 제 이야기를 너무 많이 쏟아 냈죠? 그럼, 이제부터는 김 작가님도 한번 말씀해 보세요. 김 작가님은 다 좋은데 말이 너무 없는 게 단점이에요. 다른 사람한테는 곧잘 말씀하시던데 유독 저한테만 단답형으로 짧게 말씀하시는 거 같아요. 제가 마음에 안 들거나 그런 건 아닌 거죠?"

"그럴 리가 있겠습니까."

"대답이 좀 애매하네요. 그럼, 단도직입적으로 물을게요. 저 어때요?"

"어떤 거 말이죠?"

"여자로서 어떠냐고요."

"매력적……이죠."

"또, 또, 단답형! 어머, 지금 김 작가님 얼굴 빨개지신 건가요? 와! 김 작가님이 부끄럼도 타시네. 지금 모습 정말 귀여워요."

"정말 제 얼굴이 빨개졌나요……."

"네! 계속 빨개지고 있는 걸요."

"……."

"우리 다음 만남은 오상진 작가님 출간 기념회겠죠?"

"아마도."

"혹시, 부탁 하나만 해도 될까요?"

"뭐죠?"

"잡지 한 권 구할 수 있을까요? 월간 '한국추리문학' 5월
호요."

김내성은 그녀를 만날 때마다 그녀의 쾌활한 에너지에
빠져드는 느낌이었다. 분명히 그녀가 무언가 얻어 내려고
의도적으로 접근한 것은 아니었다.

그녀를 오늘 만나는 건 사건과 관련성을 파헤치기 위해
서가 아니었다. 그녀의 결백을 확인하고 싶어서였다. 그
녀와 만남의 시간이 다가올수록 김내성은 초조해졌다.

김내성이 그녀에 대해 생각하는 동안 버스는 어느덧 돈
암동에 도착했다. 버스에서 내린 김내성은 지하철역에서
백민수를 만나 곧장 오상진의 오피스텔로 향했다.

오피스텔 현관문 앞에 선 백민수는 디지털도어록 암호
여섯 자리를 거침없이 눌렀다. 오피스텔에는 온기가 없었
다. 책상 위는 주인 잃은 랜 선과 공유기만 놓여 있어 휑
뎅그렁했다. 침대 위 이불과 신발장의 신발은 도둑이 들

어와서 마구 들쑤신 것처럼 널브러져 있었다. 백민수는 오상진의 우편함에서 가져온 우편물을 침대에 던져놓고, 침대 끄트머리에 앉았다. 김내성은 책상 위에 덩그러니 놓여 있는 공유기를 물끄러미 바라보다 책장을 차근차근 살폈다.

"도둑맞은 집 같아. 집이 너무 어수선해. 노트북도 경찰이 가져가고 말이야."

침대 매트리스를 두 손으로 탁 치면서 백민수가 말했다.

"오랜만에 상진이 형 집에 왔네. 예전에는 여기 와서 자주 술을 마셨지. 추리소설에 대해서 갑론을박도 많이 하고 말이야. 이젠 다 옛날이야기가 되어 버렸네."

이때 현관 벨이 울렸다.

"벌써 왔나 보다. 가서 문 열어 줘."

현관문을 열고 들어오는 정진영은 블루 트위드 재킷과 화이트 스키니진을 입고 숄더백을 메고 있었다. 정진영은 현관에서 잠시 멈추더니 방을 한 번 둘러보고 눈살을 찌푸렸다.

"느낌이 이상해요."

"주인 없는 집은 을씨년스럽기 마련이죠."

김내성이 고개를 끄덕이며 정진영에게 의자를 권했다.

"진영 씨, 바쁘실 텐데 여기까지 와 주셔서 감사합니다."

정진영이 생긋 웃으며 살짝 고개를 숙였다.

"몇 가지 여쭤볼 게 있어서 여기까지 오시라고 했습니다. 드릴 것도 있고요."

김내성이 말했다.

"아직도 사건과 관련해서 저에게 궁금한 게 있으신가 보군요."

"오늘은 궁금한 걸 묻기보다는 전해 드릴 게 있어서 굳이 여기까지 오시라고 한 겁니다. 여기는 자주 와 보셨다고 하셨죠?"

"네. 서너 번쯤 온 것 같아요. 올 때마다 항상 회원들과 함께였지요."

정진영은 회원들과 함께, 라는 말에 힘을 주어 말했다.

"꽤 자주 오신 편이군요."

"그때는 이런 살인마이면서 변태인 줄 몰랐으니까요."

"그러고 보니 진영 씨는 상진이 형이 범행을 실행하기 전 마지막으로 같이 있었던 분이었군요. 진영 씨가 나간 지 얼마 되지 않아 언론에 보도된 것과 같은 사건이 벌어졌으니 말이죠."

"깜짝 놀랐어요. 저랑 맥주를 마실 때까지도 곧 출간될 장편소설 이야기로 기분이 몹시 들떠 있었는데 난데없이 살인이라니. 더군다나 아버지를 말이에요. 귀신에 썬 게 분명해요. 그러지 않고서야 사람이 갑자기 살인마로 돌변할 수 있겠어요?"

"나중에 언론 보도를 보고 많이 놀랐겠네요."

"소름이 끼칠 정도였죠. 생각해 보세요. 저랑 불과 한두 시간 전에 같이 술을 마셨던 사람이 살인을 했다니 말이에요. 여차했으면 저도 희생양이 될 뻔한 거잖아요. 상상만 해도 끔찍해요. 휴······."

"혹시 팬카페 차원에서 상진이 형에 대한 구명운동은 준비하고 계신가요? 이를테면 탄원서 제출 같은 거 말이죠."

"구명운동이요? 오상진 작가····· 아니, 오상진 씨는 이제 작가도 아니잖아요. 살인자일 뿐이에요. 변태성욕자에다가."

"형은 아직 유죄판결을 받은 게 아닙니다. 범죄 혐의를 받고 있는 거지요."

"판결이요? 판결 여부를 떠나 이제 사건은 끝났어요. 처음에는 오상진 씨가 절대 그럴 분이 아니라는 생각에 카페 회원들과 구명운동도 하고 탄원서도 제출할 생각을 했어요. 하지만 지금은 포기했어요. 오상진 씨 노트북에 포르노가 잔뜩 저장되어 있다는 보도를 보고 구역질이 났어요. 제가 생각하던 오상진 씨의 모습은 아니었거든요. 더군다나 아동 포르노라니. 게다가 경찰과 검찰에서는 줄기차게 음주 후 블랙아웃이라는 말도 안 되는 변명으로 일관했다지요? 심지어는 노트북에 차곡차곡 쌓인 포르노도 자신은 내려받은 기억이 없다고 변명했고요. 그런 언론의 보도를 접한 카페 회원들은 모두 등을 돌렸어요. 악랄하고도 비겁한 모습에 모두 치를 떨었지요. 저도 마찬가지였고요."

정진영이 쓴웃음을 지었다.

"어제 TV 뉴스에 상진이 형 이야기가 나왔습니다. 혹시 진영 씨도 보셨나요?"

김내성이 물었다.

"아뇨."

"그럼, 여기서 같이 한번 보시죠. 저도 뉴스에 나왔다는 소리만 들었지 실제로 보지는 못했거든요."

김내성이 코트 주머니를 한참 뒤적거리다가 눈을 껌벅거렸다.

"제가 깜박하고 스마트폰을 집에 두고 왔네요."

"제 걸로 보시죠."

정진영이 스마트폰으로 검색하더니 김내성이 말한 어제 뉴스를 곧 찾았다.

"동영상이니까 데이터가 많이 소진될 수 있으니 와이파이로 보시는 게 좋을 겁니다."

"역시, 김 작가님은 항상 세심한 부분까지 신경을 써 주시는군요. 고마워요."

"아…… 별말씀을요."

김내성이 정진영의 눈을 피하며 말했다.

김내성과 백민수는 정진영과 함께 '유명 추리소설가의 민낯'이라는 제목을 단 뉴스 꼭지 동영상을 봤다. 오상진은 추리소설가로서 다양한 범행 수법에 대해 오랫동안 연구한 경험을 바탕으로 알리바이를 조작하고 존속살인을 저지른 패륜아로 소개되고 있었다. 노트북에서 발견된 다량의 포르노는 역시나 패륜적 행위를 더욱 부각하는 좋은 소재가 되었다.

그의 예전 소설을 읽은 사람들의 인터뷰도 삽입되었는데 그와 그의 행위에 대해 분개하는 내용이었다.

"진영 씨를 포함한 독자들의 실망, 절실히 동감합니다."

잔뜩 눈에 힘을 준 김내성이 팔짱을 끼고 방을 이리저리 돌아다니다가 불현듯 책장 맨 위 칸에 꽂힌 책 한 권을 꺼냈다.

"월간 '한국추리문학' 창간호입니다. 이제는 주인이 바뀌어야 할 것 같네요."

김내성이 정진영에게 책을 내밀었다.

"얼마 전 구치소에 면회 갔을 때 형이 자신의 오피스텔과 책을 모두 처분해 달라고 부탁했습니다. 사건 충격 때문에 정신이 나간 건지, 앞으로 재판 과정에서 발생할 변호사 비용 때문인지는 모르겠지만, 책을 현금으로 만들어서 자신 뒷바라지에 쓰라고 신신당부하더군요."

"어? 안 돼!"

백민수가 김내성 손에서 책을 가로챘다.

"상진이 형이 책 처분을 형에게 모두 위임했다고? 난 처음 듣는 이야기인데. 만약 처분할 권한이 있더라도 월간 '한국추리문학' 창간호같이 희귀한 잡지를 친분 때문에 진영 씨에게 막 주는 건 위임 범위를 넘어선 행위 같은데. 혹시 형 진영 씨 좋아해? 이런 걸 그냥 주게 말이야."

백민수의 말을 듣고 있던 정진영의 표정이 어색해졌다.

"민수야, 진영 씨에 대해서는 형의 특별한 부탁이 있었어. 자신 때문에 수사 기관에서 괜히 의심을 받았을 거라고, 그 고생한 대가로 희귀한 책 몇 권을 선별해서 전달하라고 했어. 그간 팬카페 회장으로 물심양면 도와준 것도 고맙다고 전해 달라고 하면서 말이야. 그러니까 그 책 나한테 다시 돌려줘."

백민수는 지금 상황을 전혀 이해할 수 없었다. 오상진은 여전히 정진영이 음모를 꾸민 것이라고 주장하면서 자신의 결백을 호소하고 있었다. 그런 사실을 잘 알고 있는 김내성은 그녀를 여기에 불러 놓고 도통 알 수 없는 말과 행동을 하고 있었다.

김내성이 정진영을 등지고 백민수를 바라보며 눈썹에 힘을 줬다. 백민수는 어쩔 수 없이 고개를 갸웃거리며 김내성에게 책을 건넸다.

"이제부터 이 책의 주인은 진영 씨입니다. 축하해요. 레어 아이템이 하나 생기셨네요. 받으세요. 그간 고생하신 대가로 드리는 거예요. 모든 재산 처분에 대해 전권을 위임받은 제가 드리는 겁니다. 사실, 사건 발생 전 상진이 형과 같이 있었던 사람이라는 이유만으로 잠깐이나마 의심도 받고, 기분도 많이 상하셨잖아요. 그에 대한 위자료라고 생각하시면 될 겁니다. 이 책을 진영 씨가 소장하든지 이걸 탐내는 미정 씨에게 주든지 그건 진영 씨의 선택입니다. 이젠 온전히 진영 씨 소유이니까요."

김내성이 책을 내밀었지만, 정진영은 미동도 하지 않았다.

"왜요? 이 책이 별로인가요?"

무언가 깨달았다는 듯 김내성이 고개를 끄덕였다.

"살인자가 소장하고 있던 책이 께름칙할 수도 있겠군요. 그래도 받으시죠. 발상의 전환이 필요하지 않을까요?"

"발상의 전환이라니요?"

"이 책에는 상진이 형의 서명이 있습니다. 소장 가치가 있는 책은 책날개에 자신의 서명을 해 놓곤 했었죠. 마니아의 측면에서 본다면 이 책은 앞으로 가치가 더 높아질 겁니다. 희귀한 잡지란 타이틀에 유명 추리소설가가 소장하던 책이라는 프리미엄이 붙습니다. 거기에 한 가지 스토리가 추가되죠. 그 추리소설가가 자신의 아버지를 살해한 살인자가 되는 겁니다. 희귀본에 살인자가 된 추리소설가의 손을 거친 섬뜩한 스토리가 있는 책. 마니아들이 침을 흘리지 않겠어요? 나중에 돈푼깨나 될 겁니다."

"그럼, 창간호뿐만 아니라 5월호까지 총 다섯 권을 모두 주시면 안 될까요?"

"아······."

정진영의 갑작스러운 부탁에 김내성은 잠시 당황했다.

"월간 '한국추리문학'에 상당히 관심이 많으시군요. 소장하려는 특별한 이유라도 있는 건가요? 그리고 5월호는 이미 가지고 있잖아요."

"특별한 이유는 없어요. '한국추리문학' 잡지가 전리품처럼 살인자의 책장에 꽂혀 있으면 안 될 거 같다는 생각이 문득 들었어요. 만약 여기 있는 다섯 권을 모두 주신다면 저번에 주신 5월호는 돌려드릴게요. 저는 여기 있는 5월호를 가지고 싶어요."

"혹시, 누구의 부탁이라도 받으신 건가요?"

"아뇨, 부탁한 사람은 없어요. 주신다면 제가 모두 소장할 거예요. 창간호는 미정 언니가 눈독을 들이고 있긴 하지만, 그것도 제가 소장하려고 생각 중이에요. 생각해 보니 미정 언니가 가지고 있는 것보다는 제가 가지고 있는 게 더 의미가 있을 거 같거든요. 어떻게 하실래요? 주실 건가요?"

"흠, 원하신다면 모두 드리겠습니다."

김내성이 잡지를 모두 책꽂이에서 빼서 정진영에게 건넸다.

"고마워요."

"이쪽으로 와서 몇 권 더 가지고 가시죠. 이 잡지 말고도 좋은 책들이 많이 있어요. 상진이 형은 자신의 책이 제법 팔리자 제일 먼저 산 게 외제차이고, 그다음이 이 레어아이템들이죠. 지금 받은 잡지 말고 진영 씨 마음에 드는책을 고르세요. 어차피 이 집에 있는 짐을 조만간 모두 뺄겁니다. 그 전에 짐 부피를 줄여야죠."

김내성이 정진영의 숄더백을 받아 침대에 올려놓고 책장 앞으로 이끌었다.

"민수야, 진영 씨에게 가치 있는 책을 추천해 드려. 너도 레어 아이템 전문이잖아."

백민수가 몇 권의 책을 뽑고, 정진영이 책을 훑어보면서 책을 고르기 시작했다.

10여 분 후, 책장에서 고른 책을 백민수가 쇼핑백에 담았다.

김내성은 사양하는 정진영을 자신의 차에 태우고 근처식당으로 가서 점심을 같이했다. 식사를 마친 후 김내성은 정진영을 식당에서 제일 가까운 버스정류장에 내려 주었다.

"저희는 상진이 형 재판 관련해서 변호사 사무실에 가볼 일이 있습니다. 죄송하지만 진영 씨는 여기서 내려 드려야겠네요. 다음에 또 뵐 수 있으면 좋겠습니다."

김내성이 조수석 창문을 열고 인사했다. 정진영은 오늘 받은 레어 아이템 때문에 기분이 좋아졌는지 얼굴에 미소가 그려져 있었다. 그녀는 "오늘 받은 책은 고마워요. 특히 한국추리문학 잡지는 정말 가지고 싶던 책이었거든요."라고 말하고, 작별 인사로 김내성을 바라보며 손을 흔들었다. 그녀의 향기가 김내성의 코를 간질였다. 김내성도 그녀의 코끝을 바라보면 손을 들었다. 손이 축축해졌다. 빨리 결과를 확인하고 싶었다.

작별 인사 후 차를 출발시킨 김내성은 얼마 가지 않아 차를 길가에 세우고 룸미러 통해 뒤를 주시했다. 운전대를 잡고 있는 두 팔에 힘이 들어갔다.

"예정에도 없던 변호사 사무실은 왜? 오늘 너무 뜬금없는 말과 행동이 많은 거 같아. 갈피를 못 잡겠네. 중요한 걸 물어보는 것도 아니었는데 왜 진영 씨를 굳이 여기까지 불러야 했던 거야? 레어 아이템도 그렇고. 아우, 아까워. 골라 주면서도 내가 더 탐나던데. 오늘 진영 씨가 챙겨간 책들이 꽤 값어치가 나가는 것들이잖아."

백민수가 자신의 손바닥을 주먹으로 치며 말했다.

"안 가고 뭐 해?"

"잠깐만. 버스정류장에 앉아 있는 진영 씨가 스마트폰

을 찾는 걸 확인하고."

"스마트폰은 또 무슨 소리야."

"어! 찾는다. 우린 아무래도 북악스카이웨이 드라이브 좀 해야겠다."

"드라이브는 또 뭐고. 아휴, 답답해. 의도가 뭔지 속 시원하게 말해 봐."

백민수가 채근했다.

"시간을 보내려고 하는 거야. 결과를 확인하려면 시간이 좀 걸리니까. 이따가 상진이 형 오피스텔에 다시 돌아가자."

김내성이 긴장한 표정으로 말했다.

6

오상진은 존속살인과 아동·청소년의 성 보호에 관한 법률 위반 혐의로 기소되었다. 언론에 일제히 보도된 오상진의 기사는 또다시 누리꾼들을 자극했다. 대중은 파렴치한 범행을 질타하면서도 그의 새로운 소설에 관해 관심을 보였다. 일부 누리꾼들은 소설을 문서 파일로 변환해 공유사이트에 올리기도 했다. 문서 파일은 인터넷에서 연재했던 소설을 캡처해 둔 것을 바탕으로 일일이 워드 작업을 거쳐 만든 것이었다. 이 파일은 짧은 시간에 엄청난 수의 다운로드를 기록했다. 오상진의 소설에 대한 폭발적 관심의 반증이었다.

대중의 뜨거운 관심으로 인해 판결을 보고 출간 여부를 결정하기로 한 출판사의 태도가 바뀌었다. 조만간 서점에 책을 풀기로 했다. 살인 혐의를 받고 있는 사람의 소설을 출판하지 못한다는 법은 없다는 이유였다. 경영 상태가 좋지 않은 출판사 입장에서는 이미 찍어 놓은 책이고, 상당한 수익이 예상되었기에 어찌 보면 당연한 선택이었다.

김내성은 정진영과 오상진의 오피스텔에서 만난 이후 알 수 없는 행동만 했다. 그는 정진영을 보낸 후 근처 북악스카이웨이를 1시간여 돌다가 오피스텔을 다시 찾았다. 오상진의 방에 들어선 김내성은 미친 사람처럼 침대를 들쑤시더니 이내 심하게 구겨진 얼굴로 머리를 부여잡고 제자리에 풀썩 주저앉았다.

이유 모를 이상한 행동을 계속하던 김내성은 마포 자신의 집으로 돌아갔다. 자신의 오피스텔에서 보스턴백에 짐을 가득 챙겨 나온 김내성은 다시 오상진의 오피스텔로 향했다. 오상진의 오피스텔에서 자신의 짐을 부리는 김내성의 모습은 마치 새로운 입주자 같았다.

　김내성은 오피스텔에서 한동안 자신의 노트북으로 대법원 인터넷등기소에 접속해 등기사항증명서를 열람했다. 가만히 앉아서 노트북을 바라보던 김내성은 무슨 일이라도 생긴 것처럼 갑자기 방을 뛰쳐나갔다. 하지만 나가서 한 일이라고는 고작 엘리베이터를 타는 것과 스마트폰을 들고 복도의 끝과 끝을 계속 걸어 다니는 것뿐이었다. 건물 계단을 하염없이 오르락내리락하기도 했는데 김내성은 내내 스마트폰을 뚫어지게 보며 정신 나간 사람처럼 뭔가 중얼거렸다.

　종일 같은 행동을 반복하다가 생각대로 일이 안 풀리는지 이번엔 오피스텔 부근 부동산을 찾아다녔다. 김내성은 찾아간 부동산마다 사장과 함께 장시간 이야기를 했다. 때론 방을 구하는 사람처럼 부동산 사장과 함께 매물로 나온 오피스텔 방을 직접 둘러보기도 했다.

　오피스텔에 들어온 지 삼 일째 되는 날 점심 무렵이었다. 김내성은 부동산에 집을 내놓고 현관문 비밀번호를 알려 준 어떤 남자 방을 둘러보았다. 세입자가 출근한 터라 집에는 아무도 없었다. 그 오피스텔 내부에는 짐을 포장해 둔 상자 몇 개와 노트북만 있었을 뿐, 살림살이는 눈에 띄지 않았다. 세입자는 방이 나가기만을 기다리고 있는 모양이었다. 김내성은 부동산 사장을 통해 이 방의 임대차계약서를 확인했다.

방을 보고 난 김내성은 백민수에게 급히 전화했다. 자세한 내용은 생략한 채 사람을 동원해 정진영을 미행하면서 사소한 거라도 일일이 보고해 달라고 했다. 백민수는 이유가 궁금했지만 중요한 일이라는 김내성의 반복되는 당부에 평소 알고 지내던 흥신소 실장에게 연락을 취해 미행을 붙였다.

김내성은 사건 담당 형사였던 임명준 형사에게도 전화했다. 김내성은 사건을 뒤엎을 결정적 단서를 발견했다고 말했다. 하지만 임명준은 코웃음을 치더니 "이젠 추리소설가가 아니라 명탐정 코스프레까지. 참 가지가지 하네." 라고 비아냥거렸다. 그는 김내성의 전화를 싸구려 추리소설가의 어설픈 탐정 놀이로 생각하는 것 같았다.

김내성은 그의 반응에 개의치 않고 자신이 밝혀낸 사실에 관해 설명했다. 김내성의 이야기를 모두 듣고 난 임명준은 더는 비아냥거리지는 않았지만, 전부를 수긍하는 눈치는 아니었다. 긍정적으로 검토해 보겠다는 정도의 뉘앙

스였다. 김내성은 할 도리를 다했다고 생각했다. 공은 경찰 쪽으로 넘어갔으니 어떻게 처리할지는 경찰 스스로 판단할 문제였다. 김내성은 전화를 끊은 후 임명준에게 문자로 부동산 사장에게 몇 푼의 돈을 쥐여 주고 찍은 임대차계약서 사진을 전송했다.

모든 일을 끝낸 김내성은 자신의 보스턴백에 짐을 챙겨 넣었다. 짐을 모두 꾸린 김내성은 침대에 걸터앉았다. 온몸에 힘이 빠졌다. 마치 원고를 거절당했을 때처럼 허탈했다. 괜한 짓을 했다는 자책감도 밀려왔다. 무엇 때문에 완벽하게 그녀를 확인하려 했을까…….

김내성은 심호흡과 함께 이 일이 끝나면 사람들을 속이고 얻은 거짓 추리소설가의 가면을 벗겠다고 다짐했다.

김내성은 스마트폰에 저장된 정진영의 전화번호를 찾아 통화 버튼을 눌렀다.

"여보세요."

그녀의 목소리였다.

"저…… 김내성입니다."

"오! 김내성 작가님. 웬일로 전화를 주셨어요?"

"긴히 말씀드릴 게 있어서."

"왜 그렇게 무게를 잡고 그러세요. 무섭게."

"혹시, 경찰로부터 전화 받으신 게 있나요?"

"경찰이요? 왜요? 수사는 이미 끝난 거 아닌가요."

"실은…… 저도 오늘 전해 들은 이야기인데요. 경찰이 진영 씨를 다시 조사하려는 것 같습니다. 진영 씨가 어떤 트릭을 써서 상진이 형을 곤경에 빠지게 했다는 전제가 깔린 것 같습니다만…… 지금 경찰이 결정적인 증거를 잡은 눈치입니다."

김내성은 계획한 대로 그녀를 자극하기 위해 거짓말을 섞어 이야기했다.

"결정적인 증거요?"

"네, 듣기로는 공범이 있다고 파악하고 있는 거 같더라고요."

"네? 공범이요? 제가요?"

"자세한 내용은 저도 모르겠습니다. 이야기를 전해 듣고 진영 씨가 그럴 리가 없다고는 생각했지만, 혹시나 해서 이렇게 전화 드리는 겁니다."

"내성 씨! 어디서 들은 이야기인지는 모르겠지만, 그걸 왜 제게 전해 주는 거죠?"

"글쎄요……. 그건 저도 잘 모르겠습니다."

김내성은 할 말을 떠올리지 못했다. "안녕히."라는 말과 함께 전화를 끊었다. 김내성은 그녀를 향한 감정이 파도처럼 요동치는 걸 이해할 수 없었다. 이 전화는 그녀에 대한 마지막 배려였다. 스스로 뉘우칠 기회, 곧 자수할 기회를 주었다.

김내성이 침대에 앉아 멍하니 오상진의 책장을 바라보았다. 정말 많은 양의 레어 아이템들을 모았다는 생각을 했다. 아마 이번 사건 해결을 위해 책 몇 권을 정진영에게 주었다고 해도 오상진은 뭐라고 하지 않을 것이다. 자신을 억울한 누명에서 벗어나게 해 준 계기가 되었기 때문이다.

책장을 훑어보던 김내성은 예전과는 확연히 달라진 책장 모습에 깜짝 놀랐다. 책장에 꽂혀 있는 책의 양이 많이 줄어들었다. 정진영에게 몇 권 내어주기는 했지만, 고작 열 권 정도였다. 더는 책을 꽂을 자리가 없을 정도로 빼곡했던 책장이 지금은 칸마다 책을 몇 권씩 더 꽂을 수 있을 정도로 여유가 생겼다.

책장 맨 위 칸을 살폈다. 김내성은 눈을 동그랗게 뜨고 책장에 다가갔다. 꽂혀 있는 책을 하나씩 손가락으로 짚어 가며 확인했다. 하지만 없었다. '마인'이 없어졌다.

오상진이 애지중지하던 '마인'이 사라졌다. 정진영에게 준 책 중 '마인'은 당연히 포함되어 있지 않았다. 그렇다면 누가 '마인'에 손을 댔다는 말인가.

김내성은 얼굴을 손으로 문질렀다.

이해할 수 없는 일들의 연속이었다. 누가 많은 양의 책들을 훔쳐갔을까. 책이 사라진 게 이번 살인사건과 관련이 있는 것일까. 왜 주변 사람들이 주인 없는 오피스텔 근처에 어슬렁거리는 걸까. 지금은 확인할 수 없다.

김내성은 그녀가 곧 경찰서에 자진 출석해 모든 걸 자백하면 이런 의문들이 풀릴 것이라고 생각했다. 어떤 사연이 그녀를 무서운 음모의 조력자로 만들었을까. 숨겨진 사연을 그녀의 입으로 직접 듣고 싶었다.

그녀 생각을 하니 머리가 다시 복잡해졌다. 시계를 보니 시간은 자정을 향해 달려가고 있었다. 이런저런 생각에 김내성은 자신의 집에 돌아가야 한다는 사실을 까맣게 잊어버리고 있었다. 자신의 오피스텔로 돌아가기에는 늦은 시간이었다. 침대 위에 벌렁 누웠다. 눈을 감으니 오지 않을 것 같던 잠이 스르륵 밀려 들어왔다.

얼마나 눈을 감고 있었을까. 벽에 걸린 시계의 초침 소리가 귀를 파고들었다. 살짝 눈을 떴다. 오피스텔 안은 어두컴컴했다. 스마트폰으로 시간을 확인했다. 6시였다. 요사이 오피스텔과 주변을 쏘다니는 통에 많이 지쳐 있었는지 자고 났는데도 아직 몸이 개운하지 않았다. 조금 더 잠을 청하려고 다시 눈을 붙였다.

이때였다. 문밖에서 인기척이 느껴졌다. 이윽고 디지털 도어록의 비밀번호를 누르는 소리가 들렸다. 곧 잠금쇠가 해제되는 소리와 함께 검은 그림자가 하나가 현관에 들어섰다. 예상치 못한 정체불명의 침입자였다.

김내성은 온몸이 경직되고 소름이 돋는 걸 느꼈다.

"누구야!"

침대에서 벌떡 일어나 김내성이 있는 힘껏 소리쳤다.

순간, 검은 그림자는 움찔하는가 싶더니 현관문을 박차고 뛰어나갔다. 김내성은 허둥지둥 자리에서 일어나 현관으로 뛰어가 신발을 신었다. 복도에서는 침입자의 황급한 발소리가 멀어져 가고 있었다. 김내성이 신발을 신고 복도로 나섰을 때 이미 침입자의 모습은 보이지 않았다. 따라가기에는 이미 늦었다는 걸 직감한 김내성은 신발을 신은 채 도로 방으로 들어갔다. 창문으로 다가가 밖을 내다봤다. 오피스텔 입구에서 검은색 재킷에 모자를 쓴 한 남자가 툭 튀어나오는 게 보였다. 그 남자는 전속력으로 골목 쪽으로 내달렸다. 눈 깜짝할 사이 침입자의 모습은 사라졌다.

김내성은 짚이는 게 하나 있었다. 어제 부동산 사장과 둘러봤던 어떤 남자의 방으로 뛰어 올라갔다. 그의 방에 다다른 김내성은 몇 번 벨을 누른 후 아무런 반응이 없자 현관문을 마구 발로 걷어찼다. 몇 번 현관문을 걷어찼는데도 안에서는 아무 인기척도 없었다. 김내성은 아까 방을 보러 왔을 때 부동산 사장이 누르던 비밀번호를 떠올렸다. 비밀번호를 누르고 문을 열고 들어간 김내성은 오피스텔 내부를 다시 살폈다. 사람은 없었다. 어제와 다름없이 짐을 쌓아 둔 상자만 눈에 띄었다. 하지만 달라진 점이 있었다. 상자의 개수가 줄어들었다. 상자가 줄어들었다는 이야기는 누군가 가져갔다는 말이었다.

김내성은 스마트폰을 꺼냈다.

"민수야! 진영 씨는 지금 어디 있어?"

김내성은 다짜고짜 정진영의 지금 상황을 물었다.

"아! 내성이 형. 그렇지 않아도 지금 연락하려고 했었어."

백민수의 목소리가 다급했다.

"미행하고 있는 사람으로부터 몇 분 전에 연락이 왔어. 진영 씨 행동이 이상해. 진영 씨가 새벽부터 캐리어를 끌고 나왔대. 어제 집에 돌아올 때 어떤 남자와 함께였다는데, 그 남자와 같이 하룻밤을 집에서 묵고 지금 나오는 거래. 여행 가는 듯한 복장으로 말이야. 아!"

"왜?"

"지금 문자가 왔어. 둘이 공항버스를 탔대."

"너도 최대한 빨리 공항으로 가. 나도 곧 갈게."

김내성은 정진영의 행동에 배신감을 느꼈다. 급히 오피스텔을 나와 택시를 잡았다. 택시에 탄 김내성은 다시 스마트폰을 들고 임명준 형사의 전화번호를 찾았다.

이른 시간인지 김포공항은 한산했다. 김내성은 2층까지 단숨에 내달렸다. 들뜬 표정의 단체 여행객들이 캐리어를 끌고 김내성을 지나쳤다. 사람들이 지나치자 손을 흔드는 백민수가 보였다. 백민수는 손가락으로 한쪽을 가리켰다. 창구에서 몸을 숙이고 직원과 이야기하고 있는 여자의 뒷모습이 보였다. 티켓팅을 하고 있었다.

김내성이 다가가 옆모습을 봤다. 정진영이었다. 그녀는 창구에 기댔던 몸을 세우고 티켓을 받았다. 옆에 나란히 서 있던 남자가 커다란 캐리어 두 개를 컨베이어벨트에 올려놓았다. 창백한 얼굴의 남자는 안경을 쓰고 있었다.

김내성은 그 남자의 얼굴을 확인하고 깜짝 놀라 수밖에 없었다. 그 남자는 오상진 오피스텔 근처 편의점에서 컵라면을 먹고 있던 남자였다.

"어디로 가는 거야?"

김내성이 백민수 곁으로 다가가 물었다.

"대만으로 가는 거 같아. 원래 본인이 예약해 놓은 건 아닌 거 같고. 여기 와서 취소된 표를 급하게 구했나 봐. 심부름센터 직원 이야기를 들어 보니 어제 은행에서 꽤 많은 돈을 인출했대. 떠나서 금방 돌아오지 않을 건가 봐."

김내성은 실망한 표정으로 고개를 천천히 저으며 정진영에게 다가갔다. 티켓팅을 마친 정진영과 남자는 줄을 벗어나 대기 의자가 있는 쪽으로 걸어가고 있었다.

"진영 씨."

정진영이 뒤를 돌아봤다. 이내 김내성을 발견하고 눈이 동그래졌다. 그녀와 함께 있던 남자도 몸을 돌렸다. 김내성의 얼굴을 확인한 남자의 표정이 일그러졌다.

"이른 시간에 공항에는 무슨 일로 오셨습니까? 갑자기 예정에도 없던 여행이라도 가시나요?"

김내성이 정진영에게 물었다.

"아니, 김 작가님이 어떻게 여기에?"

김내성은 정진영의 물음에 대답하지 않고 옆에 있는 남자를 쏘아보았다.

"정진호 씨죠?"

김내성이 안경을 쓴 창백한 얼굴의 남자에게 말했다.

"흐음……."

남자는 입을 굳게 다문 채 눈을 바쁘게 움직이며, 김내성과 정진영을 번갈아 봤다. 정진영이 남자의 손을 꼭 잡았다. 김내성을 발견하고 동그래졌던 정진영의 눈이 날카롭게 변했다. 김내성은 노려보는 그녀의 시선을 피했다.

"정진호 씨는 상진이 형과 같은 오피스텔 주민이던데요."

순간, 정진호라고 불린 남자가 정진영과 김내성 사이를 가로막았다. 주먹을 쥐고 있는 그의 손이 떨렸다. 백민수도 반사적으로 김내성 옆에 섰다. 손에는 언제 꺼냈는지 삼단봉이 들려 있었다. 정진영이 자신과 김내성 사이를 가로막고 있는 정진호를 잡아당기며 앞으로 나섰다. 동시에 백민수의 삼단봉을 손가락으로 가리켰다.

"얘는 내 동생이에요. 그걸로 뭘 어쩌겠다는 거죠?"

정진영의 날카로운 눈에 백민수가 슬그머니 삼단봉을 접어 코트 주머니에 집어넣었다.

"진영 씨, 다시 묻겠습니다. 공항에는 왜 오신 거죠?"

김내성의 입술이 떨렸다.

정진영이 잠시 생각하는 듯하더니 입을 열었다.

"김 작가님…… 어디까지 알고 있는 거죠?"

"진영 씨가 알고 있는 만큼 알고 있다고 생각합니다."

"내가 알고 있는 만큼 안다면 제 앞을 이렇게 가로막지는 못할 건데요?"

"제가 알고 있는 부분은 'Who done it'과 'How done it'입니다. 'Why done it'은 제가 알 수 없는 부분이니까요. 그건 본인이 직접 말씀해 주시죠. 제가 이유를 듣고 길을 열어 드릴 수도 있습니다."

정진영이 싸늘한 미소를 지었다.

"재미있네요. 누가 추리소설가 아니랄까 봐 이런 상황에서 후던잇, 하우던잇을 찾다니요. 그래요, 일단 먼저 들어 볼게요."

김내성이 팔짱을 끼며 말을 시작했다.

"상진이 형은 계속 무죄를 주장했습니다. 명백한 증거가 있는데도 말이죠. CCTV, 사건 현장의 지문과 발자국. 저도 처음엔 상진이 형의 말을 믿지 않았어요. 하지만 의문이 생기기 시작했죠. 명색이 추리소설가라는 사람이 계획했다고 말하기에는 남긴 흔적이 너무 많았거든요. 그래서 상진이 형이 범인이 아니라는 전제로 사건을 다시 한 번 되짚어 봤습니다. 당연히 의심해야 할 사람이 떠오르더군요. 누군지 아시겠죠? 사건 당일 상진이 형과 마지막까지 같이 있던 진영 씨였습니다. 진영 씨가 그날 오피스텔에 가게 된 이유는 레어 아이템 때문이라고 하셨죠? 그건 거짓말입니다."

"그럼, 제가 무엇 때문에 거기에 갔다고 생각하시는데요?"

정진영이 물었다.

"정진영 씨의 맡은 바 임무 때문이죠. 사건 당일 진영 씨는 상진이 형의 오피스텔에 가서 맥주를 마시고 집에서 먼저 나왔습니다. 그 이후, 일련의 사건이 시작된 거죠. 상진이 형은 자신의 무죄를 주장하며 진영 씨가 술에 약을 탔을 거라는 의혹을 제기했습니다. 경찰이 나중에 상진이 형 집에서 수거한 페트병을 조사했지만, 수면제나 마취제 같은 약물은 검출되지 않았죠. 상진이 형의 주장이 틀린 겁니다.

알쏭달쏭합니다. 진영 씨는 분명히 모종의 목적이 있어 일부러 동행 것 같은데 오피스텔에서 맥주만 마시고 아무 일 없이 나왔다? 여기서 저는 상진이 형의 주장대로 가설을 세웠습니다. 진영 씨가 자신을 음모에 빠뜨린 범인의 조력자라는 주장 말이죠. 일단 가설을 세우고 진영 씨의 역할을 생각해 봤습니다. 진영 씨의 역할은 무엇일까?

고민 끝에 얻은 답은 한 가지였습니다. 진영 씨의 역할은 공범을 위한 '키플레이어'였습니다. 벼락같은 통찰이 뇌리를 때린 게 아니었죠. 지극히 논리적 추론에 의한 결론이었습니다. CCTV 속 범인은 남자였습니다. 상진이 형 주장대로 그 남자가 상진이 형이 아니라면 제삼의 누군가가 상진이 형인 척하며 범행을 저질렀겠죠. 그러려면 무엇이 필요할까요?"

김내성은 자신의 물음에 대해 답이라도 구하는 듯 정진호를 응시했다. 하지만 정진호는 김내성의 눈을 똑바로 바라볼 뿐 아무런 움직임도 없었다.

"바로 '키'입니다. 오피스텔 키, 자동차 키. 이 두 가지가 있어야 상진이 형인 것처럼 위장하고 범행을 저지를 수 있는 기본 요건이 되는 거죠. 이 두 가지 키를 얻는 건 어렵지 않습니다. 첫 번째, 오피스텔 키. 오피스텔은 아시다시피 디지털도어록입니다. 여섯 자리 번호만 외우면 되죠. 우리도 상진이 형 집 번호를 알고 있습니다.

상진이 형이 일부러 알려 준 게 아니죠. 방문할 때마다 상진이 형이 누르는 번호를 눈여겨보니 자연스럽게 외우게 된 겁니다. 아마 진영 씨도 그런 식으로 번호를 외웠을 거로 생각합니다. 사건 전에도 상진이 형 집에 몇 번 방문하셨다고 했죠? 손님을 자신의 집에 들이면서 현관 비밀번호가 노출되지 않게 손으로 가리며 번호를 누를 사람은 없으니까요."

김내성은 말을 잠시 멈추고 실망스러운 눈으로 정진영을 쏘아보았다. 정진영의 눈가가 파르르 떨리고 있었다. 김내성은 이제 그녀의 눈을 똑바로 바라볼 수 있었다. 그녀가 자신과 다름없는 위선자라는 것을 확인했기 때문이다. 김내성은 계속 말을 이었다.

"두 번째, 자동차 키. 이건 더 식은 죽 먹기죠. 상진이 형이 대리운전 기사한테 받은 키를 어느 호주머니에 넣었는지 기억만 하면 되는 겁니다. 그다음은 정진호 씨가 방에 들어와 상진이 형의 옷과 신발을 착용하고 자동차 키를 챙겨 주차장으로 나가면 되는 거죠. 너무 쉽죠? 이미 상진이 형은 약물에 취해 정신을 잃고 쓰러져 있었을 테니까요."

"괜찮은 추측이네요. 김 작가님이 세웠다는 가설이라는 게 결국 내가 비밀번호를 외워 두었다가 진호에게 알려 주었다는 것이군요? 하지만 어쩌죠. 난 남의 집 비밀번호를 외울 만큼 한가한 사람이 아니에요. 내가 오상진 씨 집에 몇 번 가 본 적이 있다는 사실을 바탕으로 억측하시는 거 같은데, 내 머리에 비밀번호가 저장되어 있다는 건 어떻게 입증하실 건가요?"

"진영 씨…… 정말 실망입니다. 이쯤에서 스스로 털어놓으면 좋을 텐데. 어쩔 수 없군요. 얼마 전 상진이 형 오피스텔에서 진영 씨에게 상진이 형의 레어 아이템을 몇 권 챙겨 드린 것 기억하시죠? 그때 제가 책을 골라 보라며 진영 씨를 책장 앞으로 이끌면서 진영 씨의 숄더백을 받아 침대 위에 두었습니다. 그러고는 여기 있는 민수가 진영 씨와 함께 책을 고를 때, 저는 진영 씨의 숄더백에 들어 있던 스마트폰을 몰래 빼서 침대 이불 밑에 넣었죠. 상진이 형이 나에게 자신의 모아 둔 책의 처분권을 주었다는 것은 거짓이었습니다. 일종의 미스디렉션이었죠. 진영 씨의 시선을 다른 곳으로 돌리기 위한……."

김내성의 말을 듣고 있던 정진영의 얼굴이 하얘졌다. 그러고는 멍하니 김내성을 쳐다봤다. 그녀의 눈빛은 김내성을 원망한다는 눈빛이라기보다는 자신의 과거 행동을 복기하는 듯한 눈빛이었다.

"진영 씨는 전혀 눈치채지 못했고, 우리와 함께 오피스텔을 나와 점심까지 같이하고 헤어졌습니다. 버스정류장에서 비로소 스마트폰이 없어진 걸 알았을 겁니다. 아마 생각하셨겠죠. 어디에서 없어졌을까. 결국, 진영 씨는 아무도 없는 상진이 형의 오피스텔을 다시 찾았습니다. 비밀번호를 알고 있으니 문은 쉽게 열었겠지요. 스마트폰은 침대 이불 밑에 삐쭉하니 튀어나와 있었을 겁니다. 제가 진영 씨가 찾기 쉽게 해 놓았거든요. 저와 민수는 그날 진영 씨와 헤어지고 북악스카이웨이 드라이브를 한 시간 정도 했습니다. 진영 씨와 오피스텔에서 마주치는 건 서로에게 좋지 않은 일이니까요. 우리도 다시 오피스텔을 찾았습니다. 당연히 진영 씨의 스마트폰은 사라진 후였죠. 아니, 주인이 찾아간 후였죠."

"……."

"이제 진영 씨가 오피스텔 비밀번호를 외우고 있었다는 사실은 입증됐겠죠?"

"그렇군요. 난 김내성 씨가 순수한 사람인 줄 알았는데, 음험한 구석이 있는 분이었군요. 어쨌든…… 제 거짓말이 들통 난 셈이네요."

정진영의 자조 섞인 웃음을 끝으로 어정쩡하게 서 있는 네 사람은 한동안 서로의 시선을 회피하며 침묵했다.

어색한 침묵을 깬 건 정진영이었다. 그녀는 김내성을

바라봤다. 성나거나 난처한 눈빛이 아니었다. 아무것도 들어 있지 않은 텅 빈 눈이었다.

"어서 말해 주세요. 알고 있는 모두를 말이에요."

그녀를 쏘아보던 김내성의 눈빛도 누그러져 있었다.

"알겠습니다. 모두 말씀드리죠. 사건 당일 진영 씨는 상진이 형에게 맥주가 든 페트병 두 개를 들이밀었어요. 선택해서 마시라고 말이죠. 하나는 '천국으로 가는 샘물', 다른 하나는 '지옥으로 가는 독약'. 물론 '천국으로 가는 샘물'이라는 페트병에 약이 들어 있었겠죠. 저는 진영 씨가 왜 이런 방식으로 상진이 형에게 약이 든 술을 먹였는지 궁금했습니다.

하지만 그 의문은 오래가지 않았습니다. 상진이 형 아버지가 살해되고 상진이 형 방에 같이 갔을 때 봤던 싱크대 위에 널브러져 있던 페트병 두 개가 떠올랐습니다. 카스와 하이트. 주류의 상표를 고르는 사람들의 취향은 일정하지요. 소주의 경우 처음처럼을 마시는 사람은 노상 처음처럼만 시키고, 참이슬을 좋아하는 사람은 항상 참이슬을 주문하죠. 맥주도 마찬가지입니다. 상진이 형은 항상 카스만 마시죠. 상진이 형과 술을 먹을 때 조금만 주의를 기울이면 알 수 있는 사실입니다.

그날 진영 씨는 두 가지 임무를 차질 없이 수행해야 했습니다. 하나, 상진이 형에게 약이 든 술을 마시게 할 것. 둘, 상진이 형이 술을 마시다 약이 든 술을 진영 씨 잔에 따라 주지 않게 할 것. 이 두 가지를 모두 충족시키려면 방법은 하나입니다. 페트병을 한 병씩 나눠 각자 마시는 거죠. 진영 씨가 고안해 낸 방법은 최고였습니다. 50퍼센트의 확률이 아닌 100퍼센트의 확률이었죠. 상진이 형은 '천국으로 가는 샘물'을 택할 수밖에 없는 불공정한 게임이었습니다. 상진이 형은 항상 한 가지 상표의 맥주만 마시니까요. 진영 씨는 카스 맥주 페트병에 약을 타 둔 것입니다."

"후우…… 김내성 씨의 말이 맞아요. 하지만 내가 그렇게 준비했는데도 불구하고 오상진이 약을 타지 않은 술을 선택했다면 전 운명에 순응하고 그 자리를 바로 떴을 거예요. 세상에 아직 일어나지 않은 일에 대해 100퍼센트 확률로 예측할 수 있는 인간은 없어요. 그날 오상진이 다른 병을 선택했다면 그것으로 끝인 거였어요. 저는 분명히 그날 오상진에게 운명의 선택권을 줬습니다. 오상진은 스스로 자신의 운명을 선택한 거고요. 그건 분명히 신의 뜻과도 일치한다고 생각해요. 나쁜 피의 대물림을 끊어야 한다는 신의 뜻 말이죠."

"나쁜 피? 상진이 형의 몸에 나쁜 피가 돌고 있다는 얘기인가요?"

김내성이 물었다.

"네, 맞아요. 대를 이은 나쁜 피죠."

"그래서 이런 일을……."

"김내성 씨의 이야기를 더 듣고 싶군요. 듣거나 보지 않고 얼마나 진실에 다다를 수 있는지 말이에요."

"네, 진영 씨가 원하신다면 계속하지요. 조금 전에 사건이 발생하고 얼마 지나지 않아 상진이 형 오피스텔에 갔을 때 쓰러져 있는 두 개의 페트병을 봤다고 말씀드렸지요. 그때는 아무 생각 없이 스쳐 지났던 장면이 있었습니다. 소량의 맥주가 들어 있는 페트병이 싱크대 상판 위에 쓰러져 있고, 바짝 마른 개수대에는 설거지하지 않은 식기와 컵들이 가득한 장면이 바로 그겁니다.

나중에 진영 씨가 비밀번호를 알고 있다는 사실을 알고 나니 머릿속에서 자연스럽게 발화되는 의문이 있었습니다. 이 사건의 실행 과정에서는 공범이 필요합니다. 진영 씨는 맥주를 마시고 바로 상진이 형의 오피스텔을 떠났으니까요. 과연 공범은 어디로 들어왔을까요? 경찰에서 오피스텔 출입문에 설치된 CCTV를 아무리 되돌려 봐도 사건 인접 시간에 오피스텔 건물로 들어오는 수상한 남자는 찾을 수 없었습니다. 그렇다면 답은 하나입니다. 공범은 원래부터 오피스텔에 있었다!

이때 아까 말씀드린 장면이 떠오른 겁니다. 분명히 진영 씨가 맥주에 약을 탔는데 경찰이 수거해서 분석했을 때는 어떤 약물 성분도 찾아내지 못했습니다. 상진이 형이 정신을 잃은 걸 확인한 진영 씨가 오피스텔을 나서기 전 약이 든 페트병을 물에 깨끗이 헹궈서일 수도 있습니다. 하지만 이 가설이 성립할 수 없다는 건 진영 씨가 더 잘 아실 겁니다. 진영 씨는 페트병을 헹군 적이 없으니까요. 만약 진영 씨가 페트병을 헹궜다면 페트병에는 소량의 맥주도 남아 있을 수 없고, 개수대와 개수대 안에 있던 식기와 컵들에는 병을 씻을 때 수도꼭지에서 흘러나온 물이 고여 있었을 겁니다.

그렇다면 방법은 한 가지. 오피스텔 건물 어디엔가 있던 공범이 비밀번호를 누르고 들어와 미리 준비했던 같은 상표의 페트병으로 바꿔치기한 거죠. 아주 간단한 방법입니다."

"아!"

김내성 옆에 있던 백민수가 탄성을 내뱉었다.

"그래서 형이 며칠간 알 수 없는 행동을 했구나. 다 의미가 있었군. 공범이 오피스텔 창고나 옥상 같은 곳에서 기회를 엿보며 오랫동안 버틸 수 없는 노릇이지. 아예 오피스텔에 입주해서 차분하게 상진이 형에게 누명을 씌울 때를 기다리면 되는 거였어. 이 살인마들!"

백민수가 두 남녀에게 쏘아붙였다.

"민수의 말처럼 공범이 아예 거처를 옮겼을 거라 예상했습니다. 처음엔 오피스텔 전체의 등기사항증명서 전부 검색해 봤죠. 물론 의심 가는 사람은 찾을 수 없었습니다. 범죄를 위해 오피스텔을 매매했을 가능성은 적으니까요.

그렇다면 남은 건 전세나 월세입니다. 오피스텔 주변 부동산의 도움을 받아 전월세 매물로 나온 집들을 하나씩 점검했습니다. 계획된 범죄가 성공했으니 임차한 집을 내놓고 임차보증금을 회수한 다음 오피스텔을 떠나야 할 테니까요. 그렇게 돌아다니다 보니 의심 가는 방을 찾게 되었습니다. 공교롭게도 정진호 씨의 방은 상진이 형 방 바로 위층이었습니다. 임대차 만기가 1년 넘게 남았는데 방을 급하게 내놓았더라고요. 이름도 왠지 익숙한 이름이었고요. 여기다, 라는 느낌이 들었습니다.

게다가 방에는 눈에 익은 물건들이 있더군요. 집이 아직 나가지도 않았는데 이미 상자에 짐을 단단히 쌓아 두었습니다. 그런데 상자가 눈에 익숙한 상자들이었습니다. CCTV에 찍혔던 미지의 남자가 들고 있던 상자였죠. 유명 쇼핑몰 로고가 찍힌 그 상자 말입니다. 우연인 듯 필연처럼 그 방에 있는 상자를 보고 그 방의 주인이 그날 밤 사건과 관련 있는 진영 씨의 공범이라는 확신을 얻게 되었죠.

진영 씨는 상진이 형 방의 현관 비밀번호 외에 하나의 비밀번호를 더 알고 있었습니다. 바로 상진이 형 방에 있는 와이파이 공유기 비밀번호입니다. 저번에 상진이 형 방에서 뉴스 동영상을 볼 때 제가 와이파이를 사용해서 보도록 권한 걸 기억하시죠? 그때 진영 씨는 아무 생각 없이 와이파이를 켰고, 와이파이는 비밀번호 확인 절차 없이 바로 연결되었습니다. 이미 예전에 비밀번호가 입력되어 있었다는 이야기겠죠. 아마 상진이 형 방에 왔을 때 상진이 형에게 와이파이 비밀번호를 물어봤을 거라 생각됩니다. 대단한 비밀번호도 아니므로 상진이 형은 바로 알려 줬을 거고요.

결국, 이 비밀번호도 정진호 씨에게 건네졌을 것이고, 정진호 씨는 이 비밀번호를 이용해 상진이 형 방에 있는 와이파이를 자유롭게 사용했을 겁니다. 바로 위층에 월세를 얻은 것으로 봐서는 상진이 형 와이파이 신호 범위에 있기를 원했기 때문일 것이고요. 이 와이파이를 사용할 수 있으니 간단한 해킹툴만 있으면 상진이 형 노트북을 자신의 노트북처럼 사용할 수 있었을 겁니다. 노트북을 뒤져 상진이 형의 개인정보를 찾을 수도 있고, 상진이 형의 소설을 삭제하거나 뒤죽박죽 만들 수도 있었겠지요.

이런 복잡한 방법 말고, 아주 간단한 방법도 있습니다. 끈기가 필요하고 조금 불안한 방법이기는 하지만, 상진이 형의 생활 패턴이나 동선을 파악했다면 그가 집을 비웠을 때 방에 들어가 노트북을 켜고 마음먹은 대로 장난을 치는 방법도 생각해 볼 수 있겠죠. 몰래 음란 동영상을 내려받아 노트북에 저장해 두는 것처럼 말입니다. 현관문 비밀번호와 와이파이 비밀번호를 모두 알고 있었으니 어느 방법을 택하든 아주 순조롭게 일이 진행되었을 겁니다."

김내성이 정진영의 눈치를 살폈다.

"제가 계속 이야기할까요? 아니면 진영 씨께서 직접 말씀해 주실래요? 남매가 이런 무서운 일을 저지른 이유를 말입니다. 조금 전에 '나쁜 피의 대물림'을 끊어야 한다는 말씀을 하신 걸 보니 이성으로 제어할 수 없는 깊은 원한

이 있는 것 같군요. 부탁드립니다. 솔직하게 말씀해 주시죠. 상진이 형의 아버지를 죽이고, 상진이 형에게 누명을 씌우려고 했던 동기가 무엇인지.

아시다시피 저는 범죄자를 유치장에 잡아넣는 경찰이 아닙니다. 단지 진실이 무엇이고, 범인이 누구인지만 밝히면 되는 추리소설가일 뿐이죠. 만약 진영 씨 남매가 이런 끔찍한 일을 계획하고 실행하게 한 충분한 동기가 있었다면 저는 여기서 두 분에게 길을 비켜 드릴 겁니다. 그러면 두 분은 바로 저 게이트로 걸어 들어가 우리나라를 떠나면 되겠죠."

"역시, 김내성 씨는 생각하는 게 보통 사람과 다르군요. 김내성 씨가 수긍할 만한 동기가 있다면 길을 열어 주겠다는 말, 정말 약속할 수 있나요?"

김내성은 입을 한일자로 꽉 다물고 고개를 끄덕였다.

"모든 일은 오상진 그놈의 소설 때문에 일어난 거예요."

"소설이라면 이번에 출간 예정이었던 '악의의 질량'을 말하는 건가요?"

백민수가 말했다.

"악의의 질량? 사무실에 앉아 컴퓨터 모니터와 종이 기록으로 세상을 바라보기 때문에 판검사가 악의의 질량을 제대로 측정하지 못해 천편일률적인 기소와 판결이 생긴다고? 말은 번드르르 잘 가져다 붙여요. 후레자식! 가해자를 피해자처럼 교묘하게 꾸민 쓰레기 소설을 생산해 내는 게 무슨 베스트셀러 작가라고!"

정진영의 얼굴이 뜨거운 물에 데기라도 한 것처럼 심하게 일그러졌다.

"가해자를 피해자처럼 꾸몄다고요?"

김내성이 물었다. 그녀가 금세 정색하며 대답했다.

"김내성 작가님, 출간 기념회 때 오상진이 친구의 실화를 바탕으로 그 소설을 썼다고 했죠? 모두 거짓말이에요. 그건 바로 오상진 자신의 이야기입니다. 사람을 잔인하게 폭행해서 죽게 한 남자는 바로 오상진의 아버지고요."

정진영이 몸을 부르르 떨었다.

"맞아. 난데없는 노숙자 친구의 등장이 조금 미심쩍기는 했는데 역시 가상의 인물이었군. 작년 오월 연휴 기간에 상진이 형이 부산 추리문학관에 방문했다는 이야기를 김성종 선생님께 전해 들었는데, 정작 상진이 형 본인은 그날 추리문학관 방문을 취소했다고 말하니 고개를 갸웃하게 되더라고. 자신의 집에 그날 추리문학관에서 김성종 선생님과 함께 찍은 사진을 액자에 끼워 고이 모셔 두고도 그런 말을 하니깐 말이야. 상진이 형 친구가 가상의 인물이라면 출간할 책의 인세를 노숙자 친구에게 지원금으로 기부한다는 말도 모두 거짓말이 되는 거네. 흠…….”

백민수가 자신의 뺨을 손바닥으로 쓸면서 말했다.

“이제야 알았어요? 당신의 친한 동료가 그런 사람이라는 걸 말이에요.”

정진영이 잠시 백민수를 쳐다보더니 큰 숨을 한번 들이쉬고 말을 이었다.

“우연히 인터넷에서 오상진의 연재소설을 보고 깜짝 놀랐어요. 내 어릴 적 악몽 같은 기억과 똑같은 내용이기 때문이었죠. 내 머리에 USB를 꽂고 기억을 복사한 것처럼 그날의 생생한 장면이 고스란히 글로 옮겨져 있더라고요. 그 자리에서 직접 목격하지 않고서는 쓸 수 없는 글이었죠. 작가에 대해 검색해 봤어요. 전 검색한 내용을 보고 충격에 빠졌죠. 바로 그놈이었어요.

제가 초등학교 4학년 때 일이었죠. 아빠와 서점에 갔다가 우리 아파트에 들어섰을 때 비극이 시작됐지요. 아파트 1층 현관 우리 집 우편함에서 우편물을 꺼내던 그놈을 발견한 겁니다. 아빠는 월간 ‘한국추리문학’ 잡지를 정기구독했는데 매번 누군가 훔쳐 가서 신경이 곤두서 있는 상태였어요. 그런데 우리 우편함에서 두툼한 우편물을 꺼내는 장면을 현장에서 포착한 거죠. 그놈에게 다가가 훔친 우편물을 뺏었어요. 그놈은 전혀 당황한 기색이 없었죠. 그때 겨우 중학생이었을 텐데 아주 침착하게 말대꾸했어요. 훔친 게 아니라 떨어진 걸 주웠다는 말도 안 되는 변명이었죠. 분명히 우리 집 우편함에서 꺼내는 장면을 목격했는데도 말이에요.

거짓말을 계속해 대는 그놈을 아빠가 꾸짖었어요. 하지만 뉘우치는 기색이 전혀 없자 집이 어디냐고 물었죠. 그때 그놈이 욕설을 내뱉었어요. 별것도 아닌 거로 지랄한다고 말이죠. 자신의 물건을 훔치던 놈한테 그런 욕을 들으면 흥분하지 않을 사람이 있을까요. 아빠는 그놈의 뺨을 후려갈겼죠. 그놈은 뺨을 맞자 바로 달려들었어요. 더 심한 욕설과 함께 말이에요. 그러자 아빠가 그놈의 뺨을 한 대 더 때렸죠.

그때, 아파트 현관에 그놈의 아빠가 들어섰어요. 우리 아빠에게 그가 다가와 때릴 듯 주먹을 들었죠. 아빠는 당신 아들이 내 우편물을 훔쳐서 꾸중하고 있었는데 잘못을 뉘우치지 않고 변명만 늘어놓고 있다고 말하면서 뺨을 때리게 된 경위를 설명했어요. 하지만 그는 들은 척도 하지 않았죠. 제 아들이 물건을 훔친 걸 부끄럽게 생각하기보다는 제 아들이 남에게 맞았다는 걸 분하게 생각하는 듯 보였어요. 오히려 자신과 자신의 아들에게 사과하라는 황당한 요구를 했죠. 이 말도 안 되는 요구를 아빠는 당연히 거절했어요.

아버지나 아들이나 똑같았어요. 그가 갑자기 욕지거리와 함께 우리 아빠에게 달려들었죠. 마구 주먹질을 해댔어요. 예상치 못한 공격에 아빠는 바닥에 쓰러졌지요. 애벌레처럼 몸을 웅크린 채 자신을 보호하던 우리 아빠를 그 악마가 마구 짓밟았죠. 아빠가 고통 섞인 목소리로 그 악마에게 그만하라고 애원했지만, 그 악마는 애원을 외면한 채 더욱 거세게 짓밟았어요. 나중에는 성에 차지 않는지 발로 머리를 마구 걷어차기도 했어요. 나는 그때 어떤 도움도 되지 못하고 가만히 서 있기만 했죠. 초등학교 4학년에게는 너무 끔찍한 상황이어서 온몸이 얼어붙은 것처럼 움직일 수도 없었어요. 무서워서 도와 달라는 소리도 지를 수 없었죠.

그 이후의 상황은 기억이 없어요. 정신을 차려 보니 경비실 안이었고, 경찰관 아저씨와 경비 아저씨가 나를 보호하고 있더군요. 아빠가 구급차에 실려 갔다는 이야기는 경비 아저씨가 해 주셨어요. 경비실에서 밖을 보니 아빠를 짓밟던 악마는 사라지고 없었죠. 하지만 오상진은 훔친 우편물을 전리품처럼 들고 여전히 그 자리에 서 있었어요. 나와 눈이 마주친 오상진은 자신만만한 눈으로 히죽거렸죠. 뉘우침이나 두려움이 전혀 없는 그런 눈이었어요. 나는 급히 그 무서운 눈을 피했어요. 계속 눈을 마주치다가는 나도 그 녀석에게 흠씬 두드려 맞을 거 같아서 말이에요."

"상진이 형은 천생 소설가야. 아니, 무서운 사람이라고 해야겠군. 자신 때문에 생긴 비극적인 과거를 소설로 쓸 생각을 하다니. 하지만 너무 비겁하군. 사실을 왜곡했으니까 말이야."

백민수가 고개를 절레절레 흔들었다.

"아빠가 돌아가신 후 우리 집은 오래 버티지 못하고 이사했어요. 가장의 갑작스러운 죽음에 수입이 없어지자 전업주부였던 엄마는 급히 일자리를 찾았죠. 전업주부에게 좋은 일자리는 없었어요. 태어나서 한 번도 해 본 적이 없는 식당 서빙부터 시작했어요. 하지만 보수는 시원치 않았고, 집을 줄여서 생활비를 보태야 할 지경까지 되었죠.

이사를 결심한 이유에는 그런 경제적인 문제도 있었지

만, 제일 큰 이유는 그놈 가족들과 같은 아파트에서 얼굴을 마주치며 살아야 하는 고통 때문이었어요. 어쩌다 엘리베이터에서 그놈이나 그놈의 어머니를 마주치게 되면 저는 옴짝달싹할 수 없었어요. 나를 노려보는 그들의 눈에서 엄청난 분노를 느꼈기 때문이었죠.

우리는 형사사건으로 가장을 잃은 피해자 가족인데 어떤 경제적 후원이나 심리적 지원도 없었어요. 오히려 같은 아파트에 사는 가해자 가족의 기세에 눌려 기가 죽어 살아야 했죠. 저는 그때 어려서 그런 상황이 당연한 건 줄 알았어요. 더군다나 사람을 죽이면 사형을 당하거나 평생 교도소에 있을 줄 알았는데 엄마로부터 내가 중학교 졸업할 때쯤이면 출소한다는 이야기를 듣고 운 적도 있어요. 너무 무서워서 말이죠. 불과 5년 만에 그 악마가 아파트에 다시 나타난다는 말이었으니까요. 그래서 엄마를 졸랐죠. 빨리 이사 가자고요."

정진영이 눈물을 쏟아냈다. 옆에 있던 정진호가 그녀에게 손수건을 건넸다.

"그놈 가슴속에 꿈틀거리는 악의는 아직 죽지 않고 살아 있어요." 정진영이 낮은 목소리로 말했다.

정진영은 오상진의 소설을 읽고 참을 수 없었다.

정진영의 아버지를 어린아이를 때려 사건을 유발하고, 오상진의 아버지를 교도소에 가게 한 파렴치한 사람으로 묘사했을 뿐만 아니라, 오상진의 아버지는 자신이 지은 죄의 죗값을 치른 것에 불과한데도 마치 불합리한 사법제도의 피해자인 것처럼 교묘히 위장했기 때문이다.

그뿐만 아니었다. 소설 속 가해자 가족들이 겪었던 사회로부터 소외와 삶의 터전마저 옮길 수밖에 없었던 경험은 모두 피해자인 정진영 가족의 이야기였다. 그런데도 오상진은 실화를 소설로 옮기면서 그녀가 겪었던 아픔을 교묘하게 가해자 가족의 것으로 치환해 버렸다.

정진영은 분노와 억울함을 누구에게인가 하소연하고 싶었다. 하지만 본인의 아픈 과거를 타인에게 털어놓는다는 것은 쉽지 않은 일이었다. 결국, 동생을 찾았다. 세 살 터울의 동생. 사건 당시 초등학교 1학년에 불과해 사건의 정확한 내막을 전혀 모른 채 여태껏 살아왔다.

그녀와 어머니는 동생에게 일부러 사실을 말해 주지 않았다. 자신의 아버지가 같은 동네에 살던 사람에게 맞아 죽었다는 사실을 알게 되면 몹시 분노하고 슬퍼할 것 같았기 때문이다. 이런 이유로 아버지의 정확한 사망 원인을 동생에게 알려 주는 건 계속 미뤄졌고, 동생은 지금껏 아버지가 불의의 교통사고로 사망한 줄 알고 있었다.

그녀는 동생에게 과거에 자신이 직접 눈으로 본 아버지의 죽음을 전했다. 처음에 동생은 믿기지 않는다는 듯이 눈만 크게 뜨고 있었지만, 눈물과 함께 정진영의 이야기가 계속되자 짐승처럼 울부짖으며 발작을 일으켰다. 그녀는 동생을 진정시키고, 자신이 동생을 찾은 진짜 이유를 말했다. 과거 자신들의 아픔을 소설로 만들어 파는 오상진의 이야기를 했다. 잠시 숨을 고르고 있던 동생은 다시 눈을 희번덕거렸다. 만약 오상진이 바로 앞에 있다면 칼로 찌를 것 같은 기세였다.

남매는 오상진의 소설 연재를 멈출 방법을 찾았다. 처음에는 직접 찾아가 남매의 신분을 밝히고, 왜곡된 소설의 연재를 중단할 것을 요청할 계획을 세웠다. 하지만 이 계획은 실행에 옮기지 않았다. 인기리에 연재되고 있는 소설을 중단할 소설가는 없을 것이며, 오상진은 타인의 아픔에 공감해 자신의 행동을 수정할 성격이 아닐 것이라는 생각 때문이었다.

오상진과 대면하지 않고 소설 연재를 중단시키기 위해서는 다른 방법이 필요했다. 여러 가지 방법을 고민한 끝에 인터넷 연재소설에 악플을 달아 소설의 인기를 떨어뜨리는 소극적인 방법을 쓰기로 했다.

정진영과 동생은 여러 개의 아이디를 만들어 댓글을 달았다. 묘사가 허접하다는 둥, 문체가 늘어진다는 둥 여러 가지 흠을 잡았다. 악플에 일부 독자들이 호응하자 오상진이 직접 나섰다. 남매가 올린 댓글에 날 선 댓글을 직접 달면서 공격했다. 저자가 직접 독자와 댓글로 싸우는 건 이례적인 일이었다. 댓글 공방은 한동안 계속되었다. 오상진은 옛날 그 모습처럼 공격적이었다. 싸움을 그만둘 생각이 없어 보였다. 아니, 반드시 이기고야 말겠다는 의지가 느껴졌다.

남매는 댓글 공방을 멈췄다. 다른 방법을 사용하기로 했다. 오상진의 컴퓨터를 해킹해서 음란물을 잔뜩 다운받은 후 경찰에 신고해 소설가로서의 명성을 깎아내리고 소설의 연재와 책의 출간을 막자는 것이었다. 컴퓨터 프로그래머인 동생이 제안한 방법이었다.

그러기 위해서는 오상진과 친해져야 했다. 이때 동생의 활약이 컸다. 포털사이트에 오상진 팬카페를 개설하고, 불법적으로 수집한 개인정보를 바탕으로 단시간에 회원 수를 늘렸다. 카페의 외형이 커지자 오상진이 주목했고, 곧 팬카페 회장이던 정진영과의 만남이 성사됐다.

그녀의 특출한 미모에 반한 오상진은 그녀와 몇몇 회원들을 자신의 집에 초대하기도 하면서 아무 의심 없이 만남을 계속했다. 그녀는 이 틈을 이용해 오상진 집의 디지털 도어록 외워 두었고, 그의 집에서 와이파이를 이용한다는 핑계로 와이파이 비밀번호까지 얻어 냈다.

　정진영의 동생은 계획대로 오상진의 와이파이 신호가 잡히는 위층에 월세를 얻은 후 먼저 오상진의 노트북에 악성 코드를 심어 노트북 계정암호를 알아냈다. 그 후 오상진이 집을 비운 틈을 타 그의 방에 들어가 노트북을 들고 나왔다. 몰래 노트북을 자신의 방에 가져온 정진호는 해킹으로 얻어낸 노트북 계정암호로 노트북을 구동시키고, 제일 먼저 노트북을 해킹한 기록을 모조리 삭제했다. 그다음 오상진 방의 와이파이를 이용하여 변태적 포르노를 다량으로 내려받아 저장했다. 포르노로 꽉 찬 노트북은 아무 일도 없었던 것처럼 다시 오상진의 방에 돌려놓았다. 오상진의 노트북에 오상진 방의 와이파이를 이용해서 포르노를 내려받았으니 경찰에게 타인의 소행으로 의심을 살 여지는 없었다.

　정진호는 의외로 계획이 쉽게 진행되자 더욱 과감해졌다. 오상진을 골탕 먹이기 위해 노트북에 있는 신작 소설을 통째로 삭제하기도 하고, 일부 단어나 문단을 지우기도 했다. 우리가 너의 노트북을 접수했으니 조심하라는 나름의 경고 메시지를 보낸 것이었다.

한동안 그들의 뜻대로 모든 게 진행되는 듯싶더니 곧 큰 난관에 부딪혔다. 오상진의 소설은 큰 인기를 얻어 곧 종이책으로 출간될 예정이었는데, 아동 포르노 소지로 형사 처벌받게 하겠다던 계획에 차질이 생겼다. 신원을 밝히지 않고 공중전화로 오상진이 아동 포르노를 소지하고 있다고 경찰에 신고했으나, 경찰은 신원을 밝히지 않는 전화 신고는 접수하지 않는다고 접수 자체를 거절한 것이다. 그렇다고 무턱대고 문서로 된 고발장을 경찰서에 접수할 수는 없는 노릇이었다.

남매는 다급해졌다. 왜곡된 자신들의 과거가 담긴 소설을 많은 사람이 읽고, 오상진이 돈을 버는 건 용납할 수 없었다. 남매는 고민했다. 여기서 끝낼지, 다른 방법으로 계획을 실행할지 며칠을 고민한 남매는 결정했다. 왜곡된 과거가 담긴 책의 출간으로 비명에 돌아가신 아버지를 또다시 욕되게 하느니 극단적인 방법을 쓰더라도 책의 출간을 막아야 한다는 결정이었다. 사실 이 결정은 동생의 의지 때문이었다. 영문도 모르고 아버지를 잃고 홀어머니

밑에서 경제적으로 궁핍하게 살아야 했던 자신의 과거가 모두 몰염치한 그 부자 때문이라는 데까지 생각이 미치자 도저히 가만히 있을 수 없었다.

두 번째 계획을 실행할 순간이었다. 사건이 터지면 경찰은 우선 CCTV를 조사할 것이다. 이를 역이용하면 멋진 작품을 만들 수 있을 것 같았다. 오상진이 왜곡된 소설로 독자들을 속이는 것처럼, 오피스텔에 설치된 CCTV를 역이용해 경찰을 속이고 오상진을 나락으로 떨어뜨리고 싶었다. 승산이 있었다.

오피스텔 엘리베이터, 출입구, 주차장에 설치된 CCTV에는 맹점이 있었다. 오피스텔에서 나온 사람이 몇 호에 사는지는 알 수 없다는 맹점. 오상진의 옷을 입고 얼굴만 노출하지 않으면 계획의 절반은 성공한 것이나 다름없었다. 각 층에는 CCTV가 없으므로 위층 동생 방에서 오상진 방으로 내려가는 모습만 사람에게 목격되지 않으면 동생의 존재는 아무도 알 수 없었다.

오상진의 노트북을 통해 오상진 아버지의 주소를 파악하고, 현장답사를 했다. 여기서도 경찰을 속일 CCTV가 필요했다. 오상진의 차 번호판을 정확히 찍어 줄 CCTV 말이다. 경찰은 CCTV에 오상진의 차 번호판이 찍혔다는 이유만으로 그를 범인으로 몰 공산이 컸다. 마침 오상진 아버지 집 근처 편의점 CCTV가 눈에 띄었다. 동생은 편의점에 들어가 직원이 계산하는 동안 CCTV의 촬영 범위를 확인했다. 오상진 아버지 집에서 돌아가는 길에 유턴하면 자연스럽게 녹화가 될 것 같았다.

튼튼한 망치와 예리한 칼을 구매했다. 아버지를 죽인 놈을 한 번에 지옥으로 보낼 도구였다. 알리바이 조작에 관한 내용도 공부해 뒀다. 살해한 후 어설프게 시체를 전기장판 위로 옮기고, 보일러 온도를 높여 두면 경찰은 범인이 사망 추정 시간을 조작하려 했다는 추측을 할 것이다.

일부러 오상진의 노트북으로 포털 사이트에서 사망 추정 시간에 대해 많은 조회를 했다. 마치 범죄 계획을 짜기 위해 검색을 한 것처럼 말이다. 사건이 발생하면 분명히 경찰이 그의 노트북을 조사할 것이기 때문이다. 이렇게 이중, 삼중으로 그물을 쳐 놓으면 경찰은 반드시 오상진을 범인으로 몰 것이라는 확신이 생겼다. 정말 대단한 계획이라는 생각이 들었다.

약속된 날, 오피스텔 건물을 나서기 전 정진영이 동생 방 현관문을 노크하며 오상진이 잠들었다고 속삭였다. 정진영이 기억하고 있는 그놈은 거칠고 잔인한 놈이었다.

게다가 힘도 아주 세다고 들었다. 애당초 글러 먹은 놈들은 나이가 들어도 그냥 그 모양이다. 지금도 아주 폭력적일 것이라 예상했다. 나이가 먹었다 하더라도 방심한다면 오히려 당할 수도 있다. 만일을 위해 정진호는 상자에 망치와 칼을 집어넣었다. 일단은 택배 기사처럼 상자를 들고 가서 물건을 꺼내는 척하면서 망치로 정수리를 사정없이 내려칠 계획이었다. 만에 하나 상대방이 공격을 피하고 망치를 힘으로 뺏었을 때를 대비해서 칼을 예비적으로 넣어 두었다.

"이게 전부예요. 숨김이나 거짓은 없어요. 사실 그대로죠."

정진영은 홀가분한 표정으로 김내성을 바라보며 긴 이야기를 끝냈다.

"그랬군요."

김내성이 모두 이해했다는 표정으로 고개를 끄덕였다.

"그런데 정진호 씨!"

김내성 말했다.

"아직도 궁금하신 게 있나요. 전 방금 모든 걸 말씀드렸는데요."

정진영이 김내성의 말을 가로막았다.

"아니, 그날 이야기는 이걸로 충분합니다. 제가 더 알고 싶은 건 정진호 씨가 오늘 새벽 상진이 형 집을 다시 찾은 이유입니다. 그 방에서 누워 있던 사람 기억하시죠? 그게 바로 접니다."

"네? 제가요? 제가 오피스텔을 다시 찾아갔다고요?"

정진호가 깜짝 놀란 표정으로 김내성에게 되물었다.

"지금 아니라고 말씀하시는 건가요?"

"전 어제 저녁부터 누나 집에 있었어요. 누나 집을 나와서 바로 공항으로 온 거고요. 도대체 무슨 말씀을 하시는 건지."

"어떤 걸 또 의심하는 거죠? 진호의 말은 사실이에요."

정진영이 말했다. 이때 백민수가 김내성에게 귓속말을 했다. 심부름센터 직원이 자신에게 보고한 내용도 정진호의 말과 똑같다는 것이었다.

"이제 어떻게 하실 거죠?"

난감한 표정으로 서 있는 김내성에게 정진영이 물었다.

"뭘 말이죠?"

"우리가 이번 일을 저지르게 된 충분한 동기가 있다고 생각하지 않나요? 지금 우리에게 길을 비켜 줄 건가요, 아니면 경찰에 신고할 건가요."

김내성이 잠시 숨을 고르며 생각을 한 후 입을 열었다.

"진영 씨와 동생의 행동도 바람직하지 못하지만, 상진이 형도 큰 잘못을 한 것 같군요. 자! 가시죠."

김내성이 뒤로 한 걸음 물러나며 정진영 일행에게 길을 터 줬다. 정진호는 어리둥절한 표정으로 김내성 일행을 바라봤다. 정진영도 잠시 김내성을 응시하는가 싶더니 이내 동생의 손을 이끌었다.

"정말 가도 되는 거죠?"

"진영 씨 뜻대로 하세요. 전 경찰도 아니잖습니까."

"김내성 작가님, 여태껏 여러모로 고마웠어요. 인연이 있다면 다시 만나길 바랄게요. 그리고 오상진이 가지고 있던 아빠에게 배달되지 못한 잡지들을 흔쾌히 건네줘서 감사해요. 오상진이 가로챘던 아빠의 물건을 김내성 작가님 덕분에 모두 되찾았어요. 아빠는 5월호를 무척 기다리셨어요. 자신의 글이 잡지에 실렸거든요. 그럼, 안녕."

김내성이 등을 돌려 게이트를 향해 걷는 정진영에게 말했다.

"진영 씨, 비행기를 타면 진영 씨에게 자유만 찾아오는 게 아닐 겁니다. 당신을 평생 따라다닐 죄책감도 함께 찾아올 겁니다. 지금은 복수심 때문에 잘 느끼지 못하겠지만, 진영 씨 가슴속에 어느새 자리 잡은 악의가 자라나 언젠가는 진영 씨 자신을 해칠 거예요!"

정진영이 걸음을 멈췄다. 김내성 쪽으로 몸을 돌리지 않은 채 한동안 서 있었다.

그녀가 다시 발을 뗐다. 게이트 쪽으로 걷는다.

김내성이 백민수를 보며 턱을 살짝 들어 올렸다.

"우리도 가자."

"형, 저 살인자들을 그냥 보내 준단 말이야? 말도 안 돼! 대한민국은 법치주의 국가야. 저들은 반드시 법의 심판을 받아야 해!"

"우리는 범인을 체포하는 경찰이 아니잖아."

"그래도 그렇지!"

"너무 흥분하지 마. 이미 경찰에는 연락해 두었어. 비행기를 타려고 게이트를 지난다면 경찰이 그들을 체포할 거야."

멀어져 가는 그녀의 뒷모습을 바라보고 있는 김내성의 머릿속에는 아직도 침입자의 검은 그림자가 어른거렸다.

예상치 못했던 상황이 발생했다. 그놈이 다시 돌아왔다. 오상진은 정말 운이 좋은 놈이다.

석방 소식을 처음 접하고는 화들짝 놀랐다. 그를 평생 감옥에 가둬 놓을 계획이 돌발변수 때문에 수포로 돌아갔다. 남의 아픈 과거를 들춰내 그것이 마치 자신의 아픔인 양 글로 포장해 상품처럼 판매하는 인간 말종 추리소설가가 다시 세상으로 나왔다. 다시 오상진의 얼굴을 맞댈 생각을 하니 속이 부글부글 끓어올랐다. 하지만 책상 위에 덩그러니 놓여 있는 '마인'을 보고 이내 평정심을 되찾을 수 있었다.

안타깝게도 그놈은 돌아왔지만, 마인은 여전히 내 손안에 있다. 오상진이 자신의 서재에서 마인이 사라진 것을 알아차리면 길길이 날뛸 것이다. 그만큼 소중히 여기던 레어 아이템이니까. 가지고 있던 레어 아이템들 책날개에 뜬금없이 본인의 서명을 해 놓던 중증 나르시시즘 환자인 오상진이 다행히 '마인'에는 아무 짓거리도 하지 않았다. '마인'은 자신의 서명이 없어야 더욱 소장가치가 높아진다는 걸 간파했기 때문이리라.

이제 마인은 내 것이다. 나의 원대한 계획의 중추인 마인! 카페 'Mine'의 정중앙에서 나를 대신해서 손님들을 맞이할 것이다. 마

인을 보기 위해 몰려든 추리마니아들로 꽉 찬 북카페의 모습을 상
상하니 벌써 온몸에 전율이 흐른다.

돈암동에 카페 '마인'을 오픈하면 가까운 혜화동에 있는 '모리
스 르블랑'은 몇 개월 안에 문을 닫게 될 것이다. 가짜 추리마니아
가 운영하는 허접한 북카페의 손님들은 진정한 추리소설애호가
가 운영하는 북카페인 '마인'으로 자리를 옮길 것이 뻔하다. 추리
소설을 좋아하는 일반 독자는 물론이고 추리소설가들, 출판사, 서
점, 언론도 나의 카페를 주목할 것이다.

매일매일 추리소설을 사랑하는 사람들이 모여 독서토론회를
하고, 동료 작가들의 인터뷰와 강의가 이루어지는 공간. 그리고
나의 작품과 연구 자료들을 독자들에게 선보이는 공간. 그것이 내
가 꿈꾸는 '마인'이다.

계속 마인을 생각하니 마치 환각제라도 맞은 것처럼 기분이 좋
아지면서 자신감이 용솟음쳤다. 머릿속에 마인을 그리며 돈암동
거리를 걷다 보니 어느덧 사무실이 있는 건물 앞에 도착했다. 건
물 2층에 구의원 사무실이라고 걸린 작은 간판이 내가 지금 가야
할 곳을 알려 주고 있었다.

사무실 안 벽면은 에이프런을 두르고 줄지어 서 있는 노인들에
게 밥을 퍼 주는 사진, 검댕이 묻은 얼굴로 연탄이 가득 실린 리어
카를 힘겹게 끌고 있는 사진과 같이 자신의 활동 내역이 담겨 있

는 사진들이 잔뜩 붙어 있었다. 사진들만 보면 아주 훌륭한 구의
원 같았다.

"안녕하세요. 제가 김내성입니다."

구의원에게 나를 소개했다.

"아이고, 김내성 선생님을 이렇게 직접 뵙게 되어서 영광입니
다."

구의원은 악수와 함께 나의 손을 잡은 채로 소파로 안내했다.

"선생님이 제안해 주신 사항은 아시다시피 제가 우리 구청장님
과 같은 당 소속이기도 하고 개인적으로도 막역한 사이라 큰 어려
움 없이 일사천리로 잘 진행하고 있습니다. 조만간 결정이 날 겁
니다."

"모두 의원님 덕분입니다."

"우리 구의 발전을 위해서라면 발 벗고 나서는 게 제 임무 아니
겠습니까. 근데, 김내성 선생님께서는 이렇게 좋은 아이디어를 어
떻게 떠올리게 된 건가요? 단지 이름이 똑같아서 그런 건 아니실
테고. 더군다나 우리 성북구민도 아니신데 말이죠."

"아, 사실 제가 문학박사입니다…… 박사 논문 주제가 김내성과
탐정소설에 관한 연구였죠. 연구 과정 중에 떠올린 아이디어였는
데, 여태 가슴에 품고만 있다가 비로소 지금 꺼내 놓은 것입니다."

"아하! 그렇군요. 역시 박사님다운 아이디어입니다. 김내성 박

사님의 아이디어 덕분에 우리 돈암동이 더욱 발전할 것 같습니다. 고맙습니다."

금세 호칭이 선생에서 박사로 바뀌었다.

구의원이 앞으로의 진행 과정에 대해 중언부언 이야기하는 동안 나의 머릿속은 온통 마인 생각뿐이었다.

구의원 사무실을 나와 다음 약속 장소로 이동했다. 고풍스러운 건물 앞에서 짙은 화장의 부동산 사장과 검은색 패딩과 전투복 바지를 입은 키 큰 남자가 기다리고 있었다.

부동산 사장은 나에게 남자를 소개해 주었다.

"오시기 전에 건물 내부는 다 확인했습니다. 사장님은 이 건물을 어떤 용도로 사용하실 거죠?"

인테리어 사장인 남자가 나에게 물었다.

"북카페요."

"아! 이 건물이 구조가 북카페로 정말 제격이지요. 그럼, 예산은 얼마 정도 생각하시죠?"

"글쎄요."

나는 내심 사오천만 원 정도 생각하고 있었지만, 일단 간을 보기로 했다.

"건물 내부가 생각보다 상당히 넓어요. 방도 많고요. 그래서 일억 정도는 생각하셔야 해요."

"네? 일억이라고요?"

"그게 최소 금액이라고 보시면 됩니다. 모든 방과 거실을 북카 페에 맞게 한 번씩 간단히 건드려만 줘도 그 금액이라는 겁니다. 아마, 사장님 마음에 쏙 들게 인테리어 하시려면 이억쯤은 생각하 셔야 할 거예요."

나는 아무 말도 할 수 없었다. 오상진의 집에서 어렵게 가져온 책들을 팔아서 충당할 만한 금액은 아니었다. 다른 집을 찾든지, 나의 전 재산을 탈탈 털고 대출까지 받아서 자금을 마련해야 할지 둘 중 한 가지를 선택하는 수밖에 없다.

"좋은 물건은 오래 안 기다려요. 빨리 결정해야 할 거 같은데요."

부동산 사장이 다가와 예의 싸구려 화장품 냄새를 풍기며 속삭 였다.

7

오상진이 얇게 뜬 눈으로 김내성과 백민수를 노려봤다.

"내가 없는 동안 내 책들을 많이 빼돌렸더구먼."

오상진이 말했다.

"형, 그건 우리가 설명했잖아. 진영 씨의 시선을 돌리기 위해 몇 권 준 거라고. 게다가 월간 '한국추리문학'은 형이 어렸을 때 훔친 물건이잖아. 그러니 그 책은 원래 주인에게 돌아가는 게 맞지 않을까."

김내성이 말했다.

"아니, 그것 말고도 '마인'을 비롯해서 내가 어렵게 수집한 300여 권의 책이 사라졌어. 그것도 가져와야지."

"그건 정말 모르는 일이야. 집이 빈 사이 도둑이 들어와서 가져갔을 수도 있어."

"요즘은 도둑이 책을 훔쳐 가신대? 우리나라 좋은 나라네. 교양을 쌓기 위해 도둑마저 독서하는 나라."

오상진이 입을 한껏 비틀고 말했다.

"형이 수감되어 있는 동안 내성이 형이 사건 해결을 위해 며칠 동안 형 오피스텔에 머무른 기간 말고는 그 오피스텔은 내내 비어 있었어. 빈집털이범의 소행일 가능성이 많아."

백민수가 김내성을 거들었다.

"내가 멍청이냐. 그딴 변명에 넘어가게. 그럼, 너희 말대로 도둑이 들었다고 치자. 그런데 우연히 도둑이 추리소설 마니아였을까?"

"무슨 소리지?"

백민수가 오상진에게 되물었다.

"너희가 말하는 그 도둑이라는 선생님께서는 비싼 가격의 책들만 잘도 골라 훔쳐 가셨다고! 내가 애지중지하던 '마인'까지 말이야. 너희는 지금 추리소설에 조예가 깊은 절도범이 값어치 나가는 추리 관련 서적이 잔뜩 쌓여 있는 집을 우연히 선택해서 들어왔다는 말도 안 되는 주장하고 있는 거야. 게다가 그 집 주인은 억울한 누명을 쓰고 구치소에 처박혀 집은 텅텅 비어 있었지. 우연도 이런 우연이 있을까?"

"내가 형 오피스텔에 있을 때 정체불명의 침입자와 맞닥뜨렸어. 그 사람의 소행일 수도 있다고 생각해."

김내성이 말했다.

"후후후. 정체불명의 침입자라고? 거짓말도 정도껏 해라."

"아니면, 형 말대로 우연이 아니고, 형의 부재를 틈타 비밀번호를 알고 있던 형 주변 사람이 계획적으로 책들을 훔쳐 갔을 수도 있겠지. 워낙 값비싼 책이 많으니깐 말이야."

"이제 슬슬 자백하는군. 그 주변 사람이라는 게 너희잖아. 남 이야기하듯 하지 마. 내가 공들여 모은 책들이 평소 그렇게 탐났었나?"

"말이 너무 심한 거 아니야? 우린 형을 위해 사방팔방으로 뛰어다닌 사람들이야. 형 책을 훔치지 않았다고!"

"아냐, 너희는 나를 속이고 있어. 나를 구치소에 쑤셔넣고 내 명성과 레어 아이템들을 가로채려고 했어. 너희도 공모자지?"

"형! 정말 이건 아니라고 봐."

백민수가 목소리를 높였다.

"이봐! 결국 너희도 남매 살인귀들과 한통속인 거 맞잖아!"

"이번 사건을 너무 감정적으로 생각하지 않았으면 좋겠어. 일반인도 아닌 인기 작가가 그런 식으로 사실을 왜곡해서 글을 쓰면 어떻게 해. 피해를 유발한 측면도 있잖아. 이번 사건에 형 잘못이 전혀 없다고 자신 있게 말할 수 있어?"

김내성의 말이 끝나자마자 오상진이 눈을 부릅떴다.

"그래! 자신 있어. 내 잘못은 전혀 없다! 소설은 현실의 변형이야. 현실을 재미있게 가공해서 독자들에게 내놓을 수 있는 능력이 있어야 베스트셀러 작가가 되는 거야. 너희 같은 삼류 소설가들은 전혀 이해할 수 없는 이야기겠지만. 큭큭큭."

오상진은 바퀴벌레 날갯짓 소리처럼 징그러운 웃음소리를 냈다. 김내성은 오상진을 빤히 바라보며 테이블 위에 밀봉된 서류 봉투 두 개를 꺼냈다. 봉투에는 각기 1번과 2번이라는 숫자가 쓰여 있었다.

"형이 선택해."

"이건 또 뭐야."

"나랑 민수가 형을 위해 며칠간 심사숙고해서 만든 거야. 형의 운명과 정진영 남매의 운명을 결정할 제안서라고 할까? 둘 중 하나만 선택할 수 있어."

"헤헤헤. 야! 김내성 코스프레! 언제까지 이렇게 장난질만 하고 다닐 거냐? 작가라면 글을 써라, 글을! 야! 이름만 김내성이면 다냐? 네 실명이 맞기나 하냐? 야! 백민수. 너도 이제 김내성 좀 그만 따라다녀라. 앞으로 변호사가 될 놈이 김내성 코스프레나 하는 놈 뒤꽁무니는 왜 그렇게 쫓아다니는 거야. 그렇게 시간이 남아돌면 도서관에 가서 법률 서적이나 더 뒤적이란 말이야."

백민수는 주먹을 꽉 쥐었지만, 김내성은 오상진의 비아냥거림에 아랑곳하지 않고 이야기를 이어 갔다.

"1번 봉투에는 정진영 남매에게 제대로 복수하는 방법, 즉 법정 최고형을 받게 할 방안이 들어 있어. 민수가 추천

한 변호사가 검토한 거야. 2번 봉투에는 형이 그간 고생한 것에 대해 충분한 보상이 되고도 남을 만한 큰돈을 벌 수 있는 계획이 들어 있어."

"큰돈?"

오상진의 시선이 2번 봉투에 고정됐다.

"그래. 돈!"

김내성이 대답했다.

"조건은 뭐지? 공짜는 아닐 거 같은데."

"방금 말한 거와 같이 1번 봉투는 복수, 2번 봉투는 돈이야. 1번 봉투를 골랐을 때는 아무 조건도 없어. 그냥 봉투를 열어 그 내용대로만 하면 둘은 사형까지는 몰라도 무기징역은 받을 수 있을 거야. 하지만 2번 봉투를 골랐을 때는 조건이 있어. 조건이라고 해 봤자 대단한 건 아니야. 서류 몇 장에 형이 직접 서명만 하면 되는 거지."

"무슨 서류?"

"법원에 제출할 정진영 남매 석방에 대한 탄원서와 합의서."

"크크크. 한통속끼리 참 열심히 하는구먼. 그럼, 내가 서명만 하면 큰돈을 벌 수 있는 건가?"

"약속하지. 2번 봉투 안에는 형이 큰돈을 쓸어 모을 구체적인 계획이 일목요연하게 정리되어 있어."

"탄원서와 합의서랑 그 2번 봉투랑 바꾸자는 이야긴데. 내가 큰돈을 벌 수 있다는 건 누가, 어떻게, 보장하지?"

"서류에 구체적인 방안이 적혀 있지만, 혹시 모르니 나와 민수가 지급 보증을 하지. 차용증을 가져왔어. 우리가 형에게 돈을 빌리는 것으로 차용증을 하나 써 줄게. 우리 가족들 연대보증까지 해서 말이야. 만약 형이 원한다면 공증을 해 줄 수도 있어. 나중에 형에게 차용증에 기재된 금액만큼 돈이 들어오지 않으면 그 차액은 그 차용증을 이용해서 우리에게 받으면 돼."

백민수가 가방에서 인감증명서가 첨부된 차용증을 꺼내 오상진에게 건넸다. 오상진은 차용증을 보더니 자신의 민머리를 손바닥으로 쓰다듬었다.

"5억? 이게 큰돈인가. 난 아주 적다는 느낌이 드는데."

"그럴 줄 알고 현금으로 더 가져왔어."

"현금?"

백민수가 가방에서 돈 꾸러미를 꺼내 오상진 쪽으로 밀었다.

"5천만 원. 이건 정진영 남매 통장을 탈탈 털어 만든 돈이야. 그들의 전 재산이라고 보면 돼. 자신들의 죄를 뉘우치는 의미에서 유가족인 형에게 주는 위로금이지."

"이것 또한 살인 사건 유가족에게 주는 위로금치고는 아주 적은 금액인데."

오상진이 코털을 뽑아 훅, 하는 소리를 내면서 입으로 불어 김내성에게 날렸다.

"둘 다 그렇게 좋은 직장에 다니는 것도 아니고 지금은 계약직이라 월급이 변변치 않은 것 같아. 모은 돈이 별로 없더라고. 형이 이해해 줘."

"날 부처나 예수로 착각하는 것 같은데. 내가 지금 범죄자의 처지를 이해해 줘야 하나? 억울하게 옥살이를 한 사람인데 말이야! 이따위로는 절대 안 되지!"

김내성이 눈썹에 힘을 주며 뺨을 손으로 문지르더니 뭔가 단단히 결심한 표정으로 자신의 가방을 뒤적였다. 김내성이 가방에서 꺼낸 것은 누렇게 색이 바랜 책이었다.

"나의 모든 것을 형에게 주는 거나 마찬가지야."

책 표지에는 한자로 된 제목 아래 망토를 입은 검은 그림자를 쫓는 중절모에 양복을 입은 남자가 인쇄되어 있었다. 방금까지 비열한 표정을 짓고 있던 오상진의 얼굴이 어느새 환희에 찬 표정으로 바뀌었다. 김내성이 들고 있는 책에 얼굴을 들이밀며 책을 잡으려고 헛손질까지 했다.

"이건…… 마…… 마인!"

김내성은 비장한 표정으로 고개를 끄덕였다.

"컬렉터인 형이 더 잘 알겠지만, 이 책은 1948년에 해왕사에서 찍은 '마인' 복간판이 아니야. 내가 가지고 있는 책은 1939년에 조광사에서 나온 '마인' 초판본이지."

김내성은 책 표지를 펼쳐 맨 앞장을 보여 줬다. 믿을 수 없는 서명이 오상진을 압도했다!

오상진은 입을 크게 벌린 채 신음 같은 괴상한 소리를 냈다.

> 탐정작가여, 어서어서 나오라!
> 그리하여 우리 조선문단으로써 하나의 훌륭한 탐정문단을 가지도록 하라!
>
> 雅人 識

"앗!"

오상진이 용수철처럼 몸을 튕겨 일어났다.

"아인! 김! 내! 성!"

"우리나라 최고의 추리문학 컬렉터가 되기 위해서 반드시 소장하고 있어야 할 책이지. 아시다시피 현재까지 조광사에서 나온 초판본을 가지고 있다거나 봤다고 하는 컬렉터나 서지학자는 없어. 제시한 돈이 적다면 이것도 형에게 줄게."

"나에게 준다고? 정말이지?"

김내성이 오상진에게 책을 건넸다.

"내가 이걸 갖게 될 줄이야."

오상진은 건네받은 책의 표지를 펼쳐 아인 김내성의 서명을 하염없이 바라봤다. 그의 눈에서는 금방이라도 왈칵 눈물이 쏟아질 것 같았다.

"어떻게 이런 책을 가지고 있는 거지?"

"내가 김내성이란 이름을 얻게 된 이유이기도 해. 자초지종을 말하자면 길어. 이제 형 소유니 형 마음대로 해. 그리고 이거."

김내성이 서명란이 공란으로 된 탄원서와 합의서를 내밀었다. 오상진은 서류를 잠시 살피는 것 같더니 바로 서명을 하고 김내성에게 건넸다.

"5억 5천만 원과 이 '마인' 초판본이 내 것이란 말이지! 좋아. 조금 적은 금액이기는 하지만 마음 넓은 내가 '마인'을 건넨 네 정성을 생각해서 이번 한 번은 선처해 주도록 하지."

오상진이 웃음을 흘리며 말했다.

"그럼 2번 봉투를 선택한 거다."

오상진이 고개를 끄덕이자 백민수가 1번 봉투를 얼른 가방에 넣었다.

"형, 말 안 해도 알아서 잘할 테지만 '마인'을 잘 부탁해."

"그럼, 걱정하지 마라. 이 보물 같은 물건을 내가 허투루 할 거 같아?"

"형이 서명한 탄원서와 합의서는 민수를 통해 법원에 제출할게. 형이 선택한 그 봉투도 열어서 읽어 보고. 반드시 형에게 큰돈이 생길 거야."

정진영 남매는 비행기에 오르지 않았다. 김내성의 마지막 말이 그들의 양심을 움직였을까. 그들은 비행기 대신 택시를 타고 경찰서로 향했다. 자수를 선택했다. 김내성에게 말했던 것과 똑같은 내용을 임명준 형사에게 자백했고, 남매는 구속됐다.

진범임을 확인한 검찰은 남매를 법원에 기소하였고, 법원은 오상진에게 무죄를 선고했다. 집으로 돌아온 오상진은 김내성으로부터 사건에 대한 자초지종을 들었다. 내용을 들은 오상진은 두 남매를 사형에 처해야 한다며 미친 듯이 날뛰었다.

 석방된 지 며칠 후, 오상진을 찾은 김내성과 백민수는 왜 가상의 인물인 노숙자 친구를 내세워 독자들에게 소설 집필 동기를 거짓으로 말했느냐고 따져 물었다. 그들의 물음에 오상진은 그럴싸해 보이기 위해서 양념을 쳤다는 값싼 대답을 내뱉었다.

 살해 동기를 알고 있는 김내성과 백민수는 오상진에게 소설에 과거 실제 사건을 왜곡한 내용이 포함되어 있었고, 그 내용이 옛날 피해자 가족이었던 정진영 남매를 자극한 측면이 있다고 조심스럽게 말했다. 남매가 해외로 도피할 기회가 있었는데도 스스로 뉘우치고 자수를 한 덕분에 사건의 전모가 드러나게 되었으니 법원에 두 남매의 선처를 호소하는 탄원서와 합의서를 제출하면 어떻겠냐는 말도 덧붙였다. 하지만 오상진은 김내성과 백민수에게 정진영 남매와 한 패거리라고 화를 내며 오히려 재판부에 엄벌을 촉구하는 탄원서를 제출하겠다고 엄포를 놓았다.

 억울한 누명을 쓰고 몇 달간 수형 생활을 한 탓에 신경이 극도로 예민해져 있는 그에게는 어떤 자비나 용서도 허락되지 않아 보였다. 남매에 대한 분노가 너무 커서 김내성과 백민수가 누명을 벗는 데 결정적 역할을 했다는 사실도 잊은 듯했다. 김내성과 백민수는 오상진이 자신들을 남매의 사주를 받은 모리배라고 몰아붙이는 걸 보고 더는 선처에 관한 이야기를 할 수 없었다.

김내성은 정진영을 돕고 싶었다. 정진영이 구속된 날부터 가슴속에 정체를 알 수 없는 덩어리가 뭉클거리며 돌아다녔다. 검찰은 남매를 살인죄의 공동정범으로 기소했다. 1심에서는 공소사실을 모두 인정하여 정진영이 징역 10년, 정진호가 15년을 선고받았다. 곧 항소심이 진행될 예정이었다. 시간이 얼마 남지 않았다. 남매의 변호인은 항소심에서 감형될 가망이 없다고 확신했다. 여느 살인사건보다 죄질이 좋지 않고, 피해자 유가족인 오상진으로부터 용서를 받았다고 볼 만한 어떤 문건도 재판부에 제출하지 못했기 때문이다.

정진영을 돕기 위해서는 서둘러 오상진에게 피고인들을 용서한다는 적극적 행동을 끌어내야 했다.

진심이 아닌 가식이라도 좋다. 김내성이 내린 결론이었다. 백민수와 머리를 맞대고 법정 안팎에서 남매를 구명할 방법을 강구했다. 우선 오상진이 좋아할 만한 미끼를 끼워 오상진의 행동을 이끌어 내기로 했다. 미끼는 돈과

'마인'이었다. 그들의 구명운동 최선봉에 오상진이 나설 것이다. 구역질이 나는 아이디어였지만, 판사와 여론을 움직일 수 있는 최적의 계획도 마련해 2번 봉투 안에 넣어 두었다.

마침내 오상진은 미끼와 함께 2번 봉투를 물었다. 사실 1번 봉투에는 아무것도 들어 있지 않았다. 김내성은 애당초 탐욕스러운 오상진이 당연히 2번 봉투를 선택하리라 예상했다. 그럼에도 봉투를 두 개 준비한 것에는 이유가 있었다. 봉투를 오상진의 자유의사로 고르게 함으로써 스스로 자신의 행동을 선택했다는 사실을 각인시키고, 의무감을 부여하기 위해서였다. 나중에 마음이 바뀌면, 속아서 탄원서와 합의서를 냈다며 법원을 찾아가 담당 판사와 면담을 하겠다고 난동을 부릴 위인이기 때문이다.

2번 봉투에 들어 있는 서류에는 오상진이 이번 사건을 이용해서 최대한 돈을 긁어모을 수 있는 계획이 적혀 있었다.

먼저 오상진이 스스로 기자회견을 자청해 모든 일은 자신 때문에 일어난 일이라고 말하며 사건의 내막에 대해 밝힌다. 자신과 아버지의 과거를 바탕으로 형사사건 가해자 가족의 소외를 다룬 소설을 출간하게 됐는데 생각지도 못한 결과를 불러일으켜 참담한 심정이라고 토로한다. 여기서 주의할 것은 피해자 가족의 고통과 슬픔을 가해자 것으로 왜곡해서 치환했다는 사실은 밝히지 않는다. 물론 이 부분이 이 사건을 촉발한 핵심 부분이지만, 이 부분도 솔직하게 밝히라고 하면 오상진은 절대 이 계획에 동의하지 않을 것이므로 그 부분은 묻어 두기로 했다.

다음으로 오상진은 자신의 아픔만을 생각하고, 피해자 가족의 입장은 생각하지 않은 채 경솔하게 글을 쓴 점에 대해 피해자 가족(지금의 가해자인 정진영 남매)에게 사과하며 이번 사건이 일어나게 된 데에 자신도 책임을 통감한다고 말한다. 여기에 덧붙여 한순간의 실수로 잘못된 판단을 한 남매에게 법원이 최대한 선처해 달라고 요청한다.

마지막으로 비명에 간 아버지를 잠시 그리며, 2대에 걸쳐 일어난 악연이 자신의 대에서 끝났으면 좋겠다는 바람이라고 말하며 눈물을 펑펑 쏟는다.

계획은 오상진을 비극적 사건에 대해 참회하고 용서하는 통 큰 대인 면모의 추리소설가로 만드는 콘셉트이다!

봉투를 열어 본 오상진으로부터 전화가 왔다. 오상진과 통화를 한 김내성의 얼굴에 미소가 그려졌다. 역시 오상진은 돈 냄새를 기가 막히게 잘 맡았다.

"진짜 돈 좀 되겠는데, 스토리 라인이 꽉 잡힌 시나리오야. 어쩌면 영화사에서 접촉해 올지도 모르겠다. 인생은 정말 한 방이야. 아버지의 참담한 죽음이 이런 기회를 선사할지 예상도 못 했는데 말이야. 덕분에 죄질이 아주 더러운 정 씨네 남매도 선처 좀 받을 거고. 누이 좋고 매부 좋고, 라는 말이 이럴 때 딱 어울리는 거지."

오상진은 수화기 저편에서 웃으며 말했다. 그의 머릿속에는 죽은 아버지의 그림자도 남아있지 않은 것 같았다.

얼마 후, 계획대로 기자회견을 자청한 오상진은 김내성과 백민수에게 기자회견 내내 옆에 앉아 참담한 표정을 짓고 있으라고 명령 같은 부탁을 했다.

기자회견은 리허설이라도 한 것처럼 자연스럽게 진행됐고, 끝날 무렵에는 기자 몇 명이 오상진에게 힘내라며 손뼉을 치기도 했다. 그는 흐뭇한 미소를 억지로 참으며 퇴장했다. 김내성과 백민수는 기자회견과 같은 내용의 탄원서를 오상진의 서명을 받아 법원에 다시 제출했다.

기자회견이 예상했던 것보다 더 큰 효과를 발휘했다. 기자들은 앞다투어 대를 이은 악연을 기사화했다. 기자회견 후 인터넷에는 '복수극', '대인배', '오상진'이라는 키워드가 실시간 검색어 1, 2, 3위에 연이어 오르기까지 했다.

이후 오상진의 책은 초판 물량이 삽시간에 동났고, 증쇄를 거듭하면서 베스트셀러 목록에 당당히 이름을 올렸다. 얼마 되지 않아 대도시 대형 서점마다 그의 이름이 적힌 팬 사인회 현수막이 걸렸다. 출판사들은 쓰지도 않은 그의 글을 선점하고 싶어 경쟁하듯이 고액의 선인세를 제시했다. 요구 조건도 없었다. 단지 이번 복수극을 소재로 한 픽션이나 논픽션을 한 편을 집필해 달라는 게 전부였다. 영화사, 방송국으로부터도 이번 사건을 영상화하겠다는 제안이 쇄도했다. 판권 금액도 업계 역대 최고 대우였다.

이런 추세라면 오상진의 통장에 김내성이 보장한 금액이 찍히는 건 시간문제였다. 통장에 돈이 쌓이기 시작하자 오상진은 정말 대인배처럼 행동하기 시작했다. 욱하는 성격을 가지고 있는 사람들의 전형적인 특징이었다. 그런 사람들은 자신의 기분이 좋을 때는 마냥 성격 좋은 동네 아저씨처럼 인심을 쓴다.

욱하는 성격의 전형인 오상진도 예외는 아니었다. 처음에는 김내성이 제시한 조건 때문에 마지못해 정진영 남매를 용서하는 듯 행동했지만, 돈이 쌓이고 인기가 치솟자 그들에 대한 분노와 적개심이 빠르게 희석되었다.

억대의 영화 판권을 계약한 날이었다. 오상진은 김내성과 백민수를 비롯해 여러 사람을 불러 모았다. 장소는 강남의 룸살롱이었다. 온화한 표정의 그는 차분한 어투로 덕분에 누명을 벗고, 큰돈을 만지게 되었다며 고맙다는 말을 했다. 연기하는 것 같지는 않았다. 정말 다른 사람이 된 듯했다.

"제 석방을 위해 고군분투해 준 여러분께 조금이나마 감사의 마음을 전하고자 이 자리를 마련했습니다."

오상진이 옆에 앉은 여자 종업원의 허벅지를 어루만지며 말했다.

"새옹지마라고 요즘에 오 작가님에게 좋은 일만 생기는 것 같아 나도 아주 즐거워."

이경태가 웃으며 말했다.

"이 팀장님께서 제가 구치소에 있을 때 내성이와 민수가 저를 수사했던 담당 형사를 만날 수 있게 주선해 주셨다는 이야기를 들었어요. 그 일이 계기가 되어 제가 억울한 누명을 벗을 수 있게 되었다는 생각이 듭니다. 고맙습니다. 이 은혜는 꼭 갚겠습니다."

오상진이 일어서서 이경태의 잔에 양주를 가득 따라 주었다.

"아마 담당 형사도 그런 음모가 숨어 있는 줄은 꿈에도 몰랐을 거야. 범인들은 경찰의 수사 기법인 CCTV 분석과 디지털 포렌식을 역이용하는 대범함을 보여 주었지. 허를 찌른 거야."

이경태가 받은 양주를 한입에 털어 넣고 말했다.

"벌써 20만입니다."

앉아 있는 사람들 시선이 편집장 김상태의 입에 쏠렸다.

"오 작가님의 책이 찍기가 무섭게 팔려 나가고 있어요. 이 추세라면 50만 권까지는 무난하지 않을까 생각해요."

"그러면 어림잡아 인세가 5억!"

김상태의 말에 오상진의 바로 옆에 앉아 있던 빼빼 마른 이범수가 놀란 표정으로 말했다.

"이 정도 가지고 남자가 뭘 그렇게 소스라치게 놀라시나."

오상진이 빙글거리는 얼굴로 옆에 앉은 이범수의 어깨를 두드렸다.

"아! 여기 범수 잘 아시죠? 앞으로 저의 작품 활동을 도와주기로 자청했습니다. 앞으로 자료 조사나 교정 작업을 맡길 생각이죠. 요즘 일이 물밀듯 들어오는 바람에 정신이 없습니다. 그래서 추리작가가 되기 위해 의욕적으로 잘 다니던 학교까지 때려치운 범수의 도움을 받아 더 많은 작품을 쓸 계획입니다. 일생에 이런 기회가 자주 오는 게 아니니까요. 범수야! 정식으로 인사드려라."

뜻하지 않은 소개를 받은 이범수가 쭈뼛거리며 자리에서 일어났다.

"앞으로 오 작가님을 도와 열심히 일하겠습니다. 잘 부탁드려요."

이범수가 연신 고개를 꾸벅였다.

"나를 열심히 돕다 보면 너도 어느 순간 훌륭한 작가가 되어 있을 거다. 나만 믿어라. 너도 베스트셀러 작가로 키워 줄 테니."

오상진이 흡족한 표정으로 고개를 끄덕였다.

"이건 아무에게도 말하지 않은 건데요. 작품 활동 이외에도 한국추리소설과 관련해서 계획을 세워 둔 게 있습니다. 여기 계시는 분들에게만 말씀드리는 거죠."

"무슨 계획이죠?"

비밀스럽게 말하는 오상진의 말에 김상태가 궁금하다는 얼굴로 되물었다.

"여기 있는 내성이가 건넨 계획을 따랐더니 정말 생각지도 못한 돈이 많이 굴러 들어왔죠. 솔직히 처음에는 반신

반의하며 제안을 받아들인 건데 결과가 아주 좋았다고 할까요. 순식간에 많은 돈이 모이니 이 돈을 어떻게 써야 할까 하는 생각이 들더군요. 고민에 고민을 거듭하다 보니 제 머릿속에 번뜩 아이디어가 스치고 지나갔습니다. 아주 뜻깊은 일이 될 것 같습니다."

오상진은 반응을 살피는 것처럼 자리에 앉은 사람들을 한 번 쭉 훑어보더니 별다른 반응이 없자 약간 실망한 표정으로 말을 이었다.

"들으시면 놀랄 겁니다. 여러분께 처음 말씀드리게 되어 영광이네요. 제 수중에 우리나라 추리문학의 기념비적인 작품인 '마인'이 있습니다. 무려, 1939년에 출간된 초판본입니다. 추리 마니아 누구도 가지고 있지 못한 유일무이의 희귀본이죠."

"어? 1939년 출간된 '마인' 초판본은 지금껏 학계나 수집가 사이에 보고된 적이 없는데요."

김상태가 의아한 표정으로 오상진을 바라봤다.

"그렇죠. 여태 남아 있는 게 없다고 생각하고 있었을 겁니다. 그런데 그걸 제가 가지고 있었습니다. 게다가 그 책에는 아인 김내성 선생의 친필 서명까지 있습니다."

"정말입니까? 도대체 그걸 어디서 입수했죠? 제가 좀

볼 수 있을까요?"

김상태가 말했다.

"입수 경위는 비밀입니다."

오상진이 김내성에게 윙크했다.

"그리고 책은 제가 한국추리문학기념관을 개관하면 그때 대중에게 공개할 겁니다. 개관식 때 성대한 이벤트와 함께 말이죠. 그때까지 좀 기다려 주시죠. 하하하."

"한국추리문학기념관을 개관한다고?"

백민수가 오상진에게 물었다.

"그렇지! 내 계획은 부산에 있는 김성종 선생님의 추리문학관에 필적할 만한 한국추리문학기념관을 서울에 세우겠다는 거야. '마인' 초판본이 있으니 그것을 콘셉트로 아인 김내성 선생의 상설 전시관도 기념관 안에 설치할 거야. 지금 뭉텅이로 굴러 들어오는 돈을 봐서 충분히 가능한 계획이지. 어때, 놀랐지?"

백민수는 입을 조금 벌린 채 아무 말 없이 오상진을 바라봤다. 계획에 놀랐다기보다는 정말 어디로 튈지 모르는 사람이란 생각에 대꾸할 말이 떠오르지 않았기 때문이었다.

"대략의 밑그림을 그려 놨어. 지금은 한국추리문학기념

관이 입주할 적당한 건물을 부동산을 통해 알아보고 있는 단계야. 자! 한잔씩 마시자고."

오상진은 자신의 계획을 말하고 스스로 흥이 올라 사람들에게 술을 권했다.

오상진이 말하는 내내 옆에서 고개를 끄덕이고 있던 이경태가 무슨 말을 하고 싶은지 입술을 씰룩거렸다.

"오 작가, 정말 좋은 계획이야. 그런데 지금 한국추리문학기념관 입주와 관련해서 알아보고 있는 지역이 어디지?"

"그건 부동산에 일임해 놓아서 잘 모르겠습니다. 조만간 적당한 가격의 건물을 몇 개 추천해 주기로 했지요. 그런데 어느 지역인가가 중요한가요?"

"다름이 아니고, 얼마 전에 업무로 성북구청에 갔었는데, 요즘 구청에서 아인 김내성의 이름을 딴 도로명을 부여할 예정이라고 하더군. 아인 선생이 살던 곳이 돈암동이라서 그런가 봐. 그래서 이건 내 의견인데 아인 김내성 선생의 '마인' 초판본을 가지고 있고, 그를 위한 상설전시관도 생각하고 있다니 이왕이면 아인 선생이 살던 곳인 돈암동 쪽에 건물을 알아보면 어떨까? 김내성을 기리는 도로명과 한국추리문학기념관이 함께 존재한다면 일반인들이 더 쉽게 찾아올 수도 있고 말이야. 내가 그쪽에 잘 아는 부동산이 있으니 오 작가에게 소개해 줄게."

"네? 도로명이 부여된다고요?"

김내성이 놀란 눈으로 이경태를 바라봤다.

"명예도로명이라고 하더군. 구청 부동산정보과 담당
자의 말이니 정확할 거야. 내부적으로는 이미 '아인 김
내성길'이라는 명칭까지 정해졌다고 했어. 얼마 후 구청
도로명주소위원회에 상정한 다음 의결만 하면 아인 김
내성의 옛 집터 부근에 정식으로 도로명 표지판이 붙는
다던데.

인접한 자치구인 도봉구에도 초대 대법원장인 가인 김
병로 선생을 기리는 의미의 '가인 김병로길'이라는 도로명
이 이미 생겼어. 그 사례를 성북구에서 벤치마킹한 것 같
더군. 요즘 자치구별로 역사적 인물들과 관련 유적을 문
화 콘텐츠로 활용하려는 움직임이 활발한데 그 일환인 것
같아. 도봉구에는 이미 시인 김수영 문학관도 건립되었고
말이야. 문학가들을 기리는 박물관은 일반 시민들에게도
의미 있는 일이라고 봐.

요즘 추세가 그러니 오 작가가 한국추리문학을 위한 기
념관을 건립한다면 상당히 뜻깊은 일이 될 거야. 아마 시
나 구청에서 문화 사업으로 예산 지원도 받을 수 있을 거

고. 남자가 칼을 뽑았으면 멋지게 휘둘러야지. 내가 적극적으로 도울 테니 우리 같이해 보자고."

"좋아요! 아주 좋습니다. 그럼 돈암동 아인 김내성 선생의 옛 집터를 찾아야겠군요. 그러고는 옛 집터에 있는 건물을 매입해서 한국추리문학기념관으로 꾸미면 엄청난 시너지가 발생할 것 같네요. 이 팀장님! 좋은 정보 아주 고맙습니다. 바로 부동산에 연락해서 돈암동에 아인 김내성 옛 집터에 있는 건물을 찾아 달라고 해 주세요. 이 일이 잘 풀려서 기념관이 들어서면 이 팀장님께서 기념관 사무국장님을 맡으시면 더 좋겠네요. 정년 없이 종신직으로 말입니다. 으하하하."

오상진이 큰 소리로 웃어젖혔다.

만족스럽게 웃고 있는 오상진 옆에서 김상태는 불편한 표정으로 테이블을 손톱으로 톡톡 두드렸다. 테이블을 두드리는 소리가 거슬렸는지 오상진이 김상태를 쳐다봤다.

"편집장님은 제 계획이 못마땅하신가요? 표정이 좋지 않네요."

"아니……. 그게……."

"제 눈치 보지 마시고 솔직하게 말씀해도 돼요."

말을 우물거리는 김상태에게 오상진이 말했다.

"갑자기 돈이 좀 생겼다고 즉흥적으로 무슨 일이 추진한 다는 게 별로 개운치 않네요."

"아무리 즉흥적이라 하더라도 매우 의미 있는 일인데 뭐가 개운치 않아요. 하여간 편집장님은 너무 소심하다 니까."

"모르시는 말씀이에요. 제가 책이 잘 나가서 돈 좀 만진 작가들을 아는데요. 워낙 글 쓰는 사람들이 돈 관리는 젬 병이라 금방 사기를 당하거나 투자를 잘못해서 모은 돈을 다 날리는 걸 여러 번 봤어요. 오 작가님도 그 전철을 밟 지 않도록 좀 더 신중하게 행동했으면 좋겠네요. 이건 제 진심에서 우러나온 충고입니다."

"편집장님 말씀엔 저도 동의해요. 오 작가님이 글 쓰는 거 이외에는 저처럼 사회 경험이 없는데, 모르는 분야의 일에 막 뛰어드는 건 아니라고 봐요."

가만히 이야기를 듣고 있던 이범수가 말했다.

"아이고, 우리 편집장님은 못 말린다니까. 책 편집만 꼼 꼼하게 하는 게 아니라 인생 편집도 꼼꼼하시네. 충고는 고맙게 받아들이겠습니다. 그런데 오늘은 그런 걱정 말고 술이나 진탕 마시자고요. 모든 일은 다 잘될 겁니다. 항상 긍정적인 마인드로 살아야 결과도 긍정적으로 나오는 겁니다."

오상진이 자신만만한 얼굴로 말했다.

"그래, 이런 호기를 놓치면 나중에 크게 후회할 거야. 물 들어왔을 때 노 젓는 거라고. 자! 오 작가 말대로 쓸데없는 근심은 버리고 한잔하자고."

이경태가 말을 마치고 김상태에게 다가가 어깨동무를 하며 같이 술을 들이켰다.

이후로도 한참 동안 자신의 집필 계획과 기념관 건립에 대해 떠들어 대던 오상진이 김내성에게 다가왔다. 김내성 옆자리에 앉은 오상진이 넌지시 정진영의 이야기를 꺼냈다.

"정진영, 걔 말이야. 이런 악연만 아니었다면 한 번쯤 사귀어 볼 만한 여자였는데. 정말 안타깝다."

"그러게 말이야……."

김내성은 술 취한 오상진이 무슨 이야기를 꺼낼지 눈치를 살피며 적당히 맞장구를 쳐줬다.

"지금 그 남매 재판은 어디까지 진행됐지?"

"다음 공판기일에 변론 종결한대."

"흠, 형량이 어느 정도 될 거 같아?"

"글쎄, 내가 법률 전문가가 아니니깐 정확히 알 수 없지. 하지만 형이 아무리 합의서와 탄원서를 제출했다고 하더라도 중형은 면치 못하지 않을까. 그 남매는 살인을 저지른 거니까 말이야."

"그래, 네 말대로 중형이 선고되겠지."

"형, 내가 형을 위해 하나 더 해 줄 게 있을 거 같아."

"그 남매를 위해서 나에게 뭘 더 해 준다는 거냐? 마인 초판본처럼 말이야."

"아니, 그런 건 아니야. 형이 번 돈으로 아인 선생의 옛 집터에다 한국추리문학기념관을 만들겠다고 하니 내가 도움을 줄 수 있을 거 같아서."

"어떤 식으로 도움을 준다는 거지?"

김내성과 오상진이 기념관 이야기를 나누자 사람들의 시선이 자연스럽게 그들에게 모였다.

"아인 김내성 선생이 살던 옛 집터에 건물이 하나 있는데, 그걸 나를 비롯한 우리 형제가 소유하고 있어. 형이 필요하다면 사용할 수 있도록 해 줄게."

"뭐?! 너, 지금 아인 선생의 옛 집터에 건물을 가지고 있다는 말을 하는 거야?"

김내성이 말없이 고개를 끄덕였다.

"이거 정말 믿기지 않는걸, 네가 어떻게 그걸 가지고 있는 거야?"

"사연이 있어."

"그래, 어떤 사연이든 그게 무슨 상관이냐. 정말 그 건물을 기념관으로 쓸 수 있게 임대하는 거지? 정말 약속할 수 있지?"

"형을 위한 일뿐만 아니라 우리나라 추리문학을 위한 일이기도 하니깐 반드시 약속 지킬게."

"초판본 '마인'에다가 아인 선생의 옛 집터 건물까지! 오 작가를 위해 모두 모습을 드러내는 것 같군. 오 작가, 대박이야! 이젠 한국추리문학기념관장으로 불러야겠어."

이경태가 목소리 높여 말했다.

"뭐죠? 믿을 수 없는 일이군요. 전혀 현실감이 없어요."

김상태가 고개를 절레절레 흔들며 말했다.

"이야, 역시 되는 사람은 뭘 해도 되나 봐요. 정말 부러워요."

이범수가 말했다.

김내성의 선언으로 분위기가 뜨거워졌고, 술잔이 계속 오갔다.

"내성아! 모든 건 이미 지난 일이야. 죄는 미워해도 사람은 미워하지 말아야 하지 않을까. 나도 이제 한국추리

문학을 발전을 위해 봉사할 사람인데, 이제 지난 과거를
다 털어 버리고 싶다."

술자리가 끝나갈 무렵 오상진이 의미심장한 표정으로
김내성을 바라보며 말했다.

"민수야, 내가 예전에 법정 스릴러 소설을 쓰면서 조사
를 하다가 알게 된 건데. 형사소송 절차에 피해자 진술권
이라는 게 있지? 그거 피해자 유가족도 할 수 있는 거 아
닌가? 넌 로스쿨에 다니고 있으니 잘 알 거 아니야."

오상진이 앞에 앉은 백민수에게 물었다.

"맞아. 그런 절차가 있긴 해. 근데, 왜?"

백민수가 고개를 갸웃했다.

"나 지금 결심했다. 다음 재판 때 내가 직접 법정에 나
가서 판사들한테 정진영 남매의 선처를 부탁할 거야. 피
해자 유가족이 피고인의 선처를 절실하게 부탁하는데 들
어주지 않을 판사는 없겠지?"

김내성과 백민수는 짧은 순간 서로 눈빛을 교환했다.

"그래? 잘 생각했어!"

김내성이 자리에서 벌떡 일어나며 오상진을 껴안았다.

8

"상진이 형 심리는 도무지 알 수가 없어. 얼마 전까지만
해도 남매를 엄벌에 처해야 한다며 길길이 날뛰던 사람이
하루아침에 박애주의자가 되어 법정에서 직접 판사에게
남매의 선처를 부탁한다는 걸 형은 이해할 수 있어?"

"비정상적인 사람의 말과 행동을 정상적인 사람이 이해
하기는 어려운 일이지. 이해하려고 노력하지 마. 머리만
아플 뿐이야. 그냥 결과만 좋으면 되잖아. 그래도 얼마나
다행이야. 직접 선처를 호소해 준다니 진영 씨에게는 정
말 큰 도움이 될 거야."

"그렇지. 이미 합의서와 탄원서는 들어가 있으니 양형
에 반영될 거고. 거기에 직접 피해자 유가족이 선처를 호
소한다면 더 큰 파급력이 있을 거야. 잘하면 진영 씨 정도
는 집행유예로 석방될 수 있지 않을까 싶어. 담당 변호사
도 그렇게 생각하는 거 같더라고."

"잘돼야 할 텐데……."

내일이 재판 날이다. 오상진이 직접 법정에 나와 선처
를 호소한다니 마음이 놓이는 건 사실이지만, 판결 선고
가 어떻게 될지는 장담할 수 없다.

마음이 심란해진 김내성은 의자에 걸터앉으며 한숨을 내쉬었다.

　"형, 너무 초조해하는 거 아니야? 너무 걱정하지 마. 살인 사건 피해자 유가족이 법정에 나와 피고인의 선처를 호소하는 건 아주 이례적인 일이니 재판부에서도 충분히 참작할 거야. 저번 상진이 형 기자회견 때 생각 안 나? 기자들이 상진이 형 말 한마디, 한마디에 완전히 몰입했잖아. 상진이 형은 쇼맨십이 대단하니까 내일도 잘할 거야. 소주 한 잔 마시고 푹 주무셔."

　식탁에는 배달시킨 치킨과 탕수육이 소주와 함께 차려 있었다. 내일 재판 걱정으로 도무지 잠을 잘 수 없어 밤늦게 백민수를 자신의 오피스텔로 불러들인 김내성이 준비한 것이었다. 김내성은 앞에 앉은 백민수의 잔에 소주를 따랐다.

　"형의 이런 모습을 보니 형이 진영 씨를 많이 사랑하고 있다는 걸 새삼 확인하게 되네."

　백민수가 웃으며 말했다. 김내성은 얼굴이 달아오르는 걸 느꼈다.

　"아이고, 얼굴까지 빨개지시네."

　백민수가 김내성의 잔에 술을 채우며 말했다.

"형은 참 대단한 거 같아. 상진이 형 마음을 돌리기 위해 '마인' 초판본까지도 내놓다니 말이야. 진정 진영 씨를 사랑하지 않는다면 할 수 없는 일이지."

"그만 놀려라."

얼굴이 발개진 김내성이 채근하듯 말했다.

"하하. 알았어. 형이 너무 긴장하는 거 같아서 말한 거야. 아!"

백민수가 갑자기 뭔가 생각난 듯 소리를 높였다.

"그거 말이야."

"뭐?"

"마인!"

"마인?"

"응. '마인' 초판본을 어떻게 형이 가지고 있었던 거야? 아인 선생의 친필 서명도 있다면서. 여태 물어본다고 생각만 하고 진영 씨 일 때문에 경황이 없어 묻지를 못했네."

"아버지에게 물려받은 거야."

"아버지가 책도 수집하셨나 보지? 구하기 어려웠을 텐데. 옛날 추리소설을 몇 십 년씩 보관하고 있다는 게 쉬운 일은 아니잖아. 아버지께서는 그걸 어떻게 입수하신 거야?"

"흠, 그게 말하자면 좀 긴데."

김내성이 머리를 손가락으로 긁적이며 말했다.

"그래, 말보다는 이걸 읽어 보면 되겠다."

김내성이 금고 안에서 누렇게 바랜 원고지 한 꾸러미를
꺼내 뒤적이더니 검은색 철끈으로 묶인 원고 하나를 백민
수에게 건넸다.

"아버지의 수기야."

원고를 건네받은 백민수는 제목을 보고 눈을 동그랗게
떴다.

마 인

김순식

1953년 가을의 일이었다. 그해 여름에 휴전협정이 조인되고,
사람들이 전쟁으로 폐허가 된 수도 서울 복구에 힘쓸 때였다. 수
원으로 피난 갔다 돈암동 집으로 돌아온 나는 아버지와 함께 무너
진 담과 지붕을 복구하느라 매일 구슬땀을 흘렸다. 어느 정도 집
이 복구되었을 때, 아버지께서 돈이 생길 때마다 장판 밑에 넣어

두는 걸 유심히 봐 둔 나는 아버지 몰래 장판 밑에서 돈을 꺼냈다. 전쟁 통에도 계속 읽어 오던 소설책을 사기 위해서였다.

나는 돈을 꺼낸 즉시 종로에 있는 서점까지 단숨에 걸어가 원하는 책을 손에 넣었다. 종로에서 돈암동까지는 거리가 꽤 됐지만, 책을 읽으며 길을 걸었기 때문에 전혀 힘들지 않았다.

어느새 미아리 고개가 눈에 들어왔다. 미아리 고개 초입에서 골목으로 들어가면 집이었다. 집으로 가기 위해 골목으로 꺾으려는 순간이었다. 한 중년 신사가 고개를 걸어 내려오고 있는 게 눈에 띄었다. 동그란 뿔테 안경을 쓰고, 포마드 기름으로 머리를 올백으로 넘긴 중년 신사는 중후한 맛이 풍기는 상당한 미남이었다.

중년 신사를 잠시 보고 있는 사이 그의 뒤에서 먼지 구름과 함께 군용 지프가 고개를 쏜살같이 타고 내려오는 게 눈에 들어왔다. 중년 신사는 고갯길 가장자리로 걷고 있었고, 지프는 길 정중앙으로 달리고 있었다.

그때였다. 갑자기 지프가 휘청거리며 중심을 잃더니 중년 신사 쪽으로 급하게 방향을 틀었다.

절체절명의 순간!

중년 신사는 뒤에서 일어나고 있는 일을 전혀 눈치채지 못했다.

몇 초 후면 사람이 죽는다!

나는 뛰었다. 위험한 사람을 구하기 위한 본능.

나는 중년 신사를 밀쳤고, 차는 가까스로 우리를 피해 갔다. 이윽고 차는 몇 걸음 앞에 있는 전신주를 들이박으며 멈춰 섰다. 지프 보닛에서는 검은 연기가 피어올랐다. 차에서 제복을 입은 미군 두 명이 내려 차 상태를 살피며 서로 이야기를 나눴다. 차를 보니 바퀴에 펑크가 나 있었다. 하지만 미군은 차에만 관심이 있는 듯, 방금 치일 뻔한 우리에게는 눈길 한 번 주지 않았다.

중년 신사가 옷에 먼지를 털며 일어나서 바닥에 떨어진 안경을 주워 썼다. 중년 신사는 박살 난 차와 바닥에 쓰러져 있는 나를 번갈아 쳐다보면서 자신이 방금 죽음의 손아귀에서 아슬아슬하게 빠져나온 것을 깨달았다.

중년 신사는 나를 일으켜 세워 꼭 안았다.

"오! 내 생명의 은인이여!"

중년 신사의 눈에는 금세 눈물이 고였다.

"이 은혜를 어찌 갚겠는가. 아……."

중년 신사는 한동안 말을 잇지 못하다가 나의 손을 꼭 잡았다.

"지금 일단 우리 집에 같이 가세. 집에 가서 놀란 마음을 진정시키고, 내가 자네에게 이 은혜를 어찌 갚을지 곰곰이 생각해 봐야겠네."

"아닙니다, 어르신. 제가 지금 빨리 집에 들어가 봐야 해서요. 아버지가 오시기 전에 말입니다."

아버지 몰래 산 책을 아버지가 귀가하시기 전에 다락방에 숨겨야 했기 때문에 중년 신사의 청을 거절할 수밖에 없었다. 나는 땅에 떨어진 책을 주웠다.

"이 책 네 것이니?"

중년 신사는 내 책을 물끄러미 바라보며 물었다.

"네, 그렇습니다. 종로 책방에서 사가지고 오는 길입니다."

"그 책 앞의 내용은 모두 읽은 거고?"

"그렇죠. 그러니까 이렇게 4권하고 5권을 샀죠."

"재밌던?"

"네. 엄청나게 재미있습니다. 감동도 있고요. 이 작가가 원래는 탐정소설을 쓰던 분인데 이런 소설도 재미있게 쓰네요."

"허허, 그 작가에 대해서 좀 아니?"

"어르신! 김내성 모르세요? 김내성이요. 이건 김내성의 '청춘극장'이고요."

나는 책을 들어 중년 신사의 얼굴에 들이밀었다.

"알지, 내가 그 양반을 모를 턱이 있나. 허허."

"그렇죠? 하하하. 어르신이 모르실 리 없죠. 저같이 어린 사람들도 아는데요."

"청춘극장 말고 다른 책도 읽어 본 적이 있니?"

"그럼요. 우리 집에 새 책은 아니지만 김내성 작가의 책이 세 권이나 있어요. 마인! 백가면! 태풍!"

"허허허."

중년 신사가 난데없이 호방하게 웃었다.

"넌 지금 몇 살이지?"

"열네 살입니다."

"네 집은 어디냐? 이 길로 다니는 걸 보니 이 근처인 것 같기는 한데."

나는 손가락으로 골목을 가리켰다.

"이 골목 중간쯤에 기와집 건물 보이세요? 감나무 가지가 담 너머로 넘어온 곳인데."

"그렇구나. 우리 집하고 불과 몇 집 건너구나. 우리 집은 저기다."

중년 신사의 집은 우리 집에서 몇 채 안 떨어진 가까운 곳이었다.

"안녕하세요. 동네 어르신이었군요. 처음 뵙겠습니다."

나는 엉겁결에 중년 신사에게 인사했다.

"허허, 나도 처음이구나. 전쟁 통에 다들 집을 떠나 있었으니 얼굴이 낯선 게 정상이지."

중년 신사는 안경을 고쳐 쓰며 말했다.

"네가 가지고 있다는 김내성 씨의 책을 좀 볼 수 있을까?"

"왜요?"

"나도 김내성 작가의 책을 몇 권 가지고 있는데, 네 것과 좀 비교해 보고 바꿀 만한 책이 있으면 서로 바꿔 보려고 그러지."

나는 중년 신사의 제의가 선뜻 내키지는 않았지만, 선한 표정의 중년 신사의 말에는 알 수 없는 마력이 있었다.

"네, 그럴게요. 내일 어르신 댁으로 가면 되는 거죠?"

나는 중년 신사와 같이 골목을 걸으며 말했다.

"그래, 내일은 종일 집에 있으마. 문은 열어 놓을 테니 언제든지 들어오너라."

다음 날 나는 '마인'을 비롯한 김내성의 책 세 권을 들고 중년 신사의 집을 찾았다.

나무 대문을 밀고 들어가니 왼쪽엔 기역자 반대로 꺾인 본채가 있었고, 본채 맞은편엔 장독대가 있었다. 중년 신사는 대청마루에 있는 피아노 앞 의자에 앉아 책을 읽다가 내가 들어오는 걸 보고 책을 덮었다.

"왔는가!"

중년 신사는 부드러운 미소로 나를 맞았다.

"들어가지. 바람이 차네."

중년 신사를 따라 방에 들어간 나는 입이 떡 벌어졌다.

"어! 이게 모두 어르신 책인가요?"

"그럼, 남의 책을 내가 모셔다 놨을까?"

방 두 면을 차지하고 있는 책장에는 책이 빼곡하게 들어차 있었다. 나는 책꽂이에 있는 책을 유심히 살폈다. 한쪽 책장에는 영어로 된 책들이, 다른 한쪽에는 탐정소설이 꽂혀 있었다. 탐정소설이 꽂혀 있는 책장 맨 아래 칸에는 김내성의 소설만 모아 두었다.

"아! 선생님께서 탐정소설 전문가셨군요."

"전문가?"

"네, 죄송합니다. 이런 분인 줄도 모르고 어제 제가 번데기 앞에서 주름을 잡은 꼴이 되어 버렸네요."

"허허허. 내가 졸지에 번데기가 되어 버렸구먼. 앉게나."

중년 신사는 앉은뱅이책상에서 원고지와 만년필을 치우고 방가운데로 끌어왔다.

"책은 가져왔겠지?"

"네."

나는 책상 위에 가져온 책을 올리며, 바닥으로 치운 원고지와 만년필을 쳐다봤다.

"선생님, 혹시 작가이신가요?"

"허허허."

중년 신사는 뿔테 안경을 콧잔등 위로 밀어 올렸다.

"예끼! 이 사람아. 김내성의 탐정소설을 좋아한다는 사람의 추리력이 고작 그것밖에 안 되나? 그걸 이제야 알았어? 허허."

중년 신사는 내가 가져간 책을 바라보며 말했다.

"내가 김내성일세."

"네? 네!"

나는 소스라치게 놀랐고 그대로 얼어붙었다.

"군은 이름이 뭔가?"

"김순식입니다."

"좋은 이름이야. 김순식 군!"

"선생님, 몰라뵈어 죄송합니다. 선생님의 함자와 작품은 수없이 보고, 들었지만 얼굴을 지면에서 본 적이 없어서요. 죄송합니다."

나는 머리를 조아렸다.

"김순식 군, 괜찮네. 작가는 지면에서 글로 만나면 되는 거지. 군이 작가 얼굴까지 알 필요는 없지 않은가. 나도 미안하네. 어제 내 정체를 밝혔어야 하는데, 나도 좀 경황이 없어서 그랬다네. 허허."

아인 김내성의 장난기 어린 얼굴에 긴장이 풀어졌다.

"선생님, 만나 뵙게 되어서 일생일대의 영광입니다. 그런데 돈암동에는 언제 이사 오셨는지요?"

"해방되고 3년이니, 1948년도일걸세."

"아, 그러셨군요. 저희 집은 6·25 전쟁이 터진 해에 이사 왔으니 선생님께서 더 일찍 오셨군요. 아유, 전쟁만 아니었어도 선생님을 좀 더 일찍 뵐 수 있었는데."

아인 김내성은 여전히 빙글거렸다.

"그렇지, 전쟁이 서울 사람들을 뿔뿔이 흩어지게 했으니까."

아인 김내성은 미소를 거두고 내가 가져온 책과 나를 번갈아 봤다.

"순식 군, 탐정소설을 좋아하지?"

"그렇습니다, 선생님. 특히 선생님 소설을……."

"나도 내 책을 탐독한다는 순식 군 이야기를 듣고 가슴이 터질 듯 기뻤네. 소설가에게 자신의 글을 몰입해서 읽는 독자만큼 고마운 존재가 어디 있겠는가. 소설이라는 게 무릇 자기만족을 위해 쓰기도 하지만, 결국 누군가에게 보여 주기 위해 쓰는 것 아닌가. 그런 의미에서 어제 순식 군의 모습은 나에게 대단한 창작 욕구를 불어넣어 주었네. 순식 군과 같은 독자를 위해 더 열심히 글을 쓰겠다고 다짐했지."

아인 김내성은 자리에서 일어나 탐정소설이 빼곡하게 꽂혀 있는 책장으로 다가가 맨 아래 칸에서 책을 한 권 뽑아 들었다. 아인은 자리에 앉으면서 책장에서 뽑아 온 책을 책상 위에 올렸다.

"이 책 두 권은 모두 내가 쓴 '마인'이네."

아인은 자신이 뽑아 온 책과 내가 가져온 책을 나란히 두면서 나를 물끄러미 바라봤다.

"분명히 다르지?"

내가 가져온 '마인'은 주황빛이 도는 책표지에 '마인'이라는 한자가 제목으로 달려 있고 그 밑에 약간 고개를 숙이고 온몸을 망토로 감싸고 있는 사람이 그려 있었다. '마인'에 나오는 미지의 인물인 마인이었다. 그런데 아인의 책은 표지가 전혀 달랐다. 마인이라는 한자가 표지 상단에 달려 있는 건 똑같았지만 그림이 달랐다. 망토를 입은 검은색 그림자를 쫓는 중절모에 양복을 입은 남자가 인쇄되어 있었던 것이다. 책 표지 색깔도 주황색보다는 좀 더 누르고 거무스름한 색깔이었다.

"두 책의 차이가 확연하지?"

"네, 선생님."

"자네가 가지고 있는 책은 1948년에 해왕사에서 찍은 '마인' 복간판이네. 내가 가지고 있는 책은 1939년에 조광사에서 나온 '마인' 초판본일세."

나는 무슨 의미인지 몰라 눈만 껌벅이며 선생님을 바라봤다. 김내성 선생님은 나의 마음을 꿰뚫어 본 것처럼 말을 이었다.

"아! 김순식 군이 지금은 잘 모를 거야. 초판본의 의미를. 초판본이라는 게 서지학적으로 꽤 의미가 있는 걸세. 시간이 지나고 발간된 책들이 폐기되고 사라졌을 때, 그 작가의 원 텍스트를 연구하는 학자들에게는 의미 있는 자료가 되지."

나는 여전히 눈만 껌벅였다.

"흠……. 좀 더 쉽게 말해 주지. 지금은 이런 책들은 돈만 있으면 쉽게 구할 수 있는 것이지? 하지만 세월이 지나면 책들은 사라져. 불쏘시개로 쓰거나 폐품으로 고물상에 팔아먹거나. 소설책을 대를 물려 가며 보관하는 사람은 드무니까. 그런데 이런 책들이 몇 십 년이란 시간이 지나면 값어치가 나가는 때가 생겨. 연구하는 학자나 컬렉터들이 중요한 수요층일걸세. 그런 사람들은 초판본이 의미 있다고 생각하거든."

나는 살짝 고개를 끄덕였다. 아인은 예의 웃음소리를 냈다.

"이제야 이해를 조금 하시는군. 물론! 이 책이 미래의 학자나 컬렉터들이 눈에 불을 켜고 찾는 책이 되려면, 내가 문학사에 한 획을 긋는 대단한 인물이 되어 있어야 한다는 걸 전제로 해야겠지만. 허허허."

"반드시 그렇게 되실 겁니다. 지금도 저명한 소설가시잖아요."

"김순식 군, 이 초판본 '마인'을 군에게 양도하겠네. 가져가시게. 내 생명의 은인에게 주는 조그마한 선물이네."

"네?"

"나의 책을 탐독하는 젊은이! 그대는 나의 열렬한 독자로소이다!"

아인이 앉은뱅이책상을 손바닥으로 내려쳤다.

"이 책의 주인은 이제부터 김순식 군 자네네. 자, 받게."

아인은 '마인' 초판본을 집어 나에게 건넸다.

"책은 저자가 가지고 있는 것보다, 김순식 군 같은 이 시대의 젊은 열혈 독자가 가지고 있는 게 응당 옳지!"

아인은 책을 들고 나에게 어서 받으라고 권유하다가 뭔가 생각난 듯 멈칫했다.

"아이고, 내 정신 보게나."

아인은 책을 도로 책상에 내려놓고 만년필을 가지고 왔다. 그는 곧 '마인'의 책장을 넘기더니 첫째 면에 만년필로 뭔가를 썼다.

"자! 이제 정말 자네 것이네."

나는 아인 김내성의 집 대문을 나서면서 머리를 몇 번이나 숙여 인사했다. 아인은 그런 나를 흐뭇하게 바라봤다.

"김순식 군! 그 책 잘 보관하고, 시간이 있으면 자네도 탐정소설을 써 보게나."

짧지만 강렬했던 만남을 뒤로하고 집으로 돌아왔다. 집으로 돌아온 나는 아인 선생님으로부터 받은 '마인' 초판본을 어루만지며 볼을 꼬집어 보았다.

"내가, 내가 아인 김내성을 만나다니!"

몹시 기뻐하던 나는 문득 생각나는 게 있었다.

마지막에 아인 선생이 손수 써 주던 서명. 그 자리에서는 정신이 없어 제대로 보지 못했었다.

책의 맨 앞장을 펼쳤다.

그 안에는 아인 김내성의 글씨가 살아서 꿈틀거리고 있었다.

탐정작가여, 어서어서 나오라! 그리하여 우리 조선문단
으로써 하나의 훌륭한 탐정문단을 가지도록 하라!

雅人 識

원고는 40페이지에서 끝났다.

"아!"

원고를 모두 읽은 백민수는 원고를 조심스럽게 덮으며
감탄사를 내뱉었다.

"이런 사연이 있어 형 아버님께서 '마인' 초판본을 가지
고 있게 된 거구나. 정말 대단해."

"소설처럼 쓰셨지만, 실제 겪은 일을 쓰신 수기라고 생
전에 말씀하셨어. 자신이 쓴 글 중에 이 글을 제일 좋아하
시기도 했지. 아인 김내성과의 추억이 담긴 글이라고 말
이야."

"그런데 아인 선생의 옛 집터에 있는 건물은 어떻게 가
지게 된 거야?"

"그것도 아버지가 물려주신 거야. 아인 선생님이 돌아
가시고, 나중에 아인 선생님의 일가가 그 집에서 이사할

때 이웃에 살던 우리 할아버지가 그 집을 매입하셨고, 이후 아버지가 그 건물을 헐고 새 건물을 지었어. 그러고는 아버지가 돌아가시고, 아버지의 유언에 따라 우리 삼 형제가 삼분의 일씩 상속받은 거야."

"정말 대단하군. 이런 사연이 있는 뜻깊은 책과 건물을 사랑하는 여자를 위해 내놓다니. 형이 이 정도 노력했으니 상진이 형이 완전히 마음을 돌린 거야. 정말 내일 예감이 좋다."

"그래, 그랬으면 좋겠다."

김내성이 소주잔을 입으로 가져갔다.

"입이 열 개라도 드릴 말씀이 없습니다. 깊이 뉘우치고 있습니다. 부디 선처해 주시기 바랍니다."

정진호가 눈물을 흘리며 재판장에게 고개를 숙였다.

"다음 정진영 피고인도 마지막으로 할 말이 있으면 해 보도록 하시죠."

배석판사 사이 법대 정중앙에 앉은 반백의 재판장이 정진영을 지그시 바라보며 말했다.

"고인이 되신 분께 죄송하다는 말씀을 드리고 싶습니다. 유가족에게도 마찬가지고요……."

피고인석에서 일어나 최후진술을 하던 정진영은 더 말을 잇지 못했다.

"네, 끝났으면 자리에 앉아도 좋습니다."

재판장이 말했다.

"그럼, 모든 절차를 마친 것 같으니 변론을 종결하고."

정진영이 자리에 앉자 재판장이 진행하려고 말을 꺼냈을 때 방청석에 앉아 있던 오상진이 벌떡 일어났다. 오상진은 평소에 입지 않던 말끔한 정장 차림이었다. 며칠 전까지만 해도 민머리였던 오상진의 머리는 머리카락이 수북하게 자라 있었고, 회사원같이 단정하게 자른 모양새였다.

"재판장님!"

오상진의 갑작스러운 행동에 어깨가 넓은 법원경위가 황급히 오상진의 곁으로 다가갔다. 오상진을 알아본 정진영의 눈이 커졌다. 오상진의 옆에 앉아 있던 김내성이 정진영과 눈을 마주치고 고개를 살짝 끄덕였다.

"누구십니까?"

재판장이 오상진을 바라보며 물었다.

"이번 사건 피해자의 유가족입니다. 존경하는 재판장님께 드릴 말씀이 있어서 이 자리에 직접 나왔습니다."

"유가족이요?"

재판장이 확인하듯 물었다.

"네!"

오상진이 큰 소리로 대답했다.

재판장은 예상치 못한 상황에 앞에 있는 기록을 뒤적였다. 잠시 기록을 살핀 재판장이 말했다.

"유가족이면 오상진 씨이군요."

기록을 통해 오상진의 이름을 파악한 재판장이 법대 아래 오른쪽에 앉은 검사를 잠시 바라봤다. 유가족의 갑작스러운 등장에 검사에게 사전 연락이 있었는지 말없이 묻는 것이었다. 검사는 자신은 유가족이 왜 출석했는지 전혀 모른다는 표정을 지으며 살짝 고개를 저었다.

"일단 오셨으니 이쪽으로 나오시죠."

재판장의 말에 따라 법원경위의 안내를 받아 오상진이 증인석에 섰다. 재판 참여 실무관이 오상진의 주민등록증을 받아 재판장에게 건넸다. 신분을 확인한 재판장이 고개를 끄덕이며 입을 열었다.

"오상진 씨가 제출한 합의서와 피고인들의 선처를 바라는 탄원서는 이미 접수되어 기록에 잘 편철되어 있습니다. 기존에 제출한 자료 이외에 따로 할 말이 있는 건가요?"

"네! 그렇습니다."

오상진이 가슴을 쭉 펴고 당당하게 대답했다.

"재판부에 간곡히 피고인들의 선처를 부탁드리고자 이 자리에 나왔습니다."

"우리 재판부에서 이번 사건 관련한 유가족의 뜻은 제출된 서류를 통해 이미 파악하고 있지만, 시간을 내서 법정까지 찾아오셨으니 직접 유가족의 말을 들어 보도록 하겠습니다."

말을 마친 재판장이 속기사에게 눈짓을 했다. 오상진이 재판장을 비롯한 배석판사들에게 고개 숙여 인사를 하고 헛기침으로 목을 가다듬었다.

"친애하는 재판장님! 저는 이번 사건의 유가족이기도 하지만, 이번 사건으로 누명을 쓰고 억울한 옥살이를 한 장본인이기도 합니다. 제가 합의서와 탄원서를 재판부에 제출했지만, 굳이 직접 나온 이유는 피고인인 두 남매의 선처를 부탁드림과 더불어 두 남매에게 사과하려고 나온 겁니다."

피고인석으로 고개를 돌린 오상진의 눈에는 어느새 눈물이 배어 있었다.

"피고인들의 치밀한 계획에 의해 아버지를 잃고, 제 자신도 누명을 썼다는 사실을 나중에 알게 된 후에 저는 피고인들에게 개인적으로 복수하고 싶을 정도로 분노가 치밀어 올랐습니다. 하지만 나중에 피고인들이 범행을 모의하고 실행하게 된 동기를 들었을 때 저는 한없이 부끄러워졌습니다.

이전에는 소설가는 그냥 재미있는 이야기를 생산해 내는 이야기꾼으로만 알고 있었는데 그게 아니었습니다. 자신의 글에 상처를 받는 사람들도 생길 수 있고, 그에 상응하는 책임은 글을 쓴 작가가 져야 한다는 사실을 그제야 깨달았습니다. 이런 고려가 없었던 제 부주의한 글로 인해 두 피고인은 깊은 상처를 받았고, 그 상처가 저와 아버지를 향한 복수의 칼로 되돌아왔던 것입니다.

재판장님! 살인죄는 중형으로 다스려야 맞지만, 이번 사건의 두 피고인에게는 법이 허용하는 최대한의 선처를 해 주시길 다시 한 번 간곡히 부탁드립니다. 제 소설이 아니었다면 피고인들은 이 자리에 서지 않았을 겁니다. 저의 책임도 많다고 생각합니다. 저는 이미 피고인들을 용서했습니다. 이제는 제가 피고인들에게 용서를 빌어야 하겠습니다."

말을 마친 오상진이 소매로 눈물을 훔치더니 피고인석으로 성큼 걸어갔다. 오상진의 돌발 행동에 법정에 있던 교도관들과 법원경위가 오상진을 제지하려고 했다.

"피고인들에게 해코지하려는 게 아닙니다. 막지 마세요."

오상진이 울먹이는 목소리로 말했다. 교도관과 법원경위가 길을 비켜 줄 기색을 보이지 않자 재판장을 쓱 한 번 돌아보고는 피고인석을 향해 털썩 무릎을 꿇었다.

"진영 씨! 진호 씨! 죄송합니다. 저의 글 때문에 마음고생 심하셨죠? 부디 용서해 주시기를 바랍니다."

오상진의 뜬금없는 행동에 피고인들의 변호인은 아무 말도 하지 못하고 멍하니 오상진만 바라봤다. 정진영과 정진호도 어떻게 말을 해야 하나 변호인을 쳐다봤지만, 오상진을 바라보는 변호인의 멍한 눈을 보고는 이내 고개를 돌렸다.

"그렇게 말씀해 주시니 고맙습니다. 저희가 무슨 면목으로 용서하고 말고 하겠습니까."

대답 없이 있으면 이런 상황이 종료되지 않는다는 걸 깨달은 정진영이 말했다. 정진호도 "저도 누나의 생각과 같습니다."라고 짧게 말했다.

대답을 들은 오상진이 자리에서 일어나 법대를 향해 몸을 돌렸다.

"재판장님! 보시는 바와 같이 저희는 모든 업보를 털어

내고, 서로 용서했습니다. 이제 법이 저 피고인들을 용서
해 줄 차례인 거 같습니다."

말을 마친 오상진이 재판부를 향해 깊이 허리를 숙였다.

"네, 잘 들었습니다."

재판장이 말했다.

이 광경을 방청석에서 바라보고 있던 백민수가 팔꿈치
로 김내성을 꾹 찌르며 귓속말을 했다.

"내 말이 맞지? 상진이 형 쇼맨십에 기대해도 된다고.
난 형이 그냥 평범하게 진술하지 않을 걸 예상했어. 마치
드라마처럼 기승전결을 넣었어. 그리고 저쪽 한 번 봐."

김내성은 백민수가 가리키는 곳을 바라봤다. 덥수룩한
머리에 사파리를 입은 남자가 노트북 자판을 빠르게 두드
리고 있었다.

"누구지?"

"상진이 형과 친하게 지내는 기자야."

백민수가 속삭였다.

"하긴, 이런 미담도 이미지 제고에 좋은 역할을 할 테지."

김내성이 혀를 차며 말했다.

법원경위의 안내를 받아 방청석으로 돌아오는 오상진의
얼굴이 벌겋게 달아올라 있었다. 김내성과 백민수에게 다

가온 오상진은 나가자는 눈짓을 했다. 둘은 서둘러 자리에서 일어나 오상진을 따라갔다. 오상진은 법정 문을 나서기 전 재판부를 향해 다시 한 번 고개를 숙였다. 재판장은 출석한 사람들에게 판결 선고를 2주 후에 하겠다고 말했다. 김내성은 정진영을 바라봤다. 그녀도 김내성을 보고 있었다. 김내성은 주먹을 꽉 쥐고 그녀를 향해 들어 보였다. 순간 그녀의 눈빛에 안도감이 스치고 지나갔다.

"어때? 이 정도면 판사들이 빼도 박도 못하고 형량을 깎아 줄 수밖에 없겠지? 서로 간 다 화해하고 용서했다는데 중형 선고는 못 할 거야. 내가 무릎을 꿇고 딱 대못을 박아 버렸잖아. 하하. 내성아, 민수야. 내가 화끈하게 처리했지?"

"그래, 형 덕분에 좋은 결과가 나올 거 같아. 형은 정말 통 큰 남자야. 감동했어."

백민수가 억지로 얼굴에 미소를 띠우며 말했다.

"그런데 그 가발은 왜 쓴 거야? 옷차림도 평소와 다르게 말쑥한 정장을 입고 말이야."

김내성이 오상진에게 물었다.

"나의 진실성을 부각하기 위한 일종의 분장 정도로 생각해. 내 평소 스타일대로 민머리에 가죽점퍼를 입고 법정에 나오면 강한 이미지 때문에 용서와 화해의 오늘 콘셉트에 어울리지 않거든. 재판부에 주는 신뢰감도 떨어질 테고. 책과 인터넷에서 찾아봤어. 법정에서는 깔끔한 외모와 옷차림으로 판사들에게 긍정적인 이미지를 심어 주는게 좋다고 하더라고."

"역시, 형은 대단해. 오늘 수고 많았어."

김내성이 말했다.

"조만간 새로 이사한 집으로 초대할게. 집들이해야지. 요즘 새로 산 집 인테리어로 정신이 없다. 와 보면 깜짝 놀랄 거야. 돈 좀 들였거든."

오상진이 우쭐한 표정으로 말했다.

"오늘은 너희끼리 가라. 내가 아는 기자가 여기 와 있어. 식사를 거나하게 대접해야 할 거 같아. 내일이면 오늘 법정에서 있었던 일이 인터넷에 뜰 거야."

김내성과 백민수는 기자를 기다리는 오상진을 뒤로하고 법원 건물을 나섰다.

"생각하고 말고가 있겠습니까. 저도 좋습니다."

"아! 그래요?"

정진영이 목소리가 한껏 높아졌다.

"그럼, 지금 이 순간부터 저랑 김 작가님이랑 연인이 된 거네요."

"네, 그렇게 되겠군요. 그런데……. 앞으로는 저를 작가라고 부르지 않았으면 좋겠습니다."

김내성이 머리를 긁적이며 대답했다.

"그거야 당연하죠. 연인이니까요. 앞으로는 어떻게 부를까요? 내성 오빠? 아니면 자기?"

정진영의 얼굴이 환해졌다.

"그런 문제가 아니고요. 진영 씨를 정식으로 사귀기 전에 밝히고 싶은 게 있습니다. 제 비밀을 말이죠. 이 비밀을 밝히지 않고 진영 씨를 사귄다는 건 진영 씨를 속이는 거나 마찬가지니까요. 전 진영 씨에게 언제나 당당하고 싶습니다."

김내성이 심각한 표정을 지으며 말했다.

"비밀? 갑자기 무섭게 왜 그러세요? 김 작가님께 무슨 비밀이 있다는 거죠?"

"사실, 전 작가가 아닙니다."

"네? 몇 년 전에 계간 '미스터리'를 통해 정식으로 등단하셨잖아요."

"그게 말입니다. 사실은……."

"형! 진영 씨!"

김내성이 머뭇거리며 말을 이으려고 하는 순간이었다. 가게 입구에 백민수가 나타났다.

"진영 씨, 고생 많으셨어요. 석방 축하합니다. 이제 새로운 인생이 시작된 거나 마찬가지네요."

둘이 앉아 있는 테이블로 성큼 걸어온 백민수가 정진영과 악수를 청하며 말했다.

"저기서 보니 둘 사이에 뭔가 심각한 이야기를 하는 거 같던데. 내가 훼방을 놓은 건가?"

백민수가 웃으며 말했다.

"심각하기는. 앞으로 진영 씨 계획에 관해 이야기하고 있었어."

적당히 대답을 얼버무린 김내성이 소매를 걷어 시계를 봤다. 약속된 시간이 다 되어 갔다. 정진영과 연극 관람 도중에 같이 집들이에 가자는 백민수의 문자를 받고 모리스 르블랑에서 만나기로 약속했었다.

"진영 씨, 아쉽지만 오늘은 여기서 헤어져야겠네요. 아까 말씀드린 대로 상진이 형 집들이에 민수와 같이 가 봐야 할 것 같습니다."

김내성이 말했다.

"오늘 상진이 형이 자기 집 꾸며 놓은 걸 자랑하려고 우리를 불렀으니 가서 깜짝 놀라는 척을 해 줘야 하거든요."

백민수가 말했다.

"네, 저는 괜찮아요. 어서 가세요. 어차피 그 집들이가 먼저 잡힌 약속이잖아요. 전 오늘 급히 전화해서 약속을 잡은 거고요."

"그럼."

김내성이 자리에서 일어났다.

"김 작가님. 아니, 내성 씨. 비밀은 다음에 말씀해 주시는 거죠?"

정진영이 말했다.

"비밀?"

백민수가 끼어들었다.

"아냐, 어서 가자. 조금 늦은 거 같네."

김내성이 백민수의 어깨를 감싸며 입구 쪽으로 이끌었다. 정진영이 두 남자를 향해 손을 흔들었다.

김내성과 백민수는 혜화역에서 성신여대입구역까지 두

정거장을 지하철로 이동했다. 역에 내리자마자 오상진의 새집을 향해 걸었다. 몇 달 사이 큰돈을 벌어들인 오상진은 자신이 살던 오피스텔 주위에 있는 단독주택을 사서 내부를 리모델링했다. 많은 돈을 들여 환상적인 공간으로 꾸며 놓았다며 미리부터 자랑이 이만저만이 아니었는데 오늘이 그 집을 공개하는 날이었다.

"왜 하필이면 돈암동에 집을 마련한 거지?"

백민수가 김내성에게 물었다.

"지금 계획 중인 한국추리문학기념관과 관련이 있어. 아인 김내성 선생님의 옛 집터 위에 있는 건물이랑 같은 라인에 있고, 거리도 불과 백여 미터밖에 안 되거든. 조만간 이름 붙여질 '아인 김내성길' 하고 옛 집터에 들어서는 기념관과 가까운 곳에 집에 마련해서 기념관을 중점적으로 관리하겠다는 계획이야."

"이유가 있었군."

"상진이 형은 그런 쪽으로는 정말 머리가 비상한 것 같아. 예전부터 우리 건물이 거기 있었는데도 불구하고 난 그런 생각은 전혀 하지 못했었거든."

"원래 돈 버는 사람은 따로 있는 거야. 상진이 형이 1층은 북카페처럼 인테리어를 했다고 하던데 얼마나 근사하게 꾸며 놓았는지 궁금해지는걸."

"2억을 들였으니 볼만하겠지."

"와! 인테리어에 2억씩이나?"

"지금까지 상진이 형이 벌어들인 돈을 생각해 봐. 그 정
도는 충분히 쓸 만할 거야. 그런데 오전에 통화해 보니 상
진이 형은 짜증이 많이 나 있더라고."

"왜?"

"계약한 업체 사정으로 CCTV 설치가 연기되었대. 오
늘 우리한테 그 시스템까지 완벽히 설치해서 집을 보여 주
고 싶은데 마음대로 안 돼서 짜증이 났나 봐."

"하여간, 못 말릴 사람이야."

"김 작가님! 백 작가님!"

지하철역 입구에서 길을 따라 언덕을 오르며 이야기하
고 있을 때, 뒤에서 부르는 소리가 들렸다.

"여기서 뵙네요. 같이 가시죠."

편집장 김상태였다. 백팩을 매고 있는 그의 이마에는
땀이 맺혀 있었다.

"지금 오시는 거예요?"

"네, 지하철을 타고 왔어요."

"우리랑 같은 지하철을 타셨나 보네요."

"아, 작가님들도 지하철을 타고 오셨어요?"

"네, 혜화동에 잠깐 들러 오느라 지하철을 타고 왔습니다."

김내성이 말했다.

"잠깐, 느낌상 저 건물 같은데. 상진이 형 건물 말이야. 야! 대단하네. 붉은 벽돌로 지은 이층집 전체를 담쟁이덩굴이 휘감고 있어서 마치 오래된 도서관 같은 분위기야."

백민수가 이십여 미터 앞에 있는 건물을 가리키며 말했다.

"맞아, 저 건물이야."

김내성이 고개를 끄덕였다.

"와!"

김상태가 입을 벌리고 마냥 건물을 바라보며 탄성을 질렀다.

세 사람은 건물 정면으로 다가갔다. 건물을 둘러쌓은 담장은 보이지 않았다. 일부러 철거한 것 같았다. 담장이 없으니 금잔디가 깔린 넓은 정원과 담쟁이덩굴에 덮인 건물이 한눈에 시원하게 들어왔다. 건물 전면에 커다란 창문들은 유럽의 성당처럼 스테인드글라스로 리모델링되어 있어 고풍스러움을 더해 주고 있었다. 건물 중앙의 현관문은 쌍여닫이 원목 문으로 문 양쪽에 달린 금속 문손잡이에는 커다란 사자 머리가 달려 있어 금방이라도 방문자를 향해 달려들 것처럼 보였다.

일행은 잔디 사이로 깔아 놓은 넓은 현무암 판석을 따라 현관으로 걸어갔다. 정원 한쪽은 보도블록을 깔아 주차 공간으로 사용하고 있었는데 눈에 익은 오상진의 아우디와 처음 보는 신형 BMW 세단이 서 있었다.

"설마 저 BMW도 상진이 형 차는 아니겠지?"

백민수가 김내성에게 말했다.

"왜 아니겠니, 이번에 새로 샀대."

"이야, 진짜 돈을 많이 벌긴 벌었나 보네. 여기저기 펑펑 쓰고 있으니 말이야."

백민수가 감탄과 함께 현관에서 초인종을 눌렀다.

"뭘 사러 갔나? 손님 접대가 뭐 이래."

초인종을 몇 번 눌렀지만 아무 반응이 없자 백민수가 투덜댔다. 이번엔 김내성이 현관문을 소리 나게 두드렸다. 여전히 안에서는 인기척이 없었다.

"잠깐 어디 가셨나 보네요. 제가 전화해 볼게요."

김상태가 스마트폰을 꺼내며 말했다.

몇 번이나 통화를 시도하던 김상태가 포기하고 스마트

폰을 도로 호주머니에 집어넣었다.

"전화도 받지 않아요."

김상태가 말했다.

"이상하군."

김내성이 눈을 가느스름하게 뜨고 한동안 디지털도어락을 바라보다가 입을 열었다.

"아무래도 문을 열고 들어가야겠다."

"어떻게?"

백민수가 반문했다.

"범수에게 전화해 봐."

"아! 그렇지. 같이 살고 있는 범수는 비밀번호를 알고 있겠지."

백민수는 바로 이범수에게 전화했다. 이범수와 통화가 되자마자 지금 상황과 함께 비밀번호를 물었다. 백민수는 한 손으로 스마트폰을 들고 통화하며 이범수가 불러 주는 대로 번호를 눌렀다. 이윽고 경쾌한 멜로디와 함께 잠금쇠가 풀렸다.

집 안으로 들어갔다. 페인트와 새 가구 냄새가 코를 강하게 찔렀다. 갓 인테리어를 마친 집에서 나는 특유의 냄새였다. 김내성은 현관에서 신발을 벗으며 불길한 기운을 느꼈다. 페인트 냄새 속에 섞여 있는 비릿한 냄새와 후끈한 공기. 뒤통수를 누군가 강하게 내려치는 느낌이었다.

앤티크한 분위기의 북카페로 꾸며 놓은 거실로 들어서자 텅 빈 마호가니 책장이 눈에 들어왔다. 책장에 꽂혀 있었을 책들은 죄다 바닥에 쏟아져 있어 마치 쓰레기 더미처럼 보였다.

"상진이 형!"

김내성이 큰 소리로 오상진의 이름을 불렀다. 소리를 지르며 미친 듯이 방문을 열어젖히는 김내성을 따라 백민수와 김상태도 닫혀 있는 방문을 하나씩 열어 보았다.

"악!"

외마디 비명. 안방 문을 연 김내성은 방으로 뛰어 들어갔다. 김내성을 뒤따라 들어간 백민수와 김상태는 이내 다리에 힘이 풀려 버렸다. 눈앞에 처참한 장면이 펼쳐져 있었기 때문이다. 시체.

오상진의 시체였다.

오상진은 천장을 향해 눈을 부라리고 누워 있었다. 그의 가슴엔 칼이 깊숙이 박혀 있었다. 옆구리도 찔렸는지 옆구리가 피로 붉게 물들어 있었고, 바닥에도 흐른 피가 흥건했다.

김상태가 욱, 하는 소리와 함께 입을 틀어막고 밖으로 뛰쳐나갔다.

"어떻게 이런 일이 있을 수가 있지."

백민수가 시체 앞에 쪼그리고 앉아 고개를 숙이고 자신의 머리카락을 손으로 부여잡았다.

그때, 낯익은 목소리가 들렸다.

"무슨 일 있어? 현관문도 활짝 열어 놓고 말이야."

이경태 팀장이었다.

인기척을 따라 안방에 다다른 이경태는 믿기지 않는 상황을 목격하고 멈칫했다. 하지만 경찰이라는 직업 때문인지 당황하지 않았다. 칼에 찔려 누워 있는 오상진에게 다가가 경동맥에 손을 대 보고는 안주머니에서 스마트폰을 꺼내 차분하게 112에 신고 전화를 했다. 전화를 끊은 후 김내성과 백민수에게 방에서 아무것도 만지지 말고 천천히 걸어 나올 것을 지시했다. 함께 거실로 나온 이경태는 다른 방과 베란다 쪽을 확인했다.

"작은 방 창문이 열려 있군."

화장실을 마지막으로 집 안을 모두 확인한 이경태는 혼잣말하며 김내성과 백민수가 있는 거실로 돌아왔다. 그의 뒤에 일그러진 얼굴의 김상태가 화장실 쪽에서 천천히 걸어오고 있었다.

"이런 광경은 처음이라 참지 못하고……."

김상태가 입을 소매로 쓱 닦으며 말했다.

"오늘 초대받은 사람이 나를 포함한 여기 있는 네 명인
가?"

이경태가 마치 신문하는 듯한 어조로 김내성에게 물었다.

"네, 상진이 형과 오전에 통화했는데 여기 모인 네 명이
전부인 것 같습니다."

"오 작가의 집필 작업을 도와주는 범수는 어디 갔지?"

"어머님이 편찮으셔서 며칠 전부터 병원에서 어머님 병
간호한다고 했어요."

백민수가 대답했다.

"그렇군. 오늘 졸지에 경찰 조사를 받게 되었네. 여기
있는 모두 말이야."

이경태가 말을 마칠 무렵 지구대 소속 경찰들이 집 안으
로 들어왔다. 얼마 후 사복을 입은 건장한 형사들을 필두
로 감식 키트를 든 과학수사요원들이 속속 도착했다. 이
경태는 도착한 경찰들과 일일이 인사를 나눈 후 강력팀장
을 이끌고 작은 방으로 들어갔다. 잠시 후 강력팀장은 고
개를 끄덕이며 이경태와 방에서 나왔다.

같이 자리에 있던 사람들은 차례대로 모두 경찰에게 목격자 진술을 하고 연락처를 남겼다. 일단 모두 집에 돌아가도 좋다는 강력팀장의 말에 따라 오상진의 집에서 나왔다. 현관에는 이미 노란색 폴리스라인이 쳐 있었다. 폴리스라인 탓인지 아까와는 다르게 집이 흉물스럽게 보였다.

"혹시, 범인이 열린 작은 창문으로 침입했다고 생각하시는 건가요?"

집에서 나오자마자 김내성이 이경태에게 물었다.

"현재는 그럴 가능성밖에 없는 것 같아. 현관은 잠겨 있었고, 냄새 때문에 환기를 위해 창문을 열어 둔 거 같은데. 면식범이 아니라면 그곳밖에 들어올 곳이 없어. 좀 더 조사를 해 보면 정확한 결과가 나오겠지. 왜? 뭐 짚이는 거라도 있나?"

"아, 아닙니다. 다만, 창문의 크기가 성인이 드나들기에는 너무 작아서요. 그게 마음에 걸리네요."

"흠……. 그렇긴 하지."

이경태가 고개를 끄덕였다. 그의 미간에는 주름이 깊게 잡혀 있었다.

김내성은 백민수와 김상태와 사건 처리를 위해 다시 만나기로 하고 현장에서 헤어졌다. 불안한 마음에 집으로 돌아가는 택시 안에서 정진영에게 전화했다. 기다렸다는 듯이 전화를 받은 그녀는 대뜸 김내성에게 물었다.

"오상진 씨한테 무슨 일이 생겼나요?"

정진영의 목소리가 떨리고 있었다.

"아니, 그걸 어떻게 알았죠?"

택시 뒷좌석에 몸을 기대고 있던 김내성이 흠칫 놀라 등을 세우고 바로 앉았다.

"방금 성북경찰서 형사로부터 전화가 왔었어요. 이유도 말하지 않고 저의 오늘 동선에 대해 꼬치꼬치 캐묻더군요. 구치소에서 출소한 사람들에 대해 으레 하는 조사인 줄 알고 모두 대답해 주었는데 묻는 내용 중에 오상진 씨에 대한 것도 있었어요. 그래서 혹시나 하고 내성 씨에게 확인하려고 전화하는 거예요. 오늘 집들이 때문에 만나지 않았어요?"

"상진이 형은 죽었습니다."

"네?! 죽어요?"

"그렇습니다. 살해당했죠."

"누가 죽였죠?"

"그건 아직 모릅니다. 저도 목격자 진술을 하느라 현장에서 2시간 정도 있다가 지금 집으로 돌아가는 길입니다."

"아."

둘 사이에 잠시 침묵이 흘렀다.

"그리고……, 형사가 내성 씨에 대해서도 자세하게 물었어요. 오늘 저랑 같이 있었던 게 맞는지, 저와 무슨 사이인지……. 혹시 내성 씨한테 무슨 일이 있는 건 아니지요? 저는 그게 걱정돼요. 정말 무슨 일 없는 거죠?"

"전 괜찮습니다. 오후 내내 진영 씨와 함께 있었으니 알리바이는 확실한 셈이죠. 설마 경찰이 저를 의심하지는 않겠지요. 괜한 근심 내려놓고, 좀 자요. 진영 씨도 갑자기 형사에게 전화가 와서 놀랐겠네요."

"네, 조금."

정진영은 대답하고는 한 번 숨을 내쉬었다.

"내성 씨, 혹시 오상진 씨 집에서 없어진 물건이 있나요?"

"아직은 경찰이 그것까지 파악하지는 못한 것 같아요."

"그러면 내성 씨가 오상진 씨에게 준 '마인'이 어디 있는지 확인해 보세요."

"마인?"

"네. 만약 그 책이 사라졌다면 제가 범인을 지목할 수 있을 거 같아요."

순간 김내성의 머릿속에 아까 거실에서 쌓여 있던 책더

미가 떠올랐다.

"네? 범인을 안다고요?"

"저도 내성 씨에게 미처 털어놓지 못한 비밀이 하나 있어요. 이 사건은 그것과 관련된 거 같아요."

"좀 더 자세히 말해 주시죠."

"그게……."

그녀가 머뭇거렸다.

"좀 더 확실해지면 말씀드릴게요. 확실하지 않은 상태에서 말씀을 드린다면 그 사람한테 누명을 씌우는 꼴이 될 거 같아서요. 어서 '마인'을 찾아보세요. '마인'이 없어졌다면 그 사람이 범인일 거예요."

정진영과 통화를 마친 김내성은 이범수에게 전화했다. 병원에 있던 이범수에게도 이미 경찰이 다녀간 후였다. 오상진의 문하생처럼 항상 곁에 붙어 있던 사람이니 형사가 찾아가는 건 당연한 일이었다. 김내성은 이범수에게 초판본 '마인'이 집 안 어디에 보관되어 있는지 아느냐고 물었다. 이범수는 오상진이 고가의 '마인'이 도난당하는 걸 방지하기 위해 실내 인테리어를 하면서 비밀 공간을 만들었다고 말했다. 그 공간은 책장 뒤 대리석 벽 안이었다.

김내성은 택시 기사에게 다시 돈암동으로 돌아가자고

말했다.

다시 돌아온 현장에는 현장감식이 계속 중이었다. 이경태도 아직 자리를 뜨지 않고 강력팀장과 이야기를 하고 있었다.

"어? 김 작가. 왜 다시 돌아왔지?"

"좀 확인하고 싶은 게 있어서요."

"뭘?"

"제가 상진이 형에게 준 초판본 '마인'입니다. 그 책이 도난당했는지 확인하고 싶습니다."

"이 사건과 관련이 있는 건가?"

"네. 만일 책이 없어졌다면 확실히 범인을 지목할 수 있을 거 같습니다."

김내성은 정진영의 말을 떠올리며 이경태에게 자신 있게 말했다.

담당자인 강력팀장에게 허락을 받은 김내성은 이경태와 거실로 들어갔다. 마호가니 원목 책장 앞에는 여전히 책들이 산더미처럼 쌓여 있었다. 이경태와 함께 김내성은 책장을 앞쪽으로 당겼다. 책장을 벽에서 떼어 놓으니 이범수가 말한 대로 대리석 벽이 나타났다. 대리석은 서로 이를 맞물고 있었는데 그중 색깔이 다소 다른 대리석이 눈에 띄었다. 김내성이 그 대리석을 손으로 쓰다듬다가 한 번 힘껏 누르자 냉장고 홈바도어처럼 스르륵 앞으로 열렸다.

비밀 공간 안에는 가판대처럼 아크릴로 짠 투명한 책꽂이에 '마인'이 세워 있었다. 김내성은 '마인'을 손으로 집었다. 익숙한 '마인' 표지의 촉감이었다. 감회가 새로웠다. 글이 잘 안 써질 때마다 꺼내 매만지며 영감을 받으려고 한 소중한 책이었다. '마인'을 볼 때마다 곁에 아인 김내성이 있는 것 같은 착각에 빠질 때도 있었다.

'마인'을 손에 들고 잠시 상념에 빠져 있을 때 이경태가 다시 현실로 돌아오게 했다.

"김 작가. '마인'이 거기 있으니 범인을 잡는 건 물 건너간 일인가?"

"아! 그렇군요. '마인'이 없어졌어야 범인을 지목할 수 있는데 말이죠."

"무슨 말인지 도통 이해되지 않는군. '마인'과 이 사건이 무슨 상관이 있는 거지?"

"그건 저도 아직은 잘 모르겠습니다. 저, 잠깐만."

김내성은 다시 정진영에게 전화했다. '마인'을 집에서 찾았다고 알려 주기 위해서였다. 더불어 '마인'과 이 사건 범인 사이 무슨 관련이 있는지 다시 물어볼 심산이었다.

정진영이 전화를 받았다.

"진영 씨, 내가 상진이 형에게 준 초판본 '마인'은 여기 있었습니다. 비밀 장소에 고이 모셔 놓았더라고요. 아까 진영 씨가 말한 거 있죠? '마인'이 사라졌다면 상진이 형을 죽인 사람이 누구인지 알 것 같다는 말. 도대체 무슨 말이죠? 지금처럼 책이 사라지지 않았다면 범인을 지목할 수 없는 건가요?"

김내성이 급하게 말했다. 하지만 수화기 저편에서는 아무 대답도 없었다. 거친 숨소리만 들릴 뿐이었다. 숨소리도 잠시, 이내 전화가 끊겼다.

김내성이 다시 통화 버튼을 눌렀다. 하지만 연결음만 반복될 뿐 전화를 받지 않았다. 몇 번 다시 걸어 봤지만 마찬가지였다. 김내성은 통화를 포기했다. 또 다른 문제가 고민됐기 때문이다. 손에 들고 있는 '마인'을 어떻게 해야 할지 말이다.

'마인'의 소유권은 오상진에게 넘어갔다. 하지만 '마인'의 새로운 소유자는 이 세상 사람이 아니다. 게다가 책을 상속받을 부모, 형제자매나 친척도 없다. 이 '마인'은 그야말로 주인도 없이 공중에 붕 뜬 상태다. 자칫 관리를 잘못하면 초판본 '마인'도 이 세상에서 영원히 사라질 수 있

다. 얼마 전까지 '마인'의 진정한 주인이었던 김내성에게
욕심이 생기는 건 당연했다.

"이 책을 제가 보관하고 있으면 안 될까요? 주인 없는
책은 관리가 안 되거든요. 이 책은 아시다시피 귀중한 책
입니다."

"안 됩니다."

옆에 서 있던 강력팀장이 경계하는 눈빛으로 이경태와
김내성 사이에 끼어들었다.

"오상진 씨가 망자가 되었다고 그걸 함부로 가지고 나간
다면 절도죄로 의율될 수가 있습니다. 그 책이 얼마나 중
요한 책인지 모르겠지만, 나중에 증거가 될지도 모르는
거니깐 저희에게 넘기시죠."

말을 마치자마자 강력팀장이 김내성에 손에서 '마인'을
낚아채듯 가져갔다.

"어! 그 책은 그렇게 막 다루면 안 됩니다. 살살 만지
세요!"

김내성의 목소리가 자신도 모르게 커졌다. 강력팀장이
김내성을 노려봤다.

"김 작가, 여기는 사건 현장이니 일단 나가자."

이경태가 난감한 표정으로 김내성의 손을 잡고 밖으로

이끌었다. 이때 스마트폰 진동이 느껴졌다. 김내성은 바로 나가겠다고 이경태에게 말하고, 스마트폰을 확인했다. 정진영이었다. 하지만 전화가 아닌 문자 메시지였다. 메시지를 활성화했다.

정진영은 내가 데리고 간다. 여자를 살리고 싶으면 사람들 앞에서 거짓 소를 하다 죽은 오상진 집에 있는 초판본 '마인'을 가지고 와라. 시간은 지금으로부터 3시간. 장소는 '분도의 마지막 집'이다. 명심해라. 아무에게도 알리지 말고 혼자 오도록. 시간 내에 '마인'을 가지고 오지 못하거나 경찰에 알리는 것처럼 허튼짓을 하면 이 여자는 오상진과 같은 운명을 맞이하게 될 거다.

— 마인으로부터

　다시 한 번 전화번호를 확인했다. 정진영의 번호로 온 메시지가 맞다. 그렇다면 정진영을 누군가 납치하고 정진영의 스마트폰을 가지고 협박 메시지를 보냈다는 이야기다. 하지만 메시지 내용이 믿기 어려울 정도로 너무 황당무계했다.
　김내성은 이 상황을 어떻게 판단하고 대처해야 할지 다

시 고민에 빠졌다. 이때, 다시 진동이 느껴졌다. 빠르게 스마트폰을 확인했다. 또다시 메시지가 왔다. 황급히 메시지를 확인한 김내성은 어금니를 꽉 깨물었다. 메시지는 겁에 질린 눈으로 앞을 바라보고 있는 정진영의 사진이었다. 그녀의 목에는 정체 모를 사람의 손에 들린 칼이 대어 있었다.

순간, 김내성의 머릿속에 검은 그림자가 걸어 들어왔다.

오상진이 구치소에 수용되어 있을 때였다. 사건 해결을 위해 그의 오피스텔에서 머물 때, 어느 날 새벽 비밀번호를 누르고 오피스텔을 침입한 정체불명의 검은 그림자. 오상진이 출소 후 자신이 가지고 있던 1948년 복간판 '마인'이 없어졌다고 화를 냈던 일도 같이 오버랩 되었다. 없어진 복간판 '마인'도 그날 검은 그림자의 소행이리라.

오상진의 죽음과 '마인'은 어떤 인과관계가 있는 것인지 지금 확실히 알 수 없다. 하지만 그녀 말에 의하면 그녀는 그 비밀을 이미 알고 있고, 그 비밀로 말미암아 지금 위기에 빠진 게 확실하다. 지금 그녀를 구해야 한다!

김내성은 주먹을 불끈 쥐었다. 주위를 둘러보았다. 강력팀장은 '마인'을 찾아낸 비밀 공간을 신기한 듯이 살펴보고 있다. 빼앗아간 '마인'은 비밀 공간을 찾아내기 위해 앞으로 빼 둔 텅 빈 마호가니 책장에 잠시 놓아두었다. 이경태는 이미 밖으로 나갔다. 지금 '마인'은 무방비다.

김내성은 재빠르게 '마인'을 낚아채 밖으로 뛰쳐나갔다. 김내성의 빠른 동작에 상황 파악을 하지 못하고 주춤하고 있던 강력팀장이 김내성이 사라진 몇 초 뒤 책장을 바라보고 비로소 '마인'이 사라진 걸 알게 되었다.

"저, 저놈 잡아!"

김내성이 집에서 나와 마당을 가로질러 뛸 때 강력팀장의 고함이 들려왔다. 김내성은 한 손에 '마인'을 꼭 쥐고 지하철역까지 있는 힘껏 뛰었다. 몇 백 미터를 전력 질주하자 지하철역이 나타났다. 출구 앞에 대기하고 있는 빈 택시가 보였다. 택시에 뛰어들어 무작정 출발을 외쳤다.

택시 안에서 김내성은 숨을 고르며 메시지를 다시 확인했다. 요구 조건 중 하나인 '마인'은 준비했다. 이제는 찾아가야 할 장소가 문제다. '분도의 마지막 집'. 도무지 알 수 없는 곳이다.

김내성은 택시 기사에 물었다.

"기사님, 혹시 이 근처에 '분도의 마지막 집'이라는 곳 아세요?"

"뭐요? 분도의 마지막 집? 그게 뭐, 요즘 유명한 맛집이라도 되는 거요? 내가 개인택시를 30년 넘게 했는데 그런 곳은 처음 들어 보는데."

칠십이 넘어 보이는 택시 기사는 뒤를 돌아보고 오히려 김내성에게 느릿한 말투로 질문했다.

김내성은 더는 말을 잇지 않았다. 택시는 목적지 없이 돈암동에서 미아사거리 쪽으로 무작정 달리고 있었다. 김내성은 책을 구했으니 정확한 장소를 알려 달라고 정진영의 스마트폰으로 메시지를 보냈다. 답장이 금세 왔다.

> 김내성 코스프레 작가 선생. '마인'을 찾았다니 제법이구만. 장소를 알려 달라고? ㅋㅋ 이 양반아! 장소는 당신이 추리를 해서 찾아와야지. 이것도 게임의 일부란 말이야. 명색이 추리작가라는 양반이 추잡스럽게 힌트나 달라고 하고. ㅋㅋ 반드시 제시간에 지정된 장소로 찾아올 것! 그렇지 않으면 이 여자는 죽어! ㅎㅎ

소름이 돋았다. 범인은 지금 이 상황을 '게임' 정도로 생각하고 있다. 메시지 중간에 웃음은 상대방을 조롱하는 의미이기도 하지만, 지금 상황을 범인이 즐기고 있다는 말이다. 한마디로 미치광이다. 정말 시간 내에 지정한 장소로 가지 못하면 그녀에게 끔찍한 일이 일어날 것이다. 범인의 엄포가 아니다. 그는 미쳤다.

분도의 마지막 집.

김내성은 끊임없이 되뇌었다. 단서를 찾아내야 하는데 도무지 무슨 뜻인지 떠오르는 게 없었다. 조급해졌다. 앞에서 택시 기사는 목적지 없이 어디까지 가야 하느냐고 투덜거렸다. 김내성은 일단 차를 미아 현대백화점 맞은편 길가에 세우도록 했다.

범인이 '마인'에 집착하는 걸 보니 찾아가야 할 장소는 분명히 '마인'과 관련된 장소일 것이다. 혼자 힘으로 안 되면 다른 사람의 힘을 빌리는 길밖에 없었다. 김내성은 스마트폰의 주소록을 뒤져 추리작가협회 회장 전화번호를 찾았다. 회장은 추리작가협회의 원로이기도 하고, 요즘 아인 김내성 평전을 집필하고 있을 정도이니 그에 대해 자신보다 많이 알고 있을 것 같았다. 아인 김내성 선생님의 '마인'에 대해서도 어떤 단서를 짚어 줄 것 같은 예감이 들었다.

전화 연결이 되자 김내성은 인사도 없이 다짜고짜 용건을 말했다.

"회장님! 저 김내성 작가입니다. 혹시 아인 김내성 선생님이 쓰신 '마인'과 '분도의 마지막 집'이라는 곳이 어떤 연관이라도 있는 건가요?"

"아! 김 작가. 무슨 말인가? 갑자기 전화해서 대뜸 수수께끼를 내는 건가? 요즘 김 작가에게 무슨 일이 있는 건가. 항상 뜬금없는 질문만 하고 말이야. 허허허."

"죄송합니다, 회장님. 매우 급한 일이 생겨서요. '분도의 마지막 집'이 도대체 어떤 곳인가요? 뭐 떠오르시는 게 없으세요?"

김내성이 절박한 목소리로 물었다. 뭔가 심각한 일이 생겼다는 걸 감지했는지 회장도 진지한 목소리로 차분히 대답했다.

"분도의 마지막 집이라…… 이게 꼭 '마인'과 관련이 있어야 하는 건가?"

"반드시 그런 건 아니고요. 아인 선생님이 쓰신 소설과 관련된 장소가 아닐까 하는 건 제 추측입니다."

"그렇군. 그렇다면 내가 지금 시점에서 떠오르는 건 한 가지밖에 없네."

"그게 뭡니까?"

"아인 김내성 선생의 세례명이 베네딕토였네. 그걸 음차한 것이 '분도'이지. 그걸 말하는 거 같은데. 아인 김내성 선생의 마지막 집."

"아!"

아인 김내성의 마지막 집. 곧 그의 무덤이었다.

"아인 선생의 유택 위치도 아시는지요?"

"정확한 위치는 나도 모르겠네. 아인 선생이 '실락원의 별'을 연재하시다 뇌일혈로 쓰러져 회복 기미가 보이지 않자 아인 선생의 부인에게 평소 친하게 지내던 김동리 선생의 부인이 천주교 세례를 받을 것을 권유했지. 결국 김동리 선생의 부인 주선으로 혜화동 성당 신부에게 세례를 받고, '실락원의 별'을 연재하던 경향신문이 나서서 성당 묘지에 모시게 주선을 했다는 것까지만 알고 있어."

"회장님, 감사합니다."

전화를 끊은 김내성은 아인 선생의 무덤을 검색했다. 하지만 우리나라 추리소설의 시조인 아인 선생의 명성이 무색하게 그의 무덤은 쉽게 검색되지 않았다. 세인의 관심 밖이라는 이야기였다.

"빌어먹을! 당대를 풍미했던 유명한 작가인데도 인터넷엔 그의 무덤에 대한 정보가 하나도 검색이 안 되네."

조급해진 김내성은 화가 났다.

"이봐요."

늙수그레한 택시 기사가 고개를 돌려 김내성을 바라봤다.

"요금을 더 드릴 테니 좀 더 기다리시죠! 위치가 확인되는 대로 출발할 거예요!"

김내성이 가시 돋친 말을 내뱉었다.

"아니, 요금을 더 달라는 게 아니라."

"그럼요?"

"혹시, 지금 김내성 작가, 그러니까 '청춘극장'이랑 '쌍무지개 뜨는 언덕'을 쓴 김내성을 말하는 거지?"

택시 기사 입에서 갑작스레 아인 선생의 작품 이름이 나와 김내성은 깜짝 놀랐다.

"네, 그런데 기사님이 김내성을 어떻게?"

"아이고, 우리 어릴 때 김내성 작가의 글을 많이 보고 자랐지. 그 뭐야, 소설가 박범신이나 예전에 환경부 장관까지 해먹었던 연극배우 손숙 있잖아. 그런 예술가들까지도 어린 시절에 김내성 소설을 재미나게 읽었다고 신문 인터뷰에서 말할 정도인데 우리 같은 평범한 사람들한테는 얼마나 더 재미있었겠어."

"그렇군요."

택시 기사 특유의 말참견이었다. 회장과의 통화 내용을 듣고 김내성에 대한 자신의 추억을 이야기하는 모양이었다. 김내성은 말을 끊고 다시 무덤 위치를 검색했다.

"근데."

택시 기사가 계속 말을 걸었다.

"왜요. 저 지금 좀 바빠요."

"지금, 김내성 작가의 무덤을 찾는 건가?"

"네."

"그럼, 내가 좀 도움이 될 거 같은데."

"네?! 기사님이 무덤 위치를 아세요?"

"아니, 정확히는 몰라. 근데 대략의 위치는 알지. 작년에 도봉산에 가는 등산객 손님을 태웠는데 다 내릴 때쯤 되어서 그 근처에 김내성 탐정소설 작가의 묘소가 있다고 그러더라고. 산에 가는 길에 한 번 들렀다 가자고 그러는 소리를 들었지. 그걸 내가 지금까지 또렷이 기억하고 있어. 내가 나이는 먹었어도 아직 기억력은 말짱하거든. 젊은 사람보다도 나아."

"아! 그게 어디죠?"

"도봉동에 무수골이라는 곳이 있는데, 그 근방이야."

"여기서 먼가요?"

"한 20분만 가면 돼. 왜? 거기로 가야 하는가?"

택시가 출발했다. 속도를 낼 것을 부탁했지만, 고령의

택시 기사에겐 버거운 일이었다. 신호마다 모두 걸려서 달리는 시간보다 정차하는 시간이 더 많았다.

김내성이 시간을 확인했다. 메시지를 받은 지 벌써 2시간이나 지났다.

"빨리 달려 주세요."

"그래, 알았어. 저 앞에 북부지방법원을 지나 도봉역에서 좌회전해 조금만 더 직진해 들어가면 돼. 그런데 저 뒤에 있는 차는 계속 이 차를 따라다니는 거 같아. 아까 백화점 앞에서 한참 서 있을 때도 우리랑 같이 서 있었어. 출발도 같이했고."

"어떤 차죠?"

"뒤에 두 번째 하얀색 차."

김내성이 고개를 돌려 차를 확인했다. 바로 뒤가 아니라 차 안에 탑승한 사람의 얼굴은 식별할 수 없었다. 누구인지 신경 쓰이기는 했지만, 더 중요한 일을 앞에 두고 있었기에 일단 그녀를 구하는 일에 집중하기로 했다.

택시는 도봉역에서 좌회전 후 오른쪽에 개천을 끼고 좁은 주택가 도로를 타고 올라갔다. 입술이 바짝 마른 느낌이었다. 얼굴에 열도 났다. 창문을 열었다. 차가운 바람이 얼굴을 덮쳤다. 숨을 들이쉬자 상쾌한 숲 향기가 밀려 들어왔다. 1분 남짓 달렸을까. 개천가의 빌라는 어느새 낡은 단층 주택들로 바뀌었고, 조그만 텃밭들이 보이기 시작했다. 좁은 도로 옆에는 연탄재들이 수북이 쌓여 있고, 곧 쓰러질 듯한 몇몇 집에서는 아직도 난방을 하는지 연기가 피어오르고 있었다. 택시가 지날 때마다 동네 개들이 바통을 건네듯이 연달아 짖어 대기 시작했다.

"거의 다 왔네. 공기가 좋지? 여기가 도봉산 끝자락이야. 저기 보이지, 도봉초등학교? 그 근처야."

택시가 초등학교 앞 길가에 정차했다.

"야밤에 묘지로 데려다 달라는 손님은 처음이네. 여기부터는 손님이 알아서 찾아가야 할 거 같은데. 내 기억으로는 작년에 김내성 작가의 묘지를 참배하겠다던 손님들은 초등학교 왼쪽 길로 들어갔던 것 같네."

김내성은 택시에서 내리면서 기사에게 돈을 쥐어 주었다. 요금계에 찍힌 금액보다 몇 배나 많은 돈이었다. 혹시 모르니 한 30여 분만 이 자리에서 기다려 줄 걸 부탁했다. 택시 기사가 글러브 박스에서 비상용 랜턴을 꺼내 김내성에게 건넸다.

김내성은 뒤를 돌아봤다. 택시 기사가 계속 쫓아온다던 하얀색 차는 보이지 않았다.

"뭐 하러 올라가는지는 모르지만, 이게 필요할 거야. 어서 다녀와. 난 딱 30분만 대기하다가 갈 테니까."

랜턴을 받아 든 김내성은 택시기사가 가르쳐 준 길로 들어서 주변을 살피며 빠른 걸음으로 걸었다. 50여 미터를 걷자 천주교 묘원이라는 작은 표지판이 보였다. 묘지 입구에 있는 철문을 천천히 잡아당겼다. 철문은 잠겨 있지 않았다. 문을 양쪽으로 완전히 열자 제법 넓은 길이 나타났다. 포장은 되어 있지 않았지만, 잘 다져진 게 트럭도 다닐 만한 길이었다. 묘지 관리를 위해 만든 길인 것 같았다. 철문을 원래대로 닫은 김내성은 랜턴을 켜고 천천히 길을 오르며 주변을 비췄다. 불빛이 닿는 곳마다 비석과 봉분이 얼굴을 내밀었다. '마인'을 가지고 '분도의 마지막 집'에 도착했다고 메시지를 보냈다. 범인으로부터 바로 답장이 왔다.

오! 제법인데. 밑에서 어른거리는 불빛이 너인가? 맞으면 랜턴으로 크게 원을 그려라.

메시지 내용을 보니 아인 선생의 무덤은 위에 있는 것 같았다. 위에서 산 밑의 움직임을 주시하고 있으리라.

김내성은 시키는 대로 원을 그리듯 랜턴을 크게 돌렸다. 다시 메시지가 왔다.

지시 사항을 아주 성실하게 수행하는군. ㅎㅎ
이제 랜턴을 끄고 큰길을 따라 천천히 올라올 것.

랜턴을 껐다. 사위가 어둠에 빠졌다. 김내성은 눈을 감고 어둠에 순응하기 위해 제자리에 서 있었다. 잠시 후 눈을 뜨자 랜턴을 켰을 때는 느끼지 못했던 달빛이 느껴졌다. 어슴푸레 눈앞에 길이 나타났다. 길을 따라 천천히 걸어 올라갔다.

삼사 분 정도 걸었을까. 앞에서 인기척이 느껴졌다. 소리가 나는 곳으로 고개를 돌렸다. 십여 미터 앞 봉분 뒤에서 반짝이며 달빛을 반사하는 무언가가 보였다.

"정지!"

남자의 목소리가 들렸다. 김내성은 제자리에 섰다.

"가져온 책은 그 앞 상석에 놓아두고 뒤로 멀찍하게 물러나도록."

지시하는 목소리가 귀에 익숙했다.

김내성은 눈을 크게 뜨고 앞을 주시했다. 하지만 어둠

에 묻혀 얼굴은 보이지 않았다. 책을 올려 두라고 말한 상석에는 소주병과 잔, 그리고 북어가 놓여 있었다.

"당신은 누구죠? 목소리가 꽤 익숙한 사람인데."

"하하하하! 내 얼굴을 확인하면 깜짝 놀랄걸."

"어……. 이 목소리는. 설마……."

"어서 책을 그 앞 상석에 올려놓고 뒤로 물러서!"

남자가 목소리를 높였다. 남자의 말이 계속되자 김내성은 목소리의 주인공을 확신할 수 있었다.

"김상태! 편집장!"

"크크크크크. 어서 책이나 내놓으시지."

"흐……. 흡흡."

정진영이었다. 입에 테이프를 붙인 듯 숨소리가 몹시 거칠었다.

김내성은 책을 올려 두기 위하여 무덤 앞 상석에 다가갔는데 상석 위에는 이미 다른 책 한 권이 놓여 있었다. 김내성은 고개를 갸웃하며 그 책 옆에 '마인'을 두고 뒤로 물러섰다.

"더 뒤로!"

김상태가 소리쳤다.

"겁 많은 자식. 내가 덤벼들기라도 할까 봐 무서우냐?"

김내성은 몇 걸음 더 뒤로 물러서며 김상태에게 도발했다.

"이 쓰레기 같은 삼류 추리소설가 새끼가 입은 살아서!"

김상태는 손이 묶인 정진영의 뒤에서 목에 칼을 겨누고 '마인'을 올려 둔 상석으로 천천히 내려왔다. 상석에서 책을 집어 든 그는 페이지를 넘기며 진본 여부를 확인하는 것 같았다.

"흐음. 네가 정말 초판본 '마인'이란 말이지. 태어난 지 80년 만에 드디어 제대로 된 주인을 만나게 되는군."

김상태는 책을 보고 마치 사람을 대하듯 말을 했다.

"왜 무고한 진영 씨를 납치했는지는 모르겠지만, 이유를 불문하고 책을 줬으니 이제 진영 씨를 돌려보내. 진영 씨를 돌려보내 주면 난 조용히 내려갈 거야."

"그래, 진영 씨는 돌려줄게. 그런데 나랑 이야기 좀 하다 가지. 서로 용무만 마치고 헤어지면 좀 야박하지 않아. 우리 서로 아는 사이잖아. 몇 번이나 술도 같이 마시고 말이야. 안 그래? 후후후."

이야기하자던 김상태는 여전히 정진영의 목에 칼을 겨누고 있었다. 그는 정진영을 이끌고 봉분 뒤로 돌아갔다.

"너는 오늘 여길 생전 처음 왔겠지만, 나는 여길 자주 찾아왔어. 앞에 있는 무덤은 아인 선생의 영원한 안식처다. 추리소설가 행세를 하면서도 정작 아인 선생이 여기 묻혀 있는 건 몰랐지? 짝퉁 추리소설가에게 뭘 바라는 내가 잘못이지. 훗훗훗."

김상태는 흥에 겨운 목소리로 코웃음을 섞어 가며 말했다.

"내가 굳이 진영이를 여기까지 데리고 온 이유가 있지. 난 원래 너보다 먼저 정진영을 알고 있었어. 이것도 몰랐지? 헤헤. 결론부터 말하자면 정진영 남매가 오상진의 아버지를 죽이고 오상진에게 누명을 씌우는 아이디어는 내가 제공했어. 좀 더 계획을 세밀히 실행했으면 완전히 오상진을 수렁에 빠뜨릴 수 있었는데 정진영의 부주의로 너란 놈한테 들키고 말았지. 아마 내가 직접 실행했으면 그런 일은 없을 텐데 말이야. 참 안타까운 일이었지."

"도대체 무슨 소리를 하는 거야! 빨리 진영 씨나 풀어 줘!"

"잠자코 내 이야기나 들어! 때가 되면 내가 알아서 풀어 줄 거야."

김상태는 정진영의 목을 겨누고 있던 칼을 김내성을 향해 삿대질하듯이 내질렀다.

"이년은 은혜를 원수로 갚는 년이야. 오상진과 아버지

에게 원한이 있다고 해서 그 원한을 푸는 방법을 사사해 줬건만 그 은혜도 모르고 출소해서 날 바로 배신하더군. 나와의 계약을 파기했어! 그래서 혼 좀 내 주려고 여기까지 모시고 온 거야. 킥킥킥킥킥."

김상태는 혼자서 낄낄대며 웃더니 계속 훈계하는 듯한 어조로 말을 이었다.

"하지만 난 이 순간부터 모든 걸 용서할 거야. '마인'을 얻었으니 이년은 풀어 주도록 하지. 너도 오늘 많이 놀랐지? 이제, 처음 뵙는 아인 선생님께 술 한 잔 올리고 인사드려. 나는 아까 와서 벌써 한 잔 올렸으니 이젠 네 차례다. 소주를 한 잔 올리고 봉분 위에 뿌려 드려. 그리고 아인 선생님 앞에서 너도 한잔하고! 모든 의례가 끝나면 바로 이년을 풀어 줄게. 그러면 모든 게임은 끝나는 거야. 오케이?"

"흡, 흡, 흐읍……."

정진영이 심하게 몸부림쳤다. 숨소리도 더욱 거칠어졌다. 마치 무슨 말이라도 하고 싶은 것처럼 보였다. 김내성은 잠시 상석 위에 놓인 소주병을 응시하다 고개를 끄덕였다.

"알았다. 네 말대로 할 테니. 진영 씨를 풀어 주도록 해."

"오브코스!"

김상태가 꿈틀대는 정진영의 목을 팔로 휘감으며 콧소리를 섞어 대답했다.

김내성은 소주를 한 잔 따라 상석에 올렸다. 소주를 올리며 상석 위에 먼저 놓여 있던 책을 자세히 봤다. 또 다른 '마인'이었다. 오상진 오피스텔에서 없어졌던 복간판 '마인'. 오상진의 오피스텔에서 며칠 머물 때, 어느 날 새벽 비밀번호를 누르고 침입한 정체불명의 검은 그림자는 결국 김상태였다.

김내성은 김상태의 요구대로 아인 선생의 유택에 절을 한 후, 봉분 위에 소주를 정성스럽게 뿌렸다. 다시 한 잔. 자신이 마실 소주를 잔에 따랐다. 김내성은 술을 마시기 전 잔을 들고 물끄러미 바라보았다.

"우읍! 우읍!"

정진영이 옴짝거리며 입에 붙어 있는 테이프를 떼려고 안간힘을 썼다.

김내성은 무덤 앞에 무릎을 꿇고 정진영을 바라보며 천천히 잔을 기울였다.

"으윽! 안 돼! 그 술엔 독약이 들어 있어! 오기 전에 약을 탔단 말이야. 으아악!"

정진영의 입에 붙어 있던 테이프가 떨어졌다.

하지만 그녀의 절규가 다 끝나기도 전에 김내성은 자신의 목을 부여잡고 쓰러졌다. 풀 위에 쓰러진 김내성은 벌레처럼 몸을 꿈틀거리며 신음했다. 김상태에게서 빠져나오기 위해 정진영이 발버둥 치자 김상태는 칼끝으로 그녀의 목을 누르며 제지했다.

"켁켁켁. 멍청한 자식!"

김상태는 징그러운 웃음소리와 함께 바닥을 기며 고통스러워하는 김내성을 조롱했다.

"이름만 김내성이고 작품을 제대로 써 내지 못하던 삼류 추리소설가가 자신이 우러러보던 진짜 김내성의 무덤 앞에서 자살하다! 그는 자살한 장소에 진짜 김내성이 쓴 장편소설 '마인'을 남겨 두었다. 이는 자신이 우러러보던 작가에 대한 존경심을 표한 것으로 추측된다. 같은 장소에는 칼로 여러 차례 찔린 여성의 시신도 같이 발견되었는데 자살한 가짜 김내성이 동반 음독자살을 거부하자 여성을 먼저 살해하고 자신은 음독한 것으로 추정된다. 아마 내일자 신문에 이런 기사가 실릴 거야. 축하해! 신문에 자신의 기사가 실리는 영광을 누리게 되다니. 그런데 정작 그 신문 기사는 직접 눈으로 확인하지 못하겠구먼. 이미 차가운 주검으로 변해 있을 테니깐 말이야. 핫핫핫핫핫."

"안 돼! 이 살인마!"

"살인마? 야, 이년아! 앞뒤 분간도 못 하는 개념 없는 년이구먼. 너도 사람을 죽였잖아."

김상태는 얼굴을 찌푸리며 정진영의 뺨을 후려갈겼다. 손이 묶여 있는 정진영은 중심을 잃고 휘청거리며 쓰러졌다. 그녀는 바닥에 쓰러진 채로 고개를 들어 김내성의 상태를 확인했다.

김내성은 움직이지 않았다. 그의 입에서 처절하게 흘러나오던 신음도 이미 멈췄다. 김내성의 얼굴이 보였다. 정진영은 눈을 크게 뜨고 숨을 참았다.

쓰러진 정진영에게 다가온 김상태는 머리채를 움켜잡아 그녀를 일으켜 세웠다. 그녀가 완전히 일어서자 김상태는 움켜잡은 머리채를 몇 번 휘두르더니 땅바닥에 공을 던지듯 있는 힘껏 패대기쳤다.

김상태가 김내성에게 다가갔다. 발로 김내성을 툭툭 찼다. 아무런 반응이 없었다. 김상태는 몸을 숙여 자신의 손가락을 김내성의 코에 댔다. 이미 숨이 끊긴 듯 들고나는 바람을 느낄 수 없었다.

김상태는 만족한 미소와 함께 허리를 폈다. 손에 든 칼을 자신의 눈앞에 대고 확인하고는 정진영이 쓰려져 있는 쪽으로 몸을 돌렸다.

"이제는 네년 차례. 대가리를 땅에 처박고 신께 기도는 드렸나. 이제 곧 뵈러 간다고?"

김상태는 칼을 쥔 손에 잔뜩 힘을 줬다.

"얏!"

퍽.

"악!"

김상태가 외마디 비명과 함께 뒤통수를 부여잡았다. 랜턴이 산산이 조각났다. 김상태의 머리에서 뜨거운 액체가 흘러나왔다.

김내성은 김상태가 땅에 떨어뜨린 칼을 재빨리 발로 차냈다. 갑작스러운 습격에 김상태는 그로기 상태가 된 복싱 선수처럼 잠시 멍하게 서 있었다. 김내성이 주먹을 내질렀다. 주먹은 김상태의 왼쪽 눈에 정확히 꽂혔다. 다시 한 번 비명. 김상태는 중심을 잃고 앞으로 고꾸라졌다. 고통스러운지 몸을 웅크리고 괴성을 질러 댔다.

김내성은 전의를 상실한 김상태를 뒤로하고 쓰러져 있는 정진영에게 다가가 그녀의 묶인 손을 풀어 주었다. 정진영이 김내성의 품을 파고들었다.

"그 술을 진짜 마신 줄 알았어요. 아까 제가 쓰러져서 내성 씨와 눈이 마주쳤을 때 윙크를 하는 걸 보고 정말 깜짝 놀랐어요. 독이 든 술은 마시지 않은 거죠?"

"그럼요. 진영 씨의 입은 막혀 있었지만, 저에게 무엇을 전달하려고 하는지 알 수 있었죠. 김상태가 뜬금없이 무덤에 술을 올리고, 나도 마시라고 할 때 뭔가 이상한 걸 느꼈어요. 숨겨진 의도가 있을 거로 생각했습니다. 그래서 술 마시는 척하면서 천천히 흘려 버렸어요. 불빛 없는 밤이고 김상태와 거리가 좀 떨어져 있어 충분히 속일 수 있을 것 같았어요. 그러고는 죽은 척하고 습격할 기회를 엿보고 있었죠."

"그랬군요. 정말 대단해요!"

"몸은 괜찮아요?"

"네, 저는 괜찮아요."

정진영이 주위를 살피며 대답했다.

"내성 씨! 큰일 났어요. 김상태 편집장이 사라졌어요!"

정진영의 말에 김내성이 황급히 주변을 살폈다. 조금 전까지 쓰러져 있던 김상태가 없어졌다.

"차, 차, 차!"

정진영이 다급히 소리쳤다. 그때 요란한 엔진 소리와

함께 강한 불빛이 나타났다. 이십여 미터 앞에서 급발진 소리와 함께 차가 튀어나왔다. 차는 손쓸 틈도 없이 김내성과 정진영의 앞을 지나쳤다.

"뛸 수 있죠?"

김내성이 정진영의 손을 잡았다.

"네."

"갑시다. 밑에 차가 대기하고 있어요. 저놈을 잡아야겠어요."

김내성과 정진영은 차의 빨간 후미등의 궤적을 따라 산길을 있는 힘껏 뛰어 내려갔다. 다행히 평탄한 도로가 아닌 탓에 차는 전속력을 내지 못했다.

앞에 달리던 차가 잠시 정차했다. 차의 헤드라이트 앞에 김상태가 나타났다. 공원묘지 출입문을 열고 있었다. 거리를 좁힐 절호의 기회였다. 김내성은 더 빨리 뛸 수 있었지만, 정진영 때문에 전력을 다하지 못했다.

문을 완전히 연 김상태는 다시 차에 탔다. 거리는 불과 오십여 미터. 김내성은 보이지는 않지만 대기하고 있을 택시를 향해 소리쳤다. 그사이 김상태의 자동차는 시야에서 사라졌다.

묘지 입구를 지나쳐 초등학교 앞에 도착한 김내성은 택

시를 찾았다. 하지만 택시는 없었다. 시계를 봤다. 택시 기사와 약속했던 30분이 지났다. 김내성은 허탈한 마음에 자리에 풀썩 주저앉았다. 정진영도 김내성 옆에 앉아 숨을 헐떡거렸다.

"도대체 여기서 뭐 하는 거야. 어? 정진영 씨도 있네."

남자 목소리가 들렸다. 또 익숙한 목소리였다. 소리가 나는 곳으로 고개를 돌린 김내성은 깜짝 놀랐다. 이경태 팀장이었다.

"여긴 어떻게 온 거죠?"

"당신을 쫓아 택시를 줄곧 미행했지. 도대체 '마인'을 들고 왜 갑자기 튄 거야? 체포될 수도 있는 일인데."

"아! 잘됐습니다. 아까 여기서 나간 차를 뒤쫓아야 해요. 오상진을 죽인 놈입니다. 김상태 편집장!"

"뭐? 김상태?"

"서둘러요! 그놈이 '마인'도 가지고 있습니다."

"뭐가 어떻게 돌아가는 건지 모르겠네."

이경태가 황당한 표정으로 말했다.

"어서!"

김내성이 이경태를 재촉했다. 이경태는 대기하고 있던 흰색 소나타에 두 사람을 태우고 출발했다. 운전은 이경태의 후배 경찰이 하고 이경태는 조수석에 앉았다.

"방금 공원묘지를 빠져나간 차를 뒤쫓아요!"

"벌써 차가 빠져나간 지 이삼 분이나 지났어요. 어느 길로 갔는지 알 수 없습니다."

운전대를 잡고 있는 형사가 말했다.

"일단, 직진!"

이경태가 명령하듯 말했다.

"진영 씨, 아까 여기로 올 때 어떤 길로 왔는지 기억나요?"

김내성이 물었다.

"이 동네는 처음이라…… 아! 다른 건 기억이 나지 않는데 법원을 지난 후에 좌회전해서 계속 직진했던 거 같아요."

"아! 우리가 왔던 길과 똑같은 길로 왔어요. 아마 돌아갈 때도 그쪽으로 갈 가능성이 많아요. 이 길로 쭉 가다가 도봉로 쪽으로 우회전!"

김내성이 소리쳤다. 그사이 이경태는 적어 두었던 김상태의 차량 번호를 112 종합상황실에 전파했다. 이제 곧 예상 이동 경로에 긴급 검문이 시행될 것이다. 운전하는 형사가 액셀러레이터를 깊이 밟았다.

왔던 길을 이삼여 분 급히 달려 도봉로로 빠지자 비틀거리며 도로 3차선을 위태롭게 달리는 검은색 쏘렌토가 보였다. 김상태의 차였다. 생각보다 멀리 가지 못했다. 소나타는 2차선으로 파고들어 쏘렌토를 추월했다. 룸미러에 목표물이 비치자 급브레이크를 밟았다. 뒤에 있던 쏘렌토도 급제동했다. 소나타에서 세 남자가 튀어나와 김상태의 차로 접근했다. 비로소 상황을 파악한 김상태는 후진 기어를 넣고 급히 차를 뒤로 뺐다. 십여 미터 뒤로 후진한 차는 멈칫하더니 앞에 서 있는 소나타를 향해 돌진했다. 김상태의 차가 소나타를 들이박자 우지끈 소리와 함께 옆 차선으로 튕겨 나갔다. 장애물이 사라지자 김상태는 다시 도주하기 시작했다.

남자들은 범퍼와 트렁크가 심하게 우그러진 소나타로 다시 뛰어 들어갔다. 충격은 있었지만, 차 안에 있던 정진영은 무사했다. 다행히 차도 아무 이상 없이 움직였다. 급가속. 굉음과 함께 출발한 차는 김상태의 차를 뒤쫓았다. 앞 교차로에서 신호 위반을 하며 직진하는 쏘렌토가 눈에 들어왔다. 형사는 경음기를 길게 울리며 앞차를 따라 신호를 무시하고 교차로를 통과했다. 쏘렌토를 전속력으로 따라붙은 후 운전석 쪽으로 바짝 차를 붙였다. 이경태와 김내성이 창문을 열고 차를 세우라는 손짓을 했다. 쏘렌토의 운전석 창문이 내려갔다. 김상태가 두 남자를 바라보며 한쪽 입꼬리를 올리고 뜻 모를 미소를 지었다. 왼쪽눈은 퉁퉁 부어 있었다. 아까 김내성에게 일격을 당했던 상처였다. 한쪽 눈이 잘 보이지 않아 제대로 운전하지 못하는 것 같았다.

갑자기 김상태가 왼쪽 엄지를 추켜세우고 창밖으로 내밀더니 김내성과 이경태를 향해 까딱까딱 움직였다. 이내 창문이 올라가고, 선루프가 열렸다. 곧 열린 선루프 사이로 종이가 한두 장씩 튀어나와 바람을 타고 날아가 도로에 떨어졌다.

"저 자식, 이 와중에 뭐하는 거야?"

이경태가 고개를 절레절레 흔들었다.

"지금 밖으로 던지고 있는 종이가 뭘까요?"

정진영이 김내성에게 물었다.

순간, 김내성에게 불안감이 엄습했다.

"형사님! 차를 일단 쏘렌토 뒤로 적당한 거리를 두고 붙이세요."

차가 쏘렌토 뒤로 빠졌다. 김상태는 차 안에서 계속 선루프를 통해 종이를 밖으로 날리고 있었다. 김내성이 창밖으로 몸을 내밀고 앞차에서 날아오는 종이 하나를 낚아챘다. 종이를 확인한 김내성은 아연실색했다.

"이런……. 개자식!"

김내성에 손에 들린 종이는 찢긴 '마인' 초판본이었다!

"저놈 완전히 미쳤어! 지금 '마인'을 갈가리 찢고 있어!"

김내성이 절규했다.

"조금만 기다려. 저놈을 곧 제지할 수 있을 거야. 저 앞 미아사거리에 순찰차가 진을 치고 있다고 연락 왔어."

방금 종합상황실과 연락한 이경태가 김내성에게 지금 상황을 전달하고는 다시 상황실에 전화해 여태 지나온 도주 경로를 설명했다.

백여 미터 앞에 번쩍이는 경광등이 보였다. 앞에 달리고 있는 차들의 후미등에 빨간불이 하나둘씩 켜지고 있었다. 경찰이 길을 통제하고 있어 차가 밀리는 모양이었다.

김내성이 이제 놈을 잡을 수 있다고 생각할 무렵, 미아사거리역에서 김상태가 우측 좁은 도로로 길을 꺾었다. 차는 영훈초등학교를 지나쳐 미아초등학교를 거쳐 길음역으로 빠졌다. 경찰의 제지를 가뿐히 따돌렸다. 김상태는 이곳 지리를 훤하게 꿰뚫고 있었다.

김상태의 차는 미아리고개를 넘어 오상진의 집이 있는

성신여대입구역을 향해 내달렸다. 그의 뒤를 쫓는 김내성의 눈에 도로에 걸린 현수막이 들어왔다.

「경축! 아인 김내성을 추모하다! 아인 김내성길, 명예도로명 표지판 설치」

차가 조금 더 앞으로 나아가자 정말 '아인 김내성길'이라는 도로명 표지판이 붙어 있었다.

김내성은 스쳐 지나가는 표지판을 보면서 잠시 감격에 빠졌다. 하지만 그 순간에도 도주하고 있는 차에서 뿌린 훼손된 초판본 '마인'이 도로 위에 휘날리고 있는 아이러니한 상황이 벌어지고 있었다.

김상태의 차는 신호를 무시하며 거침없이 내달렸다. 아인 김내성이 살던 돈암동을 지나 혜화동 로터리를 거쳐 창경궁에서 우회전하여 율곡로로 들어섰다. 계속 직진하면 조만간 경복궁에 다다르게 된다.

"광화문에 순찰차가 두 대 있는데 이놈이 어디로 방향을 틀지 모르니 난감하군."

이경태가 말했다.

"광화문 앞에서 막으면 어떨까요."

운전하는 형사가 말했다.

"순찰차 두 대로 막기에는 광화문 앞길이 너무 넓어."

이경태가 고개를 저으며 말했다.

"차 세 대로 저놈 차를 둘러싸고 강제로 세우는 게 어떨까요?"

이야기를 듣고 있던 김내성이 방법을 제안했다.

"그래, 그게 좋겠군."

이경태가 대기하고 있는 순찰차와 즉시 연락을 취했다.

드디어 차가 풍문여고를 지나쳐 동십자각을 지나 광화문에 들어섰다. 대기하고 있던 순찰차가 사이렌을 울리며 김상태의 쏘렌토 앞과 오른쪽에 달라붙었다. 뒤를 바짝 쫓고 있던 소나타가 속도를 올려 김상태의 차 왼쪽에 붙는 순간, 쏘렌토가 앞을 가로막고 달리고 있는 순찰차의 왼쪽 뒤범퍼를 들이받으며 앞으로 빠르게 치고 나갔다. 충격을 받은 순찰차는 중심을 잃고 빙그르르 한 바퀴 돌더니 인도로 튕겨 나갔다. 상황은 순식간에 반전되고 소나타와 남은 순찰차 한 대가 김상태의 차 뒤를 쫓는 형국으로 변했다.

김상태는 더욱 속도를 내는가 싶더니 돌연 자하문로 쪽으로 우회전했다. 비명 같은 타이어 마찰음과 함께 자하문로로 들어선 쏘렌토는 무서운 속도로 내달렸다. 신호는 전혀 개의치 않았다. 쏘렌토가 통과하는 교차로마다 지나가는 차들이 급정거하는 소리가 울려 퍼졌다. 경복고등학교를 지나친 쏘렌토는 자하문 터널에 진입했다. 뒤에서 나란히 달리고 있는 차들은 쏘렌토를 추월할 수 없었다. 따라잡기엔 너무도 무서운 폭주였기 때문이다.

터널 중간쯤 이르렀을 때 쏘렌토에서 폭죽이 터지듯 한 뭉텅이의 찢어진 '마인'이 쏟아져 나왔다. 질주하는 차의 속도 때문에 종이들은 강풍에 날리는 낙엽처럼 따라오는 뒤차 앞유리창을 덮쳤다. 순간 시야가 가려졌다. 예상치 못한 상황에 뒤따르던 차들은 본능적으로 브레이크를 밟았다. 차의 속도를 줄여 휘날리는 종이를 피한 차들은 다시 속도를 올렸다. 하지만 잠시 주춤하는 사이 쏘렌토는 저만치 달아나고 있었다.

끝날 기미가 보이지 않던 추격전은 터널을 빠져나온 쏘렌토가 세검정 교차로에서 휘청거리면 좌회전한 직후 타이어가 터지면서 서서히 종막을 향해 달려갔다.

눈에 띄게 속도가 줄어든 차는 세검정길의 커브를 힘겹게 달렸다. 터진 타이어에서는 연기가 피어오르기 시작했다. 목적지 없이 달리는 쏘렌토 백여 미터 앞에 그랜드힐튼 호텔이 나타났다.

"팀장님, 이쯤에서 결판내야 할 것 같습니다."

형사가 이경태에게 말했다.

이때 쏘렌토가 내부순환로 홍제IC로 방향을 틀었다.

"저 차가 내부순환로를 타면 큰 사고가 날 수 있어! 차를 벽으로 밀어붙여!"

이경태의 말이 끝나자마자 형사는 액셀러레이터를 깊이 밟았다. 홍제램프로 올라가는 앞차와 콘크리트 벽 사이 틈을 향해 전속력으로 질주해 차의 보닛 부분을 김상태의 차 뒤꽁무니에 밀어 넣었다. 차체가 부딪치자 형사는 운전대를 끝까지 틀고 김상태의 차를 벽 쪽으로 강하게 밀어붙였다. 두 차는 굉음과 함께 불꽃을 튀기며 삼십여 미터 전진하다가 멈췄다. 두 차의 바퀴에서 연기와 함께 매캐한 냄새가 올라왔다.

차가 멈추자 두 차의 문이 거의 동시에 열렸다. 차에서 뛰쳐나온 김상태는 길을 따라 내부순환로로 도망쳤다. 김내성 일행도 그를 쫓았다. 뒤늦게 도착한 순찰차에서도 경찰이 내려 그들을 뒤따랐다. 김상태는 이제 독 안에 든 쥐였다. 시속 백 킬로미터 이상으로 차가 달리는 고가도로 위에서 더는 도망갈 곳이 없었다.

진입로와 주도로가 만나는 끝 지점까지 뛰어간 김상태는 주변을 두리번거렸다. 도로를 빠른 속도로 달리는 차가 일

으키는 바람이 김상태의 머리를 헝클어뜨렸다. 김상태가
몸을 돌려 쫓아온 김내성 일행을 노려보며 히죽거렸다.

"너희가 나를 잡을 수 있다고 생각하나?"

"이제 그만해! 어서 모든 걸 털어놓고 법의 심판을 받으
시지."

김내성이 말했다.

"하하하! 누가 마인을 법으로 심판한다는 거지?"

김상태는 웃음과 함께 이해할 수 없는 말을 내뱉고는 콘
크리트 난간 위에 설치된 강화플라스틱 방음벽을 기어 올
라갔다.

"위험해. 어서 내려와."

이경태가 김상태에게 소리쳤다. 하지만 김상태는 들은
척도 하지 않고 방음벽 위에 위태롭게 걸터앉았다.

"날 탓하지 마라! 모든 건 오상진의 탐욕과 오만 때문에
일어난 일이야."

김상태의 목소리가 한껏 격앙돼 있었다.

"난 출판사에서 미스터리 부문의 편집장으로서 수많은
한국 추리소설들과 출판사로 투고된 원고들을 읽어 왔어.
하지만 하나같이 다 쓰레기 같은 글들이었지. 특히 오상
진 같이 건방지고 수준 떨어지는 놈의 책이 잘 팔리는 건

도저히 내 상식으로는 이해할 수 없는 일이었어.

난 우리나라 삼류 미스터리 작가들에 대한 기대를 말끔히 지워 버렸어. 우리나라에 진정한 추리소설가는 딱한 명뿐이야! 바로 아인 김내성 선생! 그의 죽음과 함께우리나라 추리소설은 어둠에 묻혔어. 단언하건대 아인김내성 이후 우리나라에는 추리소설가는 단 한 명도 없었어!

난 추리소설 흉내만 내는 작가들의 억지 쓰레기 소설을생산하는 데 일조하는 것보다 아인 선생을 추모하고 마인과 함께 추리소설을 마음껏 즐길 수 있는 공간을 만들고자일을 추진하고 있었지. 하지만! 훼방꾼들 때문에 그 웅대한 계획을 오상진에게 빼앗겼어! 난 그걸 다시 찾으려고한 거야!"

김상태가 자신의 가슴을 주먹으로 쾅쾅 때리며 울분을토했다. 방음벽 위에 앉아 있는 그의 머리는 바람에 헝클어져 있고, 한쪽 눈은 퉁퉁 부어 있었다. 잔뜩 일그러진얼굴에는 터진 머리에서 흘러내린 피가 엉겨 붙어 있어 괴기스러운 모습이었다.

"그래, 김 편집장. 자네의 숨겨 둔 큰 뜻을 이제야 알아서 미안하군. 일단 내려와서 이야기합시다. 거긴 위험해.

상처도 치료해야 하고. 어서 내려와. 내가 도와주지."

이경태가 김상태에게 천천히 다가가며 부드러운 목소리로 말했다.

"스톱! 개소리 집어치워! 그 밑으로 내려가면 모든 게 끝이라는 걸 내가 모를 줄 알아? 감언이설로 날 속일 생각 말아! 마인은 그렇게 호락호락한 사람이 아니야."

이경태가 제자리에 섰다. 김상태는 앞에 서 있는 사람들을 한 번 둘러보더니 이를 드러내며 씩 웃었다.

"마인에게는 긴 시간을 감방에 처박혀 있는 것보다 자유로운 영혼이 되어 훨훨 날아다니는 게 어울리지. 이제 마인이 퇴장할 시간이군. 나는 '마인'이다! 하하하하하."

김상태가 우물거리며 말을 하더니 뒤를 한 번 돌아보고는 다이버가 물에 입수하듯 그대로 몸을 날렸다.

"앗!"

외마디 비명!

김상태의 앞에 있던 이경태가 몸을 날렸지만, 운명의 시계추는 되돌릴 수 없었다. 이경태가 급히 방음벽을 기어올라 아래를 내려다봤다. 하늘을 쳐다보며 미동 없이 누워 있는 그가 보였다. 이경태는 고개를 돌려 일행을 바라보며 고개를 저었다.

"잘 있어요?"

"거기도 나름 사회생활이잖아요. 잘 적응하고 있는 거 같더라고요. 과거의 잘못된 선택에 대해서도 깊이 반성하고 있고요. 그리고 그거 아세요?"

"뭘요?"

정진영을 바라보며 김내성이 물었다.

"추리소설을 쓰기 시작했대요. 여태껏 독후감 하나 제대로 써 본 적 없는 애였는데, 갑자기 추리소설가가 되겠다고 하니 황당하더라고요."

"동생을 너무 무시하는 거 아니에요? 트릭과 반전을 글에 잘 버무릴 수만 있다면 누구든 추리소설가가 될 수 있는 거예요. 그러지 말고 자주 찾아가 용기를 불어넣어 주시죠."

"그럴까요?"

나란히 앉아 있던 정진영이 김내성에게 살짝 몸을 기대며 말했다.

"다음에 면회 갈 때 내성 씨도 같이 가요. 현직 추리소설가가 미래의 추리소설가에게 직접 용기를 북돋아 주시죠."

순간, 김내성의 얼굴이 어두워졌다.

"제대로 된 글도 못 쓰는 허울뿐인 작가인데 내가 자격이 있을지 모르겠네요."

김내성이 갑자기 침울한 목소리로 말하자 정진영이 그의 안색을 살폈다.

"김 작가님! 무슨 겸손의 말씀을요. 제가 예전에 내성 씨 데뷔작을 보고 깜짝 놀랐었잖아요. 반전이 정말 대단한 소설이었어요. 아인 김내성 선생님이 보셨더라면 내성 씨를 많이 칭찬했을 거예요. 나를 잇는 미스터리 장르의 거목이 될 거라고요. 호호호."

정진영의 말이 끝나자 김내성의 얼굴이 심하게 구겨졌다.

"제가 무슨 말실수라도? 내성 씨……."

예상치 못한 김내성의 무서운 얼굴에 정진영은 더 말을 잇지 못했다.

"진영 씨 잘못은 없습니다. 모두 제 잘못이죠. 제가 저번에 진영 씨에게 제 비밀을 고백하려고 했었는데, 뜻하지 않는 여러 가지 일이 생기는 바람에 여기까지 왔네요."

김내성의 목소리가 진중하게 변했다.

이때, 백민수와 이범수, 그리고 이경태가 모습을 드러냈다. 이경태는 해외여행을 가는지 빅사이즈 캐리어를 끌고 들어왔다. 오래간만에 '모리스 르블랑'에서 모두 모이는 자리였다.

"어이! 미정 씨, 미정 씨도 이쪽으로 와서 앉아. 모두에게 사건에 대해 브리핑할 테니."

이경태가 손짓하며 카운터에 있는 김미정을 불렀다.

"예전에 우리가 모여 여기서 했던 출간 기념회가 생각나는군."

이경태가 말했다.

"그날 참석했던 멤버 중 두 명은 저세상 사람이 되었네요……."

백민수의 말에 모인 사람들의 표정이 심각해졌다.

"맞아, 두 명이 죽었지."

이경태가 고개를 끄덕이며 말했다.

"이렇게 모이라고 한 건 그날 참석했던 사람들에게 이번 사건에 관해 정확히 알려 주기 위해서야. 우리 모두 직간접적으로 이 사건과 연관되어 있으니까 말이야. 그래서 과거 안 좋았던 일을 깨끗이 털고 간다는 의미에서 내가 수사팀에게서 얻은 정보를 바탕으로 사건 전모에 대해 브리핑하고자 하는데 다들 괜찮겠지? 우린 앞으로 추리소설 때문에 계속 만날 사람들이잖아."

이경태가 모인 사람들에게 말했다. 모두 고개를 끄덕였다.

"김상태가 왜 오상진을 살해했다고 생각하십니까?"

이경태가 좌중을 둘러보고는 마치 수사본부장이 수사 결과를 발표하는 것처럼 존댓말로 신중하게 말했다. 모두 이경태를 바라보고 있었지만, 정진영만 고개를 살짝 숙이고 있었다.

"자신이 세웠던 계획이 수포로 돌아갔기 때문입니다. 여러분 모두 기억하시죠? 오상진의 과거를 왜곡한 소설 때문에 정진영 씨와 동생이 오상진의 아버지를 살해하고 오상진에게 누명을 씌우려고 했던 거 말입니다. 참 잘 짠 계획이었죠. 여기 김내성 작가가 아니었다면 오상진은 지금 교도소에 있었을 겁니다. 어떻게 보면 그게 죽은 오상진에게는 좋은 일이었을 수도 있겠네요. 교도소에 있었다면 최소한 목숨은 붙어 있을 거니까요. 그런데 이 모든 걸 정진영 씨와 동생이 계획했을까요? 아닙니다! 오상진에게 누명을 씌우고 교도소에 집어넣을 계획은 모두 김상태의 머리에서 나온 겁니다."

"네? 무슨 이유로 그렇게 극악무도한 일을?"

웃자란 식물처럼 키만 껑충한 이범수가 놀란 눈으로 반

문했다.

"원래 김상태는 오상진에게 원한이 있었습니다. 오상진
으로부터 감내하기 힘든 모욕을 당한 거죠. 김상태는 명
문대 국어국문학과를 졸업했습니다. 그는 졸업 후 바로
석사 과정을 거쳤고, 석사 학위를 취득한 다음에는 박사
과정을 밟았죠. 여기까지는 좋았습니다. 탄탄대로를 거침
없이 달렸죠. 하지만 문제는 박사 과정에서 생겼습니다.

김상태는 자신의 지도교수와 학위논문 연구 주제로 심
한 갈등을 겪었습니다. '김내성과 탐정소설에 관한 연구'
라는 주제로 논문을 썼는데, 지도교수 눈에는 김상태의
논문이 많이 부족했던 모양입니다. 지도교수는 김상태에
게 논문 주제를 바꿔서 다시 쓰라고 권유했지만, 김상태
는 듣지 않았습니다. 무조건 김내성 관련 논문을 쓰겠다
고 고집을 부렸죠. 결국, 논문은 심사를 통과하지 못했
고, 박사 학위는 취득하지 못했죠.

김상태는 대학원을 박사 과정 수료 상태로 그만두었고,
전공을 살려 출판사에 취직합니다. 비록 박사 학위 취득에
는 실패했지만, 명문대 국어국문학과 출신이라는 프라이
드는 굉장했습니다. 김상태는 그런 프라이드를 바탕으로
열정적으로 일해서 단시간에 출판사 미스터리 부문 편집장

자리를 꿰차게 됩니다. 그러다가 오상진의 작품을 출판하게 되면서 오상진과 호형호제하며 어울리게 되었습니다.

편집장 일을 하던 김상태에게 새로운 목표가 하나 생깁니다. 편집장이란 직업 때문에 다른 사람들의 글을 읽다 보니 자신이 쓰면 더욱 재미있는 소설을 만들어 낼 수 있을 거라는 자신감이 생겼습니다. 추리소설가로 데뷔하기로 마음먹었습니다. 지루한 습작 과정을 거쳐 마침내 장편 추리소설 하나를 완성하게 되죠. 김상태는 자신의 작품을 오상진에게 조심스럽게 보여 줍니다. 내심 첫 작품인데 잘 썼다는 호평을 기대하면서 말이죠.

하지만 오상진에게 돌아온 작품평은 단 한마디였습니다. '쓰레기'. 직설적이고 거침없는 성격의 오상진은 자신의 느낌을 그대로 말했죠. '중2병을 한참 앓고 있는 중학생이 자아도취에 빠져 제멋대로 휘갈겨 쓴 습작 수준의 쓰레기'라고 말했답니다. 김상태는 심한 모멸감을 느꼈고, 분노했습니다. 고등학교밖에 졸업하지 못한 오상진이 명문대 국어국문학과 출신인 자신이 쓴 글을 그렇게 평가할 줄은 예상하지 못했겠죠.

김상태는 이날의 모욕을 가슴속 깊이 묻어 두었습니다. 이런 숨겨 둔 이야기를 언젠가 출판사 회식에서 술이 만취

한 상태로 사장에게 하소연하듯 털어놓았다고 하더군요. 사장은 그날 김상태를 잘 달랬고, 다음 날 술이 깬 김상태는 사장에게 전날 주사를 부려 죄송하다는 말까지 했다더군요. 사장은 그날 이후로 김상태가 모든 걸 잊은 것으로 생각했다고 합니다.

그러나 김상태의 오상진에 대한 원한의 응어리 쉽게 풀어지지 않았습니다. 그의 가슴속에 여전히 똬리를 틀고 있었죠. 그러던 중 여기 있는 정진영 씨에게 전화를 받게 됩니다. 정진영 씨와 통화를 한 김상태는 오상진을 나락으로 떨어뜨릴 절호의 기회라고 생각하게 됩니다."

이경태가 입이 마르는지 물을 마셨다.

"저는 그때 자세한 내막은 알지 못했어요. 이 부분은 제가 말씀드리는 게 나을 거 같네요."

정진영이 말했다. 이경태는 정진영을 보며 고개를 끄덕였다. 그녀가 말을 이어 갔다.

"우리 가족을 소재로 한 오상진의 소설 출간을 저지하고자 간접적으로 여러 방법을 써 봤지만, 제대로 먹히지 않았어요. 결국, 직접적으로 출간에 영향을 끼칠 수 있는 사람을 찾다가 오상진의 책 출간 담당자가 김상태 편집장이라는 걸 알게 되었죠. 김상태와 통화했는데 그는 저의 이야기를 듣고 자기 일처럼 분노하더군요.

자신도 일 때문에 오상진과 교류하지만, 인성이 바닥을 치는 사람이라며 오상진에 대해 부정적으로 생각하고 있더라고요. 오랜 시간 통화를 했고, 통화 말미에 그는 오상진의 책 출간 보류를 사장한테 건의하겠다고 말하더군요. 저는 엄청난 지원군을 얻은 느낌이었고, 김상태 편집장에게 호의를 가지게 되었습니다.

그런데 며칠 후 편집장에게 전화가 왔습니다. 만나서 긴히 할 이야기가 있다고 하더군요. 대면한 편집장은 진지하게 말했습니다. 오상진의 책은 그대로 출간하게 놔두자고요. 대신 다른 방법을 제안했습니다. 오상진을 추리소설 장르 시장에서 영원히 추방하자고 말이죠. 그러고는 여러분이 잘 알고 계신 살인과 누명을 씌우는 방법을 저에게 세세히 설명했습니다. 자신이 만든 트릭을 그대로 실행하면 절대 경찰에 발각될 위험이 없다며 저를 설득했습니다. 그때 저와 동생은 사실을 왜곡한 소설로 우리를 또다시 모욕하는 오상진에 대해 엄청난 분노를 가지고 있었기에 그의 제안을 선뜻 받아들였죠. 그땐 정말 오상진과 그의 아버지에게 복수하고 싶은 마음밖에 없었거든요…….

제안을 받아들인 저는 김상태에게 한 가지를 물었습니

다. 오상진의 아버지를 살해하고 오상진에게 누명을 씌워 교도소에 보내는 구체적인 범죄 계획까지 짜 주면서 적극적으로 저를 돕는 이유를 말이죠. 김상태의 대답은 간단했습니다. 자신도 이득 볼 게 있다는 것이었죠. 아버지가 죽고 오상진이 교도소에 들어가면 그가 가지고 있는 복간본 '마인'과 여러 가지 레어 아이템을 자신이 몰래 가져가겠다는 것이었습니다.

아버지밖에 가족이 없는 오상진이 교도소에 들어가면 그의 집은 아무도 없이 텅텅 비니깐 말이죠. 오상진이 가지고 있는 '마인'을 비롯한 다양한 책들이 자신이 추진하고 있는 사업 계획에 꼭 필요한 아이템이라고 하더군요. 저희는 그렇게 서로의 필요에 따라 의기투합했었습니다. 또한, 지금까지 말씀드린 계획 때문에 우리는 사건 후에도 서로에 대해 함구했던 거였어요."

정진영이 말을 마치고 크게 숨을 들이마시며 이경태에게 눈짓했다. 그러자 이경태가 말을 이었다.

"여기서 김상태의 사업 계획이 무엇인지 말씀드려야겠군요. 김상태는 돈암동에 아인 김내성을 테마로 한 '마인'이란 이름의 북카페를 오픈할 예정이었습니다. 그 장소는 아인 선생의 옛 집터와 같은 골목에 있는 건물이었습니다. 아인 선생과 관련된 서적과 미스터리 장르의 레어 아이템을 전시해 추리소설 애호가들을 불러 모으겠다는 생각이었죠.

구청에 확인해 보니 '아인 김내성길' 명예도로명을 부여해 달라는 신청인도 김상태였습니다. 유명한 문인의 옛 집터를 문화 콘텐츠로 활용하자는 취지로 장문의 신청서를 접수했고, 구의원을 찾아가서 구청에 압력을 넣어 줄 것을 로비했다고 하더군요. 일단 표면적인 취지는 좋았고, 의원이나 구청장의 반응도 나쁘지 않았기 때문에 신청한 대로 아인 선생이 살던 옛 집터 부근에 명예도로명이 부여된 겁니다."

"김상태가 굳이 어렵게 명예도로명까지 추진하게 된 이유가 뭘까요?"

백민수가 이경태에게 물었다.

"일단, 방금 말씀드린 북카페 '마인'이 명예도로 위에 있다는 말씀을 드리고 싶군요."

"그럼, 경제적 이익 때문에?"

"네, 그렇게 추측해 볼 수 있습니다. '아인 김내성길'에 아인 선생의 옛 집터와 '마인' 북카페. 딱 봐도 미스터리 마니아라면 한 번쯤 들러야 할 성지 같다는 생각이 들죠?

인터넷에 명소로 소개라도 된다면 '마인' 북카페는 입장하기 위해서 줄까지 서야 하는 카페가 될 수도 있겠죠."

"머리가 좋은 사람이었군요."

김미정이 말했다.

"그런데 여기 김내성 작가님의 활약 덕분에 이 계획이 물거품이 될 위기에 처합니다. 오상진은 출소하였고, 김상태 자신이 오상진의 오피스텔에서 훔친 복간본 '마인'보다 더 가치 있는 초판본 '마인'이 등장하더니, 급기야는 오상진이 그 책의 주인이 됩니다.

게다가 단시간에 큰돈을 번 오상진은 김내성 작가의 도움으로 돈암동 아인 선생 옛 집터 위에 있는 건물에 한국추리문학기념관을 개관하고 그 안에 아인 선생의 상설 기념관도 만들려는 구체적인 계획을 세우고 실행하죠.

김상태를 재기불능으로 만든 건 또 있습니다. 자신이 북카페를 개업하려고 찍어 두었던 건물도 오상진의 손에 넘어갔죠. 김상태가 자금 문제로 계약하지 못하고 있는 동안 오상진이 고풍스러운 분위기의 그 건물을 자신이 매입한 후 대대적으로 인테리어를 해서 거주도 하고 북카페처럼 소통의 공간으로 활용하려고 했습니다.

김상태는 자신이 계획했던 모든 일이 오상진과 김내성

때문에 송두리째 날아가 버렸다고 느꼈을 겁니다. 자신의
노력으로 얻어 낸 '아인 김내성길'이라는 명예도로가 주는
경제적 이익도 오상진에게 돌아갈 공산이 커 보였고요.

　김상태는 절망했을 겁니다. 자신에게 모욕을 준 오상진
을 발밑에 두고 내려다보고 싶었는데, 운 좋은 오상진이
어느새 자신이 머리 위로 올라가 자신을 내려다보게 생겼
으니 말입니다. 이런 상황이 김상태는 죽기보다도 싫었을
겁니다. 이 상황을 역전시킬 방법은 단 한 가지! 자신을
절망의 낭떠러지 끝으로 밀어 넣은 사람과 자신의 비밀을
아는 사람을 죽이는 것뿐이었죠."

　"그런데 이해되지 않는 게 하나 있어요. 왜 그렇게 급히
오상진을 살해했을까요? 그날은 집들이가 있어서 다른 사
람들에게 시체가 바로 발견될 거라는 걸 충분히 예상하고
있었을 텐데요."

　백민수가 이경태에게 물었다.

　"그 이유는 두 가지입니다. 진영 씨와 CCTV 때문이었
습니다."

　"진영 씨 때문에요?"

　"네, 김상태는 진영 씨가 아까 고백한 내용을 김내성 작
가에게 발설할까 봐 노심초사하고 있었죠. 김상태는 출소

후, 진영 씨에게 전화해서 비밀을 지키라고 협박했습니다. 그렇죠, 진영 씨?"

"김상태 씨는 몹시 불안해했어요. 제가 여기 있는 김 작가님과 각별한 사이가 된 걸 알고는 더욱더 그랬죠. 제가 입을 열면 자신은 바로 구속될 테니까 말이죠. 오상진을 죽인 그날, 김상태가 저의 집을 찾아왔죠. 저는 오상진이 살해된 걸 모르는 상태였고요. 그는 제 입이 자신의 운명을 좌지우지할 수 있다는 걸 잘 알고 있었어요. 그래서 저를 없애고 싶었겠죠."

정진영이 말했다.

"그럼, CCTV는 뭐죠?"

백민수가 다시 이경태에게 물었다.

"자신의 아버지를 죽였다는 누명을 쓴 사건 이후 오상진은 자신이 사는 집 경비에 특별히 신경을 썼어요. 보안시스템과 더불어 CCTV를 설치할 예정이었죠. CCTV가 설치되면 그 집에 침입해서 오상진을 살해하기가 매우 곤란해집니다. 그때 김상태는 오상진으로부터 CCTV 설치 공사가 연기되었고, 항상 자신의 곁에 있던 이범수 씨가 어머니 병간호를 위해 병원에 가 있다는 말을 듣게 됩니다.

김상태는 이걸 절호의 기회라고 여긴 것 같습니다. 그

래서 서둘러 살인 계획을 실행하게 되죠. 이경태는 우리가 도착하기 한 시간 전에 먼저 오상진의 집을 방문했습니다. 집에 들어간 그는 바로 오상진을 살해합니다. 방에 창문도 열어 놓았죠. 마치 범인이 외부에서 침입한 것처럼 말입니다. 그러고는 오상진을 칼로 찌를 때 입었던 비닐 우의를 백팩에 넣고 김상태는 천연덕스럽게 지하철역으로 향하죠. 김상태가 오상진 집을 먼저 들어갔다 나오는 장면은 집 앞에 세워 둔 오상진의 차량 블랙박스에 선명하게 찍혔습니다. 차량에 설치된 블랙박스는 미처 계산하지 못했던 거였죠."

이야기를 들은 사람들은 하나같이 착잡한 표정이었다.

"이걸 읽어 보시면 김상태의 심리 상태를 더 자세히 알 수 있을 겁니다."

이경태가 캐리어에서 스테이플러로 찍은 서류를 꺼내 사람들에게 하나씩 나누어 주었다.

"나눠 드린 문서는 김상태의 블로그를 캡처한 내용입니다. 김상태는 블로그를 생성해서 블로그 이름을 마인으로 명명하고 자신의 소설과 리뷰 그리고 지금 읽고 계신 자신의 수기를 올려 두었습니다. 보통 블로그는 자신을 타인에게 알리는 수단으로 사용하는데, 김상태는 이상하게도 백여 편의 글을 올릴 정도로 열성적이었는데, 정작 블로그는 비공개 설정해 두었습니다. 이해할 수 없는 일이죠."

"수기를 읽어 보니 정신적으로 문제가 있었던 것 같군요. 그런데 여기 보면 김상태는 자신을 김내성이라고 칭하고 있는데 이건 뭘까요?"

김내성이 이경태에게 물었다.

"진짜 본인 이름입니다."

"네? 본명이라는 건가요?"

"본명이라고 해야겠지요. 최근 개명한 이름입니다. 오상진 작가가 누명을 쓰고 구치소에 있을 무렵 법원에 개명 신청을 해서 이름을 바꿨더라고요. 나중에 마인 북카페의 문을 열면 그 이름을 사용하려고 했던 게 아닐까요?"

"후, 정말 절절하네요. 김내성과 마인에 대한 집착이 도를 넘어섰어요. 어떻게 보면 불쌍하기도 하고요."

이범수가 고개를 절레절레 흔들며 말했다.

이경태가 자신의 손을 맞잡으며 "자, 사건 브리핑은 여기까지입니다."라고 말하며 물을 벌컥 들이켰다.

"그리고……."

이경태가 다시 손을 맞잡고 비비면서 다시 입을 뗐다.

"나도 이번 사건과 관련해서 사과할 게 있어."

이경태의 말투가 평소와 같아졌다.

"이 팀장님이 무슨 사과를 해요?"

백민수가 이경태에게 말했다.

"사실…… 나도 오 작가가 구치소에 있을 때 오피스텔에 몰래 들어가서 값어치 나가는 책 몇 십 권을 가지고 나왔어. 그때 뭐에 씌었는지 레어 아이템을 모으려는 욕심에 하지 말아야 할 짓을 했지. 오 작가가 출소했을 때 사실대로 말하고 바로 돌려줬어야 했는데, 시기를 놓치는 바람에……. 책을 훔쳤다는 죄책감 때문에 오 작가의 추리문학기념관 건립과 새집 매입을 적극적으로 도와줬는데, 그게 오히려 오 작가에게 독이 될 줄은 몰랐어……. 비록 오 작가는 사망했지만, 지금이라도 참회하고 용서를 빌고 싶군. 이 자리에서 반납하려고 내가 훔친 책을 캐리어에 싣고 왔어. 책을 훔친 이후에 양심의 가책 때문에 도무지 버틸 수가 없더라고. 진정한 추리소설 마니아라면 하지 말았어야 할 행동인데…… 미안합니다, 여러분."

이경태가 고개를 깊이 숙였다.

"저…… 저도 사죄합니다. 저도 오 작가님의 부재를 틈타 오피스텔에 들어가서 평소 눈여겨보던 책을 훔쳤어요. 내 마음속에 그런 악의가 숨어 있는 줄 전혀 몰랐어

요……. 책을 훔친 이후에 저도 이경태 팀장님처럼 죄책
감에 시달렸어요. 오 작가님이 돌아오신 때에도 저에게
돌아올 비난이 무서워서 시치미를 떼고 있었어요. 책은
집 창고에 몰래 숨겨 놓고 한 번도 꺼내 보지 않았어요.
오 작가님 생전에 제 잘못을 뉘우치는 의미에서 오 작가님
의 서브작가를 자청했었는데, 별 도움은 되지 않았던 거
같네요. 오늘 이경태 팀장님이 용기 내서 말씀하시는 걸
보고 저도 용기를 내서 여러분께 말씀드리는 거예요. 죄
송해요. 용서해 주세요. 집에 있는 책은 오늘 당장 반납하
겠습니다."

이범수도 갑자기 자신의 잘못을 고백하자 앉아 있던 사
람들이 서로의 눈치를 살폈다.

"민수야, 이런 경우는 어떻게 해야 하는 거야? 이미 상
진이 형은 이 세상 사람들이 아니잖아. 형 재산을 상속받
을 사람도 없고 말이야. 그럼, 상진이 형 집과 책들은 누
구 소유가 되는 거지?"

"국가에 귀속되겠지."

백민수의 말에 모든 사람이 고개를 끄덕였다.

"저도 여러분께 말씀드릴 게 하나 있습니다. 아니, 고백
이라고 말해야 정확한 표현이겠군요. 앞선 두 분을 보고

저도 이 자리에서 제 악의를 고백해야겠다는 결심을 했습니다."

김내성이 눈썹에 힘을 주며 말했다.

"무슨 고백이요? 혹시 저한테 말하려고 했던 비밀?"

정진영이 놀란 표정으로 얼굴을 빤히 바라보며 물었다. 김내성이 고개를 천천히 끄덕였다.

"여러분! 저는 아인 선생님의 글을 훔쳤습니다."

김내성이 입을 열었다. 사람들의 시선이 김내성에게 쏠렸다.

"아인 선생과의 인연으로 초판본 '마인'을 갖게 된 아버지는 돌아가시기 전 저에게 그걸 물려주셨습니다. 한데 아인 선생이 제 아버지에게 준 것은 '마인'뿐만이 아니었습니다. 아인 선생의 미발표 단편 추리소설을 몇 편 같이 주셨죠."

"아!"

'마인'을 김내성이 가지고 있게 된 내막을 아는 백민수의 입에서 탄성이 흘러나왔다.

"생명의 은인인 아버지에게 탐정소설을 써 볼 것을 권유하던 아인 선생은 본인의 원고를 아무 대가 없이 주셨습니다. 아버지는 아인 선생의 미발표 원고를 참고삼아 소설

창작에 무던히 애를 썼지만, 끝내 꿈을 이루지는 못했습니다. 그 원고들은 '마인'과 함께 제가 물려받았죠.

김내성이라는 이름에 엄청난 유산까지 물려받은 저는 추리소설 창작에 대한 숙명을 느꼈습니다. 아버지가 이루지 못한 꿈을 대신 이루겠다는 목표도 생겼죠. 하지만 저도 아버지와 마찬가지로 제대로 된 소설을 쓰지 못했습니다.

작가가 되어야 한다는 강박에 빠진 저는 하지 말아야 할 선택을 했습니다. 아인 선생의 원고에 손을 댄 거죠. 아인 선생 덕에 저는 단박에 등단하고, 추리소설가라는 이름을 얻었습니다. 하지만 그게 끝이었죠. 사람을 속이고 작가가 된 저에게 새로운 고난이 찾아왔습니다. 투고하는 원고마다 족족 퇴짜를 맞았고, 그런 안 좋은 경험들이 제 창작 의욕 위에 차곡차곡 쌓여 더는 글을 쓸 수 없는 지경에 이르렀습니다."

말을 마친 김내성이 사람들을 향해 고개를 푹 숙였다.

"죄송합니다. 지금 여러분께 말씀드린 내용을 내일 추리작가협회에 그대로 전달할 생각입니다. 아마 협회에서 등단을 취소하고, 저를 제명하겠지요……"

"형, 그럼 오피스텔 금고 안에 있던 게 아버지 원고뿐만 아니라, 아인 선생의 미발표 원고도 있었던 거야?"

백민수의 물음에 김내성이 말없이 고개를 끄덕였다.

"흠…… 그런데 너무 부정적으로만 생각하지 않았으면 좋겠어."

백민수가 스마트폰을 꺼내며 자리에서 일어나 밖으로 나갔다.

"김 작가에게도 그런 숨겨진 사연이 있었군. 그동안 마음고생 많이 했어. 뭔가를 남에게 숨기고 산다는 게 생각만큼 쉬운 일은 아니지. 오늘 우리가 너무 우울한 이야기만 많이 한 거 같네. 그래서 내가 희소식을 하나 알려 주려고."

이경태가 캐리어에서 서류봉투를 하나 꺼냈다. 서류봉투를 테이블 위에 올린 그는 봉투에서 조심스럽게 책을 하나 꺼냈다. 책을 본 모든 사람의 눈이 동그래졌다.

"앗! 이것은 '마인' 초판본!"

이범수가 소리쳤다. 곳곳이 찢긴 책은 많이 훼손되어 있었지만 '마인' 초판본임을 알아볼 수는 있는 상태였다.

"이걸 어떻게?"

김내성이 이경태에게 물었다.

"대한민국 경찰을 너무 쉽게 보시는 거 아닌가? 추격전 도중에 김상태가 '마인'을 찢어 날리는 걸 보고 상황실에 여태 지나온 길을 알려 주며 도로에 떨어진 종이들을 수거해 줄 것을 요청했지. 아주 소중한 책이 범인에 의해 훼손되고 있으니 꼭 다시 찾아야 한다고 신신당부했지. 각 관할 구역별로 나눠 도로를 수색하니 수거하는 데 시간이 얼마 걸리지도 않았어. 자! 받아. 이 책의 진정한 주인이잖아."

이경태가 김내성에게 '마인'을 내밀었다. 김내성은 잠시 주저하다 '마인'을 받았다. 그의 손이 떨리고 있었다. 이때 밖에 잠시 나가 있던 백민수가 돌아왔다.

"형! 추리작가협회 회장님과 통화했어. 형이 아인 선생 미발표 원고를 가지고 있게 된 경위를 설명하고, 그중 하나를 빌려 데뷔하게 되었다고 사실대로 말씀드렸어."

백민수가 말했다.

"그래, 대신 이야기해 줘서 고맙다. 사실, 협회에다 어떻게 이야기를 해야 하나 고민하고 있었거든. 너무 부끄러운 일이라서."

김내성이 '마인'을 꼭 쥔 채 말했다.

"추리작가협회 회장님이 빨리 아인 선생의 미발표 원고들을 보고 싶대. 오늘 당장에라도 말이야. 아주 흥분하셨어. 그리고 형 문제는 이사회를 거쳐야겠지만, 사실대로 고백했으니 작가 신분을 유지할 수 있도록 긍정적으로 검토해 보겠대."

　백민수가 말했다.

　"잘됐어요. 지금부터 다시 시작하면 되잖아요. 이번 사
건을 모티프로 해서 글을 한번 써 보세요."

　정진영이 김내성의 손을 잡으며 말했다.

　"진영 씨……."

　김내성도 그녀의 손을 꼭 잡았다.

에필로그

김내성은 책을 조심스럽게 상석 위에 올렸다. 묘비 옆으로 다가간 그는 천천히 글귀를 낭독했다.

"작가 김내성은…… 마인, 청춘극장, 애인 등 수십 편의 작품을 남기다."

낭독이 끝나자 묘 앞에 일렬로 서서 묵념하고 있던 사람들이 고개를 들었다. 사람들은 곧 묘비로 다가와 방금 낭독했던 묘비명을 직접 눈으로 확인했다.

"책으로만 보던 '마인'이라는 제목을 여기에서 확인하니 감회가 새롭군요."

이범수가 감동에 젖은 눈으로 말했다.

"자네도 이제 등단하고 어엿한 작가가 되었으니 더욱 열심히 글을 써야지."

추리작가협회 회장이 이범수에게 말했다.

"아, 그런데 왜 출간한 책에 필명을 쓴 건가? 앞으로 본명으로 활동하겠다고 하지 않았나?"

회장은 상석에 올려 둔 책을 바라보며 김내성에게 물었다.

"제 뜻은 아니고, 출판사의 결정이었습니다. 제 본명을 그대로 써서 책을 출간하면 아인 김내성 선생에게 누가 될 뿐만 아니라, 독자들에게 혼동을 일으킬 수 있다는 우려 때문이었습니다. 그런 이유로 제가 쓴 소설을 당초에 생각했던 제목인 '나는 김내성이다'로 출간하지 못했습니다. 작가 이름도 제 본명인 '김내성'을 사용하지 않고, 예전에 쓰던 필명을 썼습니다. 대신 출판사에서 에도가와 란포처럼 아인 김내성 선생에 대한 존경을 표할 만한 필명을 새로 지어 보라고 권유했지만, 적당한 이름이 떠오르지 않아 종전에 쓰던 아무 의미 없는 필명을 쓸 수밖에 없었습니다."

"그랬군. 그래도 좀 아쉽네. 본명인데도 불구하고 김내성이란 이름을 쓰지 못하니 말이야."

"아쉽긴 하지만, 괜찮습니다. 그리고 작품명 '악의의 질량'과 필명 '홍성호'가 그리 거슬리지는 않습니다. 제목이나 작가 이름보다 책에 담긴 내용이 더 중요하니까요. 조금 미진하다고 생각하지만, 제가 할 수 있는 능력 안에서 제가 보물처럼 여기는 '마인' 초판본, 아버지의 수기 그리고 아버지와 아인 김내성 선생의 추억을 최대한 이야기 속에 녹여 놓았다고 스스로 자부하고 있습니다."

김내성은 인쇄된 책을 출판사로부터 받자마자 추리작가협회 회장에게 협회 원로 선생님들과 회원들이 함께 아인 선생의 묘소를 찾자는 제안을 했다. 회장은 그 제안을 흔쾌히 받아들였고, 오늘 이 자리에 모두 모였다.

"자네, 정말 떠나는 건가?"

회장이 사뭇 심각한 표정으로 김내성에게 물었다.

"네."

김내성은 망설임 없이 대답했다.

"협회 이사회에서 모두 용서한 사안인데 굳이 탈퇴까지."

"저도 아쉽습니다. 하지만 여태 입고 있던 추리소설가라는 옷이 제게 걸맞지 않은 옷이라는 걸 뒤늦게나마 깨달았기 때문에 용서를 구하고 협회를 자진 탈퇴한 겁니다."

"그럼, 이제 뭘 할 건가?"

"제가 가지고 있는 '마인' 초판본과 다양한 장서들을 가지고 돈암동에 있는 아인 선생님 옛 집터 위 건물에 자그마한 북카페를 열 예정입니다."

"아, 오상진 작가와 김상태 편집장이 생각하던 북카페를 결국 김 작가가 실현하는군."

"네, 그런 셈이죠. 이미 카페를 같이 운영할 사람도 구했습니다."

"누구지?"

"진영 씨입니다."

"그래, 좋은 파트너를 만났으니 카페가 잘 운영되리라 보네. 문을 열면 나도 종종 들르겠네."

"고맙습니다."

김내성은 회장에게 고개를 숙였다.

"이제 슬슬 내려가실까요. 내려가서 시원한 막걸리 한 잔하셔야죠."

자리에 함께한 백민수가 말했다.

이내 사람들이 묘소를 뒤로하고 길을 따라 내려가기 시작했고, 김내성은 행렬의 맨 뒤에서 천천히 걸었다.

"진짜 떠나는 거야? 추리소설은 중독성이 마약과 같아서 끊기 힘들 텐데. 아마 다시 돌아올 수밖에 없을 거야."

앞서 걷던 백민수가 뒤돌아서더니 김내성에게 말했다.

"글쎄……"

"그래, 나중 일은 나중에 생각하자고, 오늘 할 일은 어서 내려가서 막걸리를 마시는 거니깐."

"……"

김내성은 묵묵부답으로 앞선 사람들을 따라 걷다가 뒤를 돌아봤다. 누군가 뒤를 따라오는 듯한 느낌이었다.

뒤에는 아무도 없었다. 김내성은 착각이라고 생각하고는 다시 걸음을 내디뎠다.

그때, 같은 느낌이 또다시 찾아왔다. 뒤를 돌아보자, 순간 머릿속에 한 편의 스토리가 떠올랐다. 짧은 순간이지만, 발단부터 결말까지 완벽한 스토리가 머릿속으로 순식간에 걸어 들어온 것이다.

깜짝 놀란 김내성은 몸을 완전히 돌려 뒤쪽을 바라봤다. 이번엔 누군가 눈에 들어왔다.

아인 선생 무덤 앞 상석에 중절모를 눌러쓴 중년 남자가 앉아 있었다. 김내성은 그 남자를 뚫어지게 바라보았다. 상석에 편하게 앉아 책을 읽던 남자가 고개를 들어 김내성을 향해 손을 흔들었다.

김내성은 비로소 그가 누구인지 알아차렸다.

작가의 말

올해는 한국 추리소설의 시조 아인 김내성 선생 탄생 110주년 되는 해입니다. 이런 뜻깊은 해에 김내성 선생님께 이 글을 바칠 수 있게 되어 영광입니다.

저는 지난 몇 년 동안 추리소설가로 살아왔지만, 개인 사정으로 인해 앞으로는 글을 쓰지 못할 것 같습니다.

지금 와서 되돌아보니 추리소설가라는 이름표를 달고 있던 몇 년 동안 조금은 힘들 때도 있었지만, 제 인생에 있어서 가장 행복한 시간이었습니다.

마치 잠을 자면서 오랫동안 좋은 꿈을 꾸고 일어난 느낌이라고 할까요.

이제 잠에서 깨었으니 행복했던 꿈은 뒤로 하고 현실로 돌아가 본업에 매진하려고 합니다.

마지막으로 이 글의 구성에 관해 조언해주신 황세연 작가님과 제목을 선정해 주신 김재희 작가님께 감사의 말씀을 드립니다.